我心归处

无畏的艾琳·卡斯特

[南非]彭妮·霍——著 王丽斌——译

The Invincible
Miss Cust

台海出版社

北京市版权局著作合同登记号：图字 01-2023-5377

Copyright© 2022 by Penny Haw.

Originally published in the United States by Sourcebooks, LLC.

www.sourcebooks.com

The simplified Chinese translation rights arranged through Rightol Media（本书中文简体版权经由锐拓传媒取得 Email:copyright@rightol.com）

图书在版编目（CIP）数据

我心归处：无畏的艾琳·卡斯特 /（南非）彭妮·霍著；王丽斌译 . — 北京：台海出版社，2024.1

书名原文：THE INVINCIBLE MISS CUST

ISBN 978-7-5168-3717-7

Ⅰ.①我… Ⅱ.①彭… ②王… Ⅲ.①传记小说—南非—现代 Ⅳ.① I478.45

中国国家版本馆 CIP 数据核字 (2023) 第 227566 号

我心归处：无畏的艾琳·卡斯特

著　　者：［南非］彭妮·霍	译　　者：王丽斌
出 版 人：蔡　旭	产品经理：田　硕
责任编辑：王　萍	封面设计：FAWN

出版发行：台海出版社

地　　址：北京市东城区景山东街 20 号　邮政编码：100009

电　　话：010-64041652（发行、邮购）

传　　真：010-84045799（总编室）

网　　址：www.taimeng.org.cn/thcbs/default.htm

E - m a i l：thcbs@126.com

经　　销：全国各地新华书店

印　　刷：天津睿和印艺科技有限公司

本书如有破损、缺页、装订错误，请与本社联系调换

开　　本：880 毫米 ×1230 毫米	1/32
字　　数：346 千字	印　　张：14.25
版　　次：2024 年 1 月第 1 版	印　　次：2024 年 1 月第 1 次印刷

书　　号：ISBN 978-7-5168-3717-7

定　　价：78.00 元

为了实现自己的梦想，也为了给其他女性在看似不可克服的困难面前铺平道路。

目 录

第一章

和哥哥们的那场赛马

1874 年
爱尔兰蒂珀雷里郡

在还未发现更多值得追求的目标前，我梦想成为一名赛马师。请注意，我可不是想成为一名普普通通的赛马师，而是想成为第二个哈里·卡斯坦斯（Harry Custance）。他在 1874 年第三次获得了叶森德比赛（the Epsom Derby）的赛马冠军，也曾在一千坚尼锦标赛（1000 Guineas Stakes）、雅士谷金杯赛（Ascot Gold Cup）和圣烈治锦标赛（St. Leger Stakes）中拔得头筹，声名远播至第一郡，也就是我的家乡——爱尔兰蒂珀雷里郡（Tipperary）。我和家人住在郡上，六岁的我热爱马，也喜爱冒险。

"从这儿到拉姆牧场，我们来赛马吧。"一天下午，我和哥哥们骑马回家，途中我怂恿道，"赢的人，今天之内要被尊称为哈里·卡斯坦斯。"

奥兰多（Orlando）和利奥（Leo）瞥了一眼查尔斯（Charles）。查尔斯的纯种马"小卵石"又高又瘦，精力充沛，颇有竞技马匹的特质。我的威尔士小马"小糖"是草莓杂色马，比起哥哥们的马匹，矮了几十厘米。我站在哥哥们旁边，虽然只比他们矮了一点，但实际上我比查尔斯小四岁，比奥兰多小三岁，比利奥小两岁。年纪虽小，但我并不觉得自己会处于下风。年纪轻轻，好胜心反倒会很强。

查尔斯伸长了脖子，透过前方茂密的树篱看着我们。"穿过这几个牧场和围墙门吗？"

"对，谁第一个跃过那道围墙，就算谁赢。"我说着，拉直了缰绳。

奥兰多吃惊地眨了眨眼睛。利奥盯着查尔斯充满惊讶，像上岸的鱼一样，半张着嘴。我看得出来，他们两个都希望查尔斯反对我加入比赛。大哥通常都很认同父母的教诲："小姑娘家，好胜心不能太强，否则一点都不端庄。"但是，胜利极具诱惑力，即使是卡斯特家族最听话的大哥，也想让我尊称他一声哈里·卡斯坦斯，何况是我这么个不听话的孩子呢。

我们一字排开，马儿们好像感觉到了我们的兴奋，摇晃着脑袋，在柔软的草地上跺着蹄子。"准备好了吗？"查尔斯坐在高高的马背上问。我们三个点了点头。

"开始！"他喊道。

我一心想打败我的哥哥们，小糖也雄心勃勃。她奔驰而去，就像松鸡快速飞离石南花丛。我低倚在马脖子上，双手高高地放在她的鬃毛上。刚开始几米，利奥的马头与我的马鞍齐平，但很快就被我甩在身后。我知道我会打败他。他控马技术不太好，不知道如何控制马匹的速度，而且没有求胜心。不过，查尔斯和奥兰多很快就领先了。小卵石的步频比较快，但步幅比较短。

我抬头看到，小卵石双腿弯曲跃过了第一道围墙门，几分钟后，奥兰多的灰色小马飞奔而过，紧接着小糖也毫不犹豫地跨过了障碍物，此时我看到小糖的前蹄溅起了泥浆。蒂珀雷里郡神圣的牧场上，居然会有泥地，我始料未及，即使泥地的范围很小。

这块泥地拖住了奥兰多的小马，使得查尔斯更加遥遥领先。我侧身向左，让小糖远离泥地，这使得她不得不改变路线，但她并没有减缓速度，还是稳稳地奔驰在干燥的平地上。在靠近第二道围墙时，我就与奥兰多并驾齐驱了。

"快！"我喊道，小糖听到后，低下了头，加大步幅。我忍不住笑起来，她可真配合。

奥兰多出乎意料地被我超越了。他的马儿稍稍犹豫了一下，此时我和小糖就率先跃过前面的第二道围墙门。

"喂！"奥兰多喊道，欢快的声音中带着一丝惊讶。我笑得更大声了。

只剩最后一个牧场了，查尔斯和小卵石还没跑到牧场中间。那道围墙就在前方，但是可能因为小卵石之前意外遇到了泥地，或者越过第二道围墙门时，前进的角度偏了一些，又或者因为查尔斯骄傲疏忽，导致小卵石并没有径直奔向终点。这意味着我和小糖还有时间抢占最近的路线，争夺冠军。

"快点，小糖，快。"我低声说，再次低伏在她的脖子上。我自认为藏起脸来，查尔斯就不太可能察觉到自己的失误。

小糖活力四射地回应我。她勇猛健壮，意志坚定。当查尔斯反应过来，发现小卵石并没有直奔围墙门时，我已经赶超上来，与他齐平了。我拉动缰绳，在查尔斯前方疾速向右转，小卵石受到了惊吓，有所迟缓。小糖占了先机，越过了围墙。

我到达终点，拉住了缰绳。我赢了。看着哥哥们晚我一步，骑着魁梧的马儿陆续跃过围墙门，进入拉姆牧场时，我感觉自己异常高大。之后查尔斯指示小卵石跨过另一道门，骑马离开了牧场。奥兰多停在我旁边，摇着脑袋。我们笑着跟随大哥离开牧场，来到小路上。与奥兰多一起放声大笑，我感到轻松愉快。

"快到围墙时，你抢了我的道。"查尔斯说。过了一会儿，我们沿着小路向科丹甘庄园骑去，马儿们还在喘着粗气。

"我就是哈里·卡斯坦斯。"我回答，冲他笑了笑。

"没有一点运动精神。"他继续用父亲的口吻说。

查尔斯身上有很多父亲的影子，他皱着眉头，很少微笑，姿势僵硬得像只受惊的猫。同时查尔斯也继承了母亲刻在骨子里的得体。"礼仪造就个人。不要哗众取宠，吸引眼球，这有辱身份。"等等这些规范，似乎都表明为人得体比正确行事来得重要。我一想到要束缚自己，屈从于这些条条框框，就感到疲惫不堪。

我伸了个懒腰，揉了揉被汗水湿透的马脖子。

皮革的汗臭味，那可是幸福的气味。对于小糖，我内心满是喜爱与骄傲，她可真厉害。

"这就是赛马，"我说，"每一匹马儿都要尽最大的努力去竞争。"

查尔斯没有回应，我们安静地骑了一会儿马。奥兰多先前告诉我，周围的这些牧场都属于"爱尔兰金牌矿脉"（the Golden Vein of Ireland）。这片地区不仅风景秀丽，而且还是爱尔兰最好的奶牛养殖地，因此被誉为"金牌矿脉"。当然，这个地区的奶牛皮肤都很光滑，乳腺发达，产奶量很高。但我对这些马儿产生了好奇，小糖不就是这片地区最好的马吗？因为她是在"爱尔兰金牌矿脉"的牧场中长大的。我透过树篱看向绿色的山丘。在天空的映衬下，那些山丘像一层层柔和的波浪铺展开来。我沉醉在这美丽的景象中，嘴角不禁微微上扬。

我们骑马拐进院子时，奥兰多说："还是不要把今天的事情告诉父亲吧。"

"为什么不说？"我问。胜利的喜悦冲昏了我的头脑，让我失去了判断力。

"你举止不端庄，他会惩罚你的。"

"因为和你赛马吗？还是因为赢了你？"

"都有。"

"还有你幸灾乐祸。"查尔斯说。

事实的确如此。父母会因为我"行为不当"而生气。假如我和男孩子骑马，父母就会觉得我举止不得体。母亲希望我大门不出，二门不迈，在家里练习礼仪，学习针线音乐。我试图想要取悦她，强迫自己去学习，但是在客厅待上一个钟头，对我来说简直是无尽的煎熬。

在我看来，区别对待男女是毫无意义的事。我和哥哥们一样聪明能干，一样活力四射，甚至比他们更优秀。我刚刚不是赢了他们吗？为什么我的生活要有所不同？为什么我要坐在家里，穿针引线，做着女工，在钢琴上弹奏着音阶（我从来就没有任何进步），这些都让我厌烦。我会扯着衣领，凝视着窗外，看着纽芬兰犬歌利亚，他也会回看我。他那一双乌黑的眼睛好像在请求我，带他外出探险。

保姆告诉我，从我出生、清洗、裹上襁褓、放到婴儿床起，歌利亚就一直陪伴着我。

她说，我小时候走路学得快，也是因为歌利亚。我抓着他粗糙的狗脖子，脸靠着他的黑毛，慢慢地站起来，蹒跚地跟着他走。从那时起，我们就形影不离，我走到哪里，他都会在我身边。

我瞥了一眼奥兰多。他微微一笑，耸了耸肩，他的睫毛又长又密，眼睛里充满了歉意。我知道，奥兰多感到愧疚是因为他觉得自己剥夺了我炫耀的权利，但是他更讨厌家庭不和。

"可能我告诉父亲我获胜的事，他就会让我和你一起去打猎。"我嘟着嘴说。

"不可能，这样做只会惹怒他。你太小了。父亲说女孩子只有到十二岁，才能去打猎。"查尔斯目视前方说。

似乎终究还是他赢得了比赛。

我下了马，把小糖的缰绳交给马夫后，就环顾四周寻找歌利亚。虽然他年纪大了，口鼻的毛发都灰白了，但是我一回到庄园，他就会跑出来迎接我。马夫指了指马厩。

"小姐，他在那里，"马夫说，"都好几个钟头了，他为自己一把老骨头，暗暗在哭泣。"

歌利亚搭造了一个大而蓬乱的干草堆，对着墙壁蜷缩起来。他不再哭泣了，但我叫他，他也没有反应。我跪在他身旁，用手抚摸着他的背，此时他短暂地睁开了眼睛。

"歌利亚，你怎么了？来，我们走。"

他一动不动，连尾巴都不摇一下。

我跑进屋里，母亲正坐在客厅的写字台前。

"快，快打电话叫医生来。歌利亚病了。"

母亲抬起头，叹了一口气。"我的大小姐，你在说什么？行事如此匆忙，身后有豺狼在追吗？你再好好说一遍。""母亲，求您了。歌利亚不肯起来。他很不对劲。"

"艾琳，狗老了。你明不明白，他已经老了，恐怕时日无多了。"

听到母亲这番话，我嘴唇干燥，胃里也觉得空荡荡的，仿佛一天都没进食了。

我咽了一下口水。"但是他早上还好好的。他是老了，但他今天不太对劲，应该不是因为年纪大。母亲，求您了，我能叫下医生吗？我骑马去蒂珀雷里郡把医生请过来，或许他能帮忙。"

母亲起身朝我走来，她瞥了我一眼。我的母亲永远是那么完美无瑕。她长着一头短卷发，乌黑发亮，身材小巧玲珑，皮肤光滑，穿着一件橄榄绿的连衣裙，裙身有竖直缝合线和褶皱，裙子紧贴着腰部，裙摆像花瓣一样张开，胸前中部，自上而下是一列黑色纽扣，形成了一条紧密的线条，闪闪发光。而我散乱着一头红色的卷发，双手仍然戴着脏兮兮的马术手套，满身泥巴。我赶紧整理了下头发，把双手藏在身后。

"你哪儿也不准去，上楼洗漱，换一身衣服，准备吃晚饭。"母亲说。

"但他不太对劲。他可能吃了毒药，如果我们……"

"别傻了，艾琳。医生不会给狗看病的。你六岁了，必须要学会处事优雅。接受歌利亚已经衰老的事实，让他去吧，不要大惊小怪。"

我直直地望着母亲，无可奈何。无论母亲有多么强词夺理，我也不能和她争论，这是无礼的行为，我感到很沮丧。我怎么能对歌利亚坐视不理？他是家庭的一分子，是我的朋友。我知道他已经老了，老人会去世，动物也会老去死去。但我无法理解，他昨天还好好的，怎么今天就要死了。如果他生病是因为吞下了什么东西，或者是被虫子叮了？那是可以治疗的。为什么母亲不帮他一下？她怎么能这么无情？我跑出房间。

那天晚上，我从床上拿出一条毯子，蹑手蹑脚地走出屋子，去到马厩。歌利亚还躺在老地方。我弯下身子，躺在他旁边，把毯子盖在我们身上。

第二天早上，我从床上醒来。

我拽开马厩的门，马夫说："对不起，小姐，我们已经把他埋了。"

我跑到河边的树下独自难过。奥兰多发现我时，我已经停止哭泣了。那是我在科丹甘庄园最喜欢去的地方。我和歌利亚在那里有过很多愉快的回忆。那一个个下午，我们穿梭于桤木之间，踩着石头往来两岸，嬉戏玩耍。但是今天，我独自坐在石头上，凝视着前方，清澈的河水流淌过长满苔藓的河石，激起美丽的漩涡，让水潭看来很深。

虽然现在还不算是春天，但树叶上浅绿色的绒毛，让我想起了小猫耳朵上的细毛（除了颜色），让我看到了春天的希望。树荫下很阴冷，我悲痛万分，都无力走到阳光下。我似乎应该受到寒冷的惩罚。歌利亚咽下最后一口气时，我怎么可以睡着，怎么可以让人抱到床上去？我本应该醒着，本应该安慰他。我不仅感到寒冷，还感到空虚，就像有人忘记为我心中的火焰添柴，使之能持续燃烧。

奥兰多站在河边，眼神呆滞地看了我一会儿。

"母亲叫你回去上课，沃尔什先生已经到了。"他最后说了一声。

我起身往上走。奥兰多伸手接我，我直接无视他，穿过草地向前走去。我的父母站在庄园入口附近，父亲把他的马"英雄"停在一旁，正准备外出。我低着头，只管往前门走。

"艾琳，"母亲说，"你过来。"

我走过去，眼睛一直盯着下方。我无法直视母亲。她不让我为歌利亚找医生，我的愤怒之火又再次燃起。

"你父亲有事要和你说。"她说。

我拖着脚走着。

"艾琳，看着我。"他命令道。我抬起头，凝视着父亲憔悴的长脸。他总是看起来很疲惫，好像为了生活太过劳累。我在想，作为地产代理人的他，很多时候都能骑着英雄驰骋在郡上，为什么他还不开心呢。

"奥蒙德城堡拉布拉多寻回犬（Labrador Retriever）的管理员有一窝小狗。我已经传话说，在他们断奶后，送我们一只公狗。"我真想厌恶地喊出来："养一只新狗？歌利亚那么痛苦，那么难受的时候，你们见死不救。现在再给我养一只新狗？你们以为这样做，就能让我忘记歌利亚，原谅你们吗？！"

我想对他们大声嘶吼，但是我忍住了。我点了点头。

"艾琳。"母亲说着，声音很低。

"谢谢父亲。"我行了个屈膝礼，就转身跑了进去，不让他们看到我眼眶里打转的泪珠。

我跑到楼上教室的时候，就停止哭泣了。沃尔什先生领我进去，关上了门。男孩子们都已经坐好了。奥兰多微笑着看了我一眼，其他人并没有关注我。

尽管父母下定决心要把我培养成端庄得体的淑女，但在教育问题上，他们却是相对通融的。与我同一年龄，同一阶级的女孩都受教于家庭女教师，而我不同，我和哥哥们以及弟弟珀西，一起接受沃尔什先生的教育。母亲说，如此安排是基于实际考虑，也是暂时之举，等爱尔兰有了"优秀的女教师"后，她再另行安排我的学习一事。沃尔什先生同意让我一起听课。对于上课，我没有什么抱怨。那时我就大概意识到，女教师不太可能像沃尔什先生那样，给我解释达尔文理论，鼓励我热爱自然科学，即使他只是默认在给男孩子授课。女教师会更多教授针线活、礼仪、音乐，而不是达尔文、数字、拉丁语等知识。

不过这一天，我不像往常那么认真听课。蚯蚓的生理机能，让我想起了歌利亚，他庞大的遗体正被潮湿的土壤包裹着，这使我无法集中注意力。

"你不舒服吗，艾琳？"沃尔什先生问，"你今天很安静。"

"我很好。谢谢老师。"

"歌利亚死了。"珀西说。珀西只有四岁，在课堂上几乎坐不住，更不用说理解知识了。

"他老了，命数到了。"查尔斯说，一如父母的说法。

"深表遗憾。"沃尔什先生说。

马夫和老师都会表达对歌利亚的惋惜，但我的家人却没有一丝一毫的悲伤与怜悯。

"艾琳想打电话给医生。"查尔斯和利奥窃笑着说。

"如果祖母在的话，她可能知道怎么处理。"奥兰多说。

沃尔什先生皱起眉头。"是吗？你觉得她会怎么做？"

"我不是很确定，"奥兰多说着，瞥了我一眼，好像希望我能补充几句，"但她写了一本如何护理猫的书籍。"

查尔斯和利奥又大笑起来。我很确定奥兰多并不知道，他们到底在笑什么。珀西笑得更大声了。

奥兰多说得对。祖母玛丽·卡斯特夫人（Mary Cust）也许知道怎么帮助歌利亚。有一段时间，她为王室服务，是维多利亚女王的母亲——肯特及斯特拉森女公爵（the Duchess of Kent and Strathearn）的侍寝女官。但是，这并不是她的爱好所在。祖母是一位出色的赛马骑手，也喜欢其他生物。她研究并写下了变色龙的繁殖习性。她从瑞士带回一只圣伯纳德犬，那是英格兰第一只该品种的狗。她从柴郡（Cheshire）里索威城堡的家出发旅行，马车两侧总是放着两只非常强壮的斑点狗。这两条狗能保护她，让她免受强盗的伤害。

祖母旅行时携带的物品中，有一个沙绿色的箱子，里面装着各种象牙柄的器具，包括小刀、手术刀、锉刀、刮刀、小锤子和大针头。

"一旦狗把强盗扑倒在地，她就需要用这些工具对付他们。"奥兰多曾经询问父亲，祖母前往里索威时会带什么器具，父亲这样回答。父亲说这番话时，不像是在开玩笑。

祖母曾经笑着说，如果马儿在途中出事了，这些器具可以治疗他们。

祖母的著作《猫：历史与疾病》（ *The Cat: Its History and Diseases* ）中，我最喜欢几个段落，主要介绍如何治疗生病的猫。我欣赏祖母在文中用严厉的口吻告诫那些动物爱好者，斥责他们只能与动物同甘，不能与动物共苦。那些人在动物健康时，百般呵护讨好他们，但在动物生病时，却不愿照顾他们，或感到恶心反感。段落如下：

几位博学的权威专家写过有关猫的历史的有趣文章，本文基于以上材料，并在此基础上加入本人对猫的评论与观察。下文将介绍如何管理猫以及如何治疗患病的猫，这是我发现的最有效的治疗方法（其他人并未尝试过），也是本人的研究兴趣所在。我努力用最好的方法，力所能及地减轻上帝在造物时，给每一个生物带来的痛苦。

请允许我指出，任何正常的人都不会纵容喜爱之人或者喜欢之物，沉溺于不必要的骄奢之中（应该获得更好的恩赐）。在动物活蹦乱跳、迷人可爱时，对其照顾有加，仅仅因为他们能满足自己的虚荣与娱乐需求；但在动物生病痛苦时，却对其不再呵护，甚至置其性命于不顾。动物们在身体不适的情况下，自然不能再讨人喜爱，许多动物在年老时或者遭受痛苦时还会表现出烦躁不安甚至愤怒的情绪。此时，我们需要在一定程度上，克服自己的心理不适，下定决心去温柔地对待他们。我经常发现，这些照顾患病动物的麻烦与烦恼，总会给我带来回报，不管是什么动物，体型如何，都对我满怀感恩，并对我产生更多依恋。总之，我只是在履行自己作为基督徒的职责，正如基督教俗语所说，"正直之人对动物仁慈"。"上帝为剃毛的羔羊减轻风力[1]"说明上帝造物皆有用途，不该受到人类的糟蹋或忽视。

---

1 指上帝慈悲为怀。

　　的确，祖母特别喜欢猫。每年夏天，她都把她的猫——"波斯"和"宝石"，放在篮子里，用五把挂锁锁住，然后带着他们动身前往马德拉（Madeira）的别墅。

　　突然，沃尔什先生示意男孩子们安静下来，然后说："艾琳，也许你应该写信给你祖母，问问她，如果她遇到歌利亚的这种情况，会怎么处理？"

　　我回答说，为时已晚了，但是又想起了父亲提到的那只新的小狗，就又点了点头。父亲提到用一只小狗取代歌利亚，当时我很生气，他和母亲自认为，我会忘记老朋友，这简直就是在侮辱我。但是现在我意识到，那只小狗需要我。我会给祖母写信，那样我的下一只小狗老去时，我就能更好地照顾他了。

第二章

梦想初定

1878 年
爱尔兰蒂珀雷里郡

四年之后，查尔斯、奥兰多、利奥、珀西和我仍然在科丹甘庄园，接受沃尔什先生的教育，但这未必是上帝回应了我的祈祷，也不意味着母亲放弃给我找家庭女教师了。而是，母亲生下妹妹乌苏拉（Ursula）后决定，还是等妹妹大一点了，等她需要接受教育时，再给我们共同找一位女教师。而且查尔斯已经十四岁了，很快就要加入皇家海军（Royal Navy），担任初级海军军官候补生。查尔斯去参军，沃尔什先生教导的学生数量将会减少，于是，我就顺理成章地继续接受非传统的女性教育。

有一天，沃尔什先生对我态度恶劣，因为我偷偷溜出教室去看马。我不记得自己是怎么来到马厩的，我看到蹄铁匠在英雄的蹄子上操作着，同时清楚地听到他当时说的那番话，于是下定决心，明确了自己的未来之路。

我坐在院子的一边，大猎犬奈德把头枕在我的腿上。远远望去，其他马儿们在俯视着马厩的门。

我能清晰地看到蹄铁匠和马夫，也能清楚地听到他们的谈话，但是他们都没有注意到我。如果他们看到了我，可能就不会提到我父亲了。

"听说你们麻烦更多了。"蹄铁匠问，把额头靠在英雄斑驳的灰色马肩上。

"没那些新教徒多。"马夫回答。

"那修女后来怎样了？"

马夫毫不掩饰话语中的嘲笑。"都没开追悼会就被埋了。"

"可悲，"蹄铁匠说，"不过居然没把她挖出来道歉，我倒是很惊讶。"

"老爷的手段更残忍。"

这已经不是我第一次听到修女的事了。昨天，父亲在走廊里对母亲咆哮，吼着说出这件事。

我的父亲——利奥波德·卡斯特爵士（Sir Leopold Cust），在爱尔兰当了六年史密斯·巴里先生（Smith-Barry）的地产代理人，1863年与母亲伊莎贝尔夫人结婚后，就带着她居住在科丹甘庄园。从那以后，他们就在庄园过着舒适的生活。"爱尔兰人，尤其是农民，固执又蛮不讲理。"父亲经常愤怒地说，胆小者不适合干他的工作。佃农在黄油市场每卖出一小桶黄油，史密斯先生就向农民收取一便士，但这项规定并不是父亲拟定的，他只是奉命管理土地。那位牧师在史密斯先生的土地上，没有征求父亲的同意，就把修女埋在所属的修道院里。不是父亲主观判定该行为不符合规定，他只不过是在执行工作，确保人们遵守规定罢了。

"可是，利奥波德，"母亲说，"你脚踩着那可怜女人的坟墓，难道不是在寻事吗？"

父亲被激怒了。"伊莎贝尔，你没听到我说的吗？是那个人在挑衅我！你让我怎么办？对他卑躬屈膝，甘愿受他藐视吗？牧师喜欢把自己塑造成强者，失败了就把自己包装成受害者。他是一个试图挽回面子的反叛分子！"他喊道。

事实上，我很了解父亲和修女的矛盾，就没太在意马夫的看法。那时候的我，小小年纪，思想天真，在很大程度上忽略了爱尔兰地主和租户之间的矛盾。我当然并没有意识到，国籍和宗教问题会加剧爱尔兰地区的紧张局势。那天早上，他们对父亲的一番评头论足，并没让我放在心上，但他们聊完修女，后面提到的内容，倒是让我印象深刻。

"年轻的凯利先生后来怎样了？他不在郡上打铁了吗？"马夫问。

"那个小伙子努力学习，成为一名……"蹄铁匠停顿了一下，闭上了眼睛。很明显，他并不熟悉这个词汇。他正在伦敦学习，努力成为兽医。

"兽……马医吗？"

"对，不过兽医更像是治疗动物的医生。"

"他为什么要去干这个？"

"他说，他不想只当一个蹄铁匠，他想学习更多的知识。我怀疑，当兽医能赚到很多钱。"

"那他去做什么？也是照顾牛羊吗？"

"对，那可是一笔大生意。"

"动物四肢受伤，他会学习怎么处理吗？接生牛崽、马崽以及羊崽？"

"会。"蹄铁匠说着，拿着钳子在马蹄上操作着。

"你觉得他能解决这些寄生的蠕虫吗？"

"嗯，可以。解决这些蠕虫，肯定能赚一大笔钱。"

动物医生？照顾牛马羊，照顾四肢受伤的动物，帮助接生牛崽、马崽、羊崽，解决蠕虫问题。我抚摸着奈德，感觉耳朵在蠢蠢欲动，我想了解更多信息。现在，蹄铁匠轻拍着英雄的蹄子，他们俩都安静下来了。过了一会儿，我起身走向他们。

"怎么称呼动物医生？你刚刚说的那个词是什么？"我问。

他们惊讶地看着我，可能担心我无意中听到他们在非议父亲，害怕我曝光他们乱嚼舌根，但我当时并没有这想法。

"卡斯特小姐……呃……您在这里做什么？"马夫问。

蹄铁匠站直了身子，用围裙擦了擦脏手。"早上好，小姐。"他微笑着，眼睛都皱了起来。他看起来很和蔼，我为那些马儿感到高兴。他又闭上了眼睛，专心说那个词语。"动物医生就是兽医（a veterinary surgeon），就是兽医。"我脑海里不断重复这几个词，心里想着，到教室后，要把它们写下来，再和沃尔什先生核对下拼写有没有错。

"小姐，你为什么要问这个？"蹄铁匠问。

我知道原因，但还没准备对外公开。也许，我预料到他们会做何反应。即使铁匠和马夫出于礼貌不会当场耻笑我，但他们会以此为笑柄，我冒不起这个险。

"我就想了解了解。"我说。

我走开了，奈德紧跟在我身后。我经过其他马时，停下来摸了摸他们的鼻子。

"你们好呀，宝贝们，"我低声说，一只手放在马的鼻子上，另一只手放在奈德光滑的头上，"别担心，我会找到办法。如果你受伤了或者不舒服，我会照顾你，不会有人对我说'哎，他们只是动物罢了'，或者'他老了，命数到了'。我会找到办法的。"

我想象自己成为兽医后，一生会遇到多少匹马。我朝牧场望去，有三头黑色的奶牛在吃草。我想象自己将帮助长睫毛、大眼睛的小牛崽降临人间。我不太确定，除上述这些事外，兽医还能为动物做些什么，但没关系，一想到要和动物为伴，并知道如何帮助他们，我就很高兴。我蹦蹦跳跳地穿过草地，朝河边走去。

我下定决心了。在假日，我会做一名非正规的驯马师，去训练两岁的小马；在打猎日，我会去当猎犬管理员或助手。除去这些时间，我要去照顾动物，像兽医一样工作。日程都安排妥当了，我感到很开心。

我想起一年前，祖母去世时留给我的绿色箱子，箱子里放着一些器械。当时我写信告诉她歌利亚的事，之后我们就有书信往来，讨论如何最佳地照顾狗狗。那是我最珍贵的财产，尽管母亲坚持让她来保管箱子，待我成年后再给我。

到了午间，我惊讶地看到查尔斯在餐厅吃午饭。早膳过后，他就和父亲出去处理史密斯·巴里先生的事务了。按理来说，他们要到晚上才回来。我后来才知道，是父亲身体不舒服。父亲的膝盖又肿又痛，而且呼吸困难，即使上马时稍微动一下，也上气不接下气。他正在楼上休息，叫了医生过来诊治。

父亲不在饭桌上，保姆也上楼去陪乌苏拉了，母亲主导了这次家庭谈话。由于父亲不在，也没有外人在场，母亲和查尔斯交流时就没有那么拘谨。

"晚一点离开，也许是明智之举。"母亲说。

查尔斯盯着眼前的餐盘，回答："不，不能因为父亲身体不适，就改变我的计划，父亲也是如此认为。刚入伍就推迟报到，这样不合规矩，我的海军生涯不应该是这样的开始。"

"海军部肯定会谅解。你父亲会写信为你说明。"

"不，我留下也不会有任何改变，我无法承担父亲的地产职责，已经有很多人反对我插手了，这不合规矩。"

母亲举起手，示意查尔斯不要再说了。谈论皇家海军可以，但她不愿意讨论史密斯·巴里庄园的事务。奥兰多、利奥、珀西和我都听到了谈话，我们默默吃完了饭。

父亲并未康复，就在我决定成为兽医的那一天，他躺在病床上，永远地离开了我们。也许死亡是万物最终的归宿，即使我早已知道这一点，但父亲毫无征兆地离世，还是令我始料未及。

母亲让查尔斯扛下重担，让他告知我们父亲去世的消息。她可能觉得，查尔斯既然能参军入伍，就已经是男子汉了，能够扛下悲伤，传达这噩耗。

我和奥兰多、利奥、珀西在儿童室，围着查尔斯站成半圆，他直截了当地说："父亲去世了。"我们听到后，默不作声。

最终，奥兰多开口了，声音颤抖着说。"但是……但是……你确定吗？"

"确定。我为何要开这种玩笑？"

"我们还没好好告别。"珀西跺了跺脚。

我们又陷入了沉默。我们还没与父亲道别，他就去世了。之前母亲告诉我们，医生嘱咐说父亲需要静养，所以我们就没去打扰他。没有父母的命令，无论何时，我们都不能进入他们的卧室。

奥兰多抽着鼻子。我瞥了他一眼，看到几滴硕大的泪珠从他脸颊流下。我被哥哥的眼泪弄得心神不宁，于是就把目光移开了。

"我们不要闹，"查尔斯说着，放低了声音，"母亲的烦心事已经够多了。"

我走到窗前，看着窗外的马厩。"我们可以去骑马吗？"我问。

没有人回答。我转过身，看见查尔斯和奥兰多已经离开了房间。利奥和珀西坐在地板上，安静地堆着木块。

尽管医生列出了一长串爸爸的死因，但当地人坚持认为，这是因为父亲脚踩修女的坟墓，这是上天对他的惩罚。1878 年 3 月 9 日，蒂珀拉里自由出版社（The Tipperary Free Press）报道了他的死讯，内容如下：

> 利奥波德·卡斯特爵士因疾病缠身，医治无效，于周日晚去世。令人奇怪的是，他的死讯公之于众后，蒂珀雷里铜管乐队立即在街道上，演奏欢快的乐曲，附近的山上也点燃篝火，大肆庆祝。这起死亡事件彰显了民众非凡的个性。据了解，死者是 A. H. 史密斯·巴里先生的土地代理人，极不受民众待见。他意外去世，民众大举庆祝，欢呼雀跃。正如道森上尉（Captain G.M. Dawson, D.L.）提议那般，今日，蒂珀雷里郡的监护委员拒绝休假，就这位逝者，就这位土地代理人的品性，做出严厉批评。

父亲去世了，母亲做何打算，我自然无从知晓。但父亲一去世，我们全家就搬离了爱尔兰，由此可见，在父亲去世之前，母亲可能就已经谋划要举家搬迁，返回英格兰。

父亲去世后，他的朋友——菲茨赫伯特·威德灵顿少校，就成为我的监护人。少校很可能也参与了搬迁安排。马车运送着父亲的尸体从科丹甘庄园到科克市（Cork），然后运回英格兰。不久之后，我们也离开爱尔兰了。

当时，我对父亲的死感到很困惑，也对仓促离开爱尔兰之举感到疑惑。多年后，我才得知，就在父亲去世后一年半多的时间里，爱尔兰成立了国家土地联盟（National Land League），随后又爆发了反对地主权力的土地战争（Land War）。父亲曾经脚踩天主教修女的坟墓，同时又代表着地主阶级，爱尔兰人对他深恶痛绝，从这一点来说，我们当初迅速离开爱尔兰这事，就说得通了。

对于父亲的离开，我不知道自己要如何行事，才能符合大家的期待。我应该怎么做？又应该怎么说？我把目光转向别处，避免看到周围人眼中的同情。要是我以前多听从母亲的教导，熟知何为礼节，何为教养，也许就能更好地应对这种情况了。有一种情感在我胃里翻江倒海，就像歌利亚生病时，母亲不让我叫医生的感觉。这是愤怒吗？还是沮丧？绝望？悲伤？我不确定。

但可以确定的是，我还未真正了解父亲，他就去世了。我已经十岁了，但我和他相处的时间并不多。关于父亲，我最珍贵的记忆就是他受不了我的软磨硬泡，最终硬着头皮答应我，让我加入男孩子的队列，和他一起去打猎。我知道他只是不喜欢我纠缠罢了，并不是真心希望我去打猎。

尽管查尔斯和母亲不满地瞪着我，我爬上马车时还是哭哭啼啼，这是最后一次在庄园上车了。从我记事以来，我唯一知道的家就是科丹甘庄园。我们一家都是英格兰人，但是蒂珀雷里郡是我出生并成长的地方。我在蒂珀雷里郡牙牙学语，蹒跚学步，学会骑马。我曾经骑着小糖穿过森林，驰骋过爱尔兰金矿脉的田野，在这片土地上留下了自己的印记。我觉得那片土地上的我，永远有歌利亚或奈德做伴，与他们在牧场间奔跑，在安拉河钓褐鳟鱼，躺在草地上看獾子在山坡上觅食。我童年的记忆永远留在了那里。

我们开车走了，留下奈德和仆人们站在前面的楼梯上。奈德看着我离开，缓缓摆动着尾巴，好像摇晃下尾巴，就能实现愿望让我带他走。但事与愿违，母亲早些时候就告诉我，奈德是庄园的财产，并不属于我们。

"不是这样的！"我哭喊着，"奈德是我的！歌利亚死的时候，父亲在奥曼德城堡买下他。您怎么可以忘记这件事。"

"是你父亲用史密斯·巴里先生的钱买的，他属于科丹甘庄园。"

"但是母亲……"

"你可以在英格兰再养一条狗。"

我盯着她。她为什么就不明白呢?

"我不要其他狗。奈德——"

"艾琳，就这样定了。"她边走边说。

我十分沮丧，抱起奈德，让他依偎在我怀里，枕着我的手臂。我与他道别，并向他道歉。要是早点知道这件事，我会带着他先跑。很早之前，夏洛特姨母从心形的金盒式挂链上取下枯燥的头发，把吊坠赠予我。我把奈德的一撮毛、小糖的几缕鬃毛以及歌利亚的几簇毛发，放进吊坠里保存起来。

姨母住在希罗普郡桑绍庄园，我们曾去拜访过，和姨母相处过一段时间，但我不太记得那次旅行了。当我得知男孩子们可以去附近利顿村庄的教堂参加父亲的葬礼时，我感到非常委屈。我依然记得当时的感受。那时我不得不和保姆待在家里，陪着还是婴儿的妹妹。我原本希望，那场葬礼能让我明白何为失去父亲，让我深刻体会到，失去父亲是一种怎样的感受。

"但是母亲，"我发出抗议，"为什么男孩子都能参加葬礼，就我不能？珀西比我还小。"

母亲戴着手套，调整了一下黑色的蕾丝面纱，然后说："因为你是女孩子。你会发现在往后余生里，女孩子不能做的事有很多。"

"但是，母亲，我能够，我可以……"

"这不仅仅事关个人能力，艾琳。"她提高了音量，"有些事情对女孩子来说，既不合适也不受认同。参加葬礼就是其中之一。如果你想在上流社会谋得一席之地，就必须接受这一点。你越早认识到这个社会的本质，生活就越轻松。现在不要再为难自己了，上楼去吧。"

第三章

与多萝西的相遇

1878 年
英格兰希罗普郡

我没有上楼。反抗无果后，我从前门逃到花园。母亲没有追上来，我透过一簇杂乱无章的粉玫瑰看见一辆马车开走了，那辆马车由两匹黝黑发亮的马儿拉着。

天空开始下起了毛毛雨，参加葬礼的人已经所剩无几了。我故意在草地上拖着脚走路，好像把鞋子磨坏会让我心情好点儿似的。我走到花园尽头的凉亭，一屁股坐在长椅上，不断紧握拳头，愤怒地颤抖着。我绞尽脑汁思考，为什么无法参加葬礼，我会如此生气。

倒不是我喜欢参加葬礼。我通常没几分钟就开始厌倦布道了。我对大多数圣歌忧郁低沉的调子感到反感，更何况教堂的长木椅又冷又硬，坐着一点也不舒服。我很讨厌每周日早晨例行的礼拜，尤其讨厌在阳光明媚的日子要去做礼拜。这样的好天气应该外出骑马、散步或者钓鱼。即使天气不好，我也宁愿想些别的事。我并非胆大到敢在太岁头上动土，故意表现出厌恶做礼拜的情绪，触怒母亲。我和男孩子们一样面无表情，默默地承受教会的仪式。

我也不是因为没法悼念父亲而生气。我无法分辨到底是因为父亲离世，还是因为被迫离开爱尔兰，又或者是因为不得已和我的动物伙伴分开让我感到愤怒。

我生气的根本原因在于，仅仅因为我是个女孩儿，就不被允许参加葬礼。母亲对男孩子们和对我的要求完全不同，这简直毫无道理。她对我们说的话，强调的事都大相径庭，尽管她坚称这是上流社会的规定。仅仅因为我不是男孩儿，我就不能做这个，不能去那里，不能参加这个，不能去做我想做的事。我无法接受这些刻板的约束。哪有这样的道理？没有任何迹象表明我低人一等。我弹指间就能列出驳斥这些性别歧视的有力论据。查尔斯比我早上了几年学。论学识，除了查尔斯，没人比得过我。论身体素质，我各方面都比利奥和珀西强。论马术，我骑马骑得最好。

我很生气，只因为我是女孩，人们就对我的这些优点视而不见。女性生来就得迎合男性，为男性服务，这个刻板规定使我更加恼火。

我把辫子甩到背后。我应该做一个男孩吗？不，我不想。我只想和哥哥弟弟们一样，有权利选择我要去的地方，要做的事，拥有和他们平等的经历和机会罢了。而我居然没有这些权利，这简直荒谬至极。

这就是我如此气愤的原因。

我看见夏洛特阿姨的棕黄色小狗露比在雨里蹦蹦跳跳，于是转移了注意力。我坐在地上，毫不顾忌她满是泥泞的小脚丫，把她拉到我的腿上，抚摸着她柔软的耳朵。我一想到奈德，一股羞耻感就涌上心头，打了个寒战。我敢肯定，如果母亲愿意，她总有办法让奈德来英格兰。事实上，我还在对这件事生气。

"为什么人们这么善变？"我说着，把下巴抵在露比的头上，"我们不值得你这么忠诚。"

我走了之后谁会骑小糖呢？有人会住进科丹甘庄园吗？若是他们不喜欢小狗呢？奈德怎么办？要是他们不管小糖和其他马儿怎么办？这些不好的想法闪过我的脑海。父亲已经不在了，我无法为他做什么了，但是小动物们还活着，还需要我们照顾。我得为他们做点什么。

露比望着我，巧克力色的眼睛低垂着，虽然我们才刚认识不久，但是她的眼里充满了对我的喜爱。

"如果丢下他们，我一定会后悔的。"我说。

露比跳出我的怀抱跑回家时，我知道丧葬队伍回来了。但我仍杵着不动，因为我决心要气母亲到底，即使我又冷又饿又无聊，我也不会回去。她不大可能会担心我，但如果我的所作所为哪怕有一点惹恼了她，或者让她难堪，我都会选择这么干。

我以为母亲会派用人或者奥兰多来叫我回去。有一个陌生女孩穿过湿漉漉的草地朝我走来，她穿着一件宽松的黑色连衣裙，优雅得体。我站起来，理了理我的裙摆。

"你好，艾琳。"她一边微笑着说，一边爬上凉亭的台阶，"我是多萝西·威德灵顿。"

"你好。"我说着，对母亲引诱我进屋的诡计感到恼火。我怎么能跟一个陌生人抱怨自己的母亲，说她多么不公正和刻薄呢？

威德灵顿少校曾提到过他的女儿多萝西和多萝西的兄弟姐妹——艾达、杰拉德和伯特伦。多萝西大我三岁，是家里的长女。我曾无意中听到少校告诉母亲，多萝西以前名叫多莉，他的姑姑多萝西去世后，他的女儿才被叫作多萝西。威德灵顿少校说，她性格文静体贴，更适合叫多萝西，所以就不叫多莉了。当时他并没说她外貌如何。

"节哀顺变。"她说。

我点点头，凝视着她的头发。多萝西一头乌黑的秀发自然地披落在身后，像黑色的锦缎一样光滑柔软。

"是我母亲让你来找我的吗？"

"不是。我在里面待不下去，沉重压抑的氛围让我喘不过气。我下车时正好看到你在这里"

她把手搭在凉亭的围栏上，俯瞰花园尽头的小溪。溪水潺潺，缓缓穿过树丛。

"那里面有鱼吗？"

这问题令我诧异，她不像是个会对鱼感兴趣的人。

"我们来这儿还没几天，我还没见过。再说了，母亲也不会允许我……你……你会钓鱼吗？"

"钓鱼是我的其中一个爱好。"

"哦。"

"你呢？"

"我也喜欢。除了骑马，我最爱的就是钓鱼。在家时……我们住在，我们曾经住在爱尔兰科丹甘庄园，那时我们老去安拉河边钓鱼，钓褐鳟鱼。"

"我父亲说等一切尘埃落定后，他会请你们全家去牛顿庄园。你会来吗？"

"你住在那儿吗？你住在诺森伯兰郡？"

"嗯。我们可以一起骑马钓鱼。我家离海滩不远。我们有时会骑马去海滩。你打猎吗？"

我注视着她。一大早就不顺，现在竟然会有这么棒的惊喜，甚至连雨都已经停了。

我们听到了一阵碎石的嘎吱声，就顺着房子的方向望去，一个比我还小的男孩穿过车道，跑到草坪上，然后奔向我们。露比蹦蹦跳跳地跟在他旁边。

"啊，那是我最小的弟弟，伯特伦。我们都叫他伯蒂。"多萝西说着，指着伯蒂，挑起她漂亮的眉毛，"不管我在哪儿，他都能找到我。我觉得他就是条猎狐犬。"

我破天荒地轻轻笑了一下，然后看着伯蒂跑过来。伯蒂和多萝西一样，有一头深棕色的秀发。但他的头发更加浓密，而且像茅草一样直，他大脑门上的刘海看起来就像茅草屋的屋檐。他的皮肤很白，脸颊却红得像公鸡的鸡冠。

"他有很多优点，他是捕鱼的一把好手，而且不像艾达和杰拉德那样喋喋不休。他是一个绝佳的钓鱼伙伴。"多萝西介绍说。

伯蒂在楼梯底下停了下来，慢慢地拾级而上。我蹲下来拍露比时，他害羞地看了我一眼。

"伯蒂，这是艾琳，"多萝西说，"她会教我们钓褐鳟鱼。"

他睁大眼睛看着我。"在这里吗？"

"不是在这儿，傻瓜。"多萝西说着，揉了揉伯蒂的头发，"等艾琳来牛顿庄园找我们的时候。"

"你明天会和我们一起走吗？"伯蒂问我。

我看向多萝西，好像她比我本人还了解我的生活。"艾琳明天还不能和我们走，但希望过不了多久，她就能来找我们了。"多萝西回答，微笑地看着我。

但愿如此。

那天晚上，我沿着走廊走向卧室时，奥兰多在他房门口叫我。

"你没错过什么……真的。"奥兰多悄悄说。

"什么意思？"

"父亲的葬礼，你没错过什么。"

我不以为然地耸耸肩。

奥兰多一边系紧红色睡袍上的带子，一边向我走来。奥兰多总是很精致，即使上床睡觉也穿得很考究。我唯一能从他身上看出来遗传母亲的地方，就是他的精致作风与长睫毛。

"我听到你问母亲能不能参加葬礼。"

"所以呢？"

"我只是想告诉你，葬礼上没发生什么特别的事。"

"哦。"

我在想奥兰多认为我参加葬礼是出于什么目的。奥兰多是兄弟中最善解人意的，但即使是他，也无法理解我仅仅因为性别而被排除在外的心情。

"棺材盖着，我们也看不见父亲。"

我倒吸了一口气。我从未想过可以见到父亲。原来这是可以选择的吗？我从未参加过葬礼。我也不想看到父亲或者其他任何人的尸体。我见过马、牛和羊的尸体，他们四肢僵硬冰冷，身体浮肿得不成样子，眼睛也浑浊不堪，已经面目全非了。他们生前再怎么活泼好动，令人生畏，顽皮捣蛋或者其他什么，一切都无关紧要了。死后都是一片虚无。我知道死亡是怎样的。父亲也不会有什么例外。

奥兰多继续说："教堂冷冰冰的，没有人哭。牧师无聊地讲个不停。到了墓地，他又布道了一次。布道终于结束后，我们坐上马车回家了。母亲说很高兴葬礼终于结束了，她感到一切都已尘埃落定。珀西似乎有些迷迷糊糊，但查尔斯和利奥还算能接受。我虽然接受不了父亲的离世，但什么也没说。我只觉得离开那儿让我如释重负。我对父亲的感情一如既往。"

我保持沉默。

他叹了口气："我只是想告诉你……以防你觉得去那儿会有什么不同。"

我点了点头然后离开了。我应该感谢他的，但我说不出来。

第四章

伦敦之旅

1881 年
英格兰诺森伯兰郡

即使夏洛特姨母认为妻子守寡两年，孩子悼念父母一年就已经足够了，但母亲仍认为我们需要用三年时间来哀悼父亲。最终，在 1881 年的夏天，姨母劝说母亲参加伦敦的社交季（the London Season），以便结识朋友。

"讲真的，夏洛特，你真觉得我要不顾逝去的丈夫，随即投身于社交季中，参加一系列令人头晕目眩的舞会、晚宴、花园派对和展览，这妥当吗？"母亲问。

"若你真想维护住卡斯特家族的荣誉，又希望你的孩子在未来能有适配的对象，那就一定要在上层社会中参加交际。"夏洛特姨母毫不犹豫地说，"我想说，你怎么敢再耗下去了，伊莎贝尔。"我的母亲听不进任何劝说。奥兰多、利奥和我去诺森伯兰郡，拜访威德灵顿一家。母亲觉得珀西和乌苏拉太小，不适合与我们一同前往，于是便带着他们坐马车去了伦敦。而查尔斯尽职尽责地在皇家海军任职。

威德灵顿少校和多萝西来车站接我们。他们坐在一辆马车上，由一对枣红色的克莱兹代尔马拉着。这两匹马一模一样，身上长着白色的斑纹。

他们把行李拎上马车的间隙，我绕着马儿走了一圈，观赏他们一致的外观，凝视着他们高大的身躯。根据我在爱尔兰马夫处学到的知识判断，他们高约1.9米，重约900千克。但是他们长着一双柔和的棕色眼睛，鼻子是粉红色的，腿上有一小部分为白色，四蹄长着长毛，这让我确信他们很温顺。"这是两匹同种母马，仅相差一年。"多萝西边说着分别用手抚摸这两匹马的口鼻部分。

"他们是你父亲培育的吗？"我问。

"不是，这是他在苏格兰买的。我还跟他去看了公母种马。"

我十分羡慕多萝西，她实在太幸运了，有一个带她旅行，还带她去克莱德斯代尔种马场的父亲。

"艾琳，牛顿庄园有两匹马供你选择。"威德灵顿少校戴着手套指着马车门说。他蓄着姜黄色的胡子，这胡子比我记忆中的还要长，但依然如此整齐。"阿里翁是一匹冷静可靠的老马，她会执行你的一切命令。斯坦福的速度更快，但脾气暴躁，喜怒无常。"

"她会选择斯坦福。"奥兰多说着爬上了我身后的马车。

他和利奥都没那么热衷于骑马，但是奥兰多知道我曾经有多么想骑马。母亲坚持说，我们和姨母一起骑马不合规矩。她说哀悼时就应该安静地深思。我争辩说，骑马时我最为深思。母亲的眼睛往上瞥了一下，懒得回应就走开了。从上次骑马到现在，实在太久了，我都数不清过了几个月了。

一想到能再次驰骋在田野上，我就高兴得跳起来。奥兰多是对的，我会选择斯坦福。难以预测的狂马很是令人兴奋，他们可能会突然叛逆，但我就喜欢这类。有时候，人们需要记住马儿有多么强大。马儿叛逆说明他们锐气未灭。没有锐气的马儿只是机器罢了。实际上，我喜欢马儿能迅速对我的指令做出反应，但也喜欢他能独立思考，至少自己能偶尔做下决定。对于这类马，我理解他们，也最敬爱他们。我渴望见到斯坦福。

从查特希车站到牛顿庄园，马车沿着海边的乡村驾驶了约八公里。我凝视着窗外，想象自己在策马奔腾。诺森伯兰郡的这部分地区有泥滩，沙丘又起起伏伏，这与蒂珀雷里郡和希罗普郡非常不同。满地姹紫嫣红，粉红色的、黄色的、紫色的花儿尽收眼底。风夹杂海洋的气味，吹打着细草，拍打着这些大地上罕见的花朵。

"真漂亮。"奥兰多说着，朝我的方向，俯身看花。

"你来得正是时候。"少校说。这里的许多野花都难得一见，现在正是开得最灿烂的时候。

我瞥了他一眼，对他谈论花的行为感到惊讶，因为父亲并不会谈论这个话题。事实上，我未曾听过父亲提起过花，更不用说夸它们可爱了。我们这个家庭的浪漫主义者——奥兰多，曾告诉我绅士是如何通过赠送鲜花，表达对女士的兴趣或爱意等。此外，不同品种的花、不同颜色的花，都有不同的含义。例如，男士在向女士表达爱意时，通常会选择赠送红玫瑰。但是我却没有意识到，绅士欣赏花，也可能仅仅因为花漂亮而已。我在想，为什么就没有这种情况？难道男人就不是人？这些年来，我不断地向母亲提出这样一个观点：男女之间，相同之处不是多于不同之处吗？我在想诺森伯兰郡还有什么令我大开眼界的地方，我偷偷地看了一眼少校。

他穿着一件长大衣，搭配一件深色的牛仔裤，再套上一件双排扣的马甲。这身穿着无可挑剔，但也不太引人注目，这是当时绅士最常见的装扮。但我从未见过，像他脚下如此光亮的鞋子，也从未见过像他头上如此光滑的礼帽——礼帽正放在他的膝盖上。正如他的形象和仪态所示，几年前，威德灵顿少校曾担任诺森伯兰郡的高级治安官，是一位地位颇高的绅士。我了解这些，是因为母亲一再提起过。当然，即使父亲指定他为我的监护人，母亲也不会允许我和家里的男孩们去探望他们一家。他在爱尔兰拜访我们时，我还无意中听到少校是一位出色的猎人。我在想，他是否会同意我加入他们，一起去打猎。马车慢了下来并转弯时，我开口询问了。

几排粉色和蓝色的蜀葵花，长得又高又壮，排列在车道两侧，就像是皇家游行队伍中的守卫。高大的黄色水仙花摆放在蜀葵花后面，它们低垂着头，好像在向我们致意。我看向少校，有点期盼他能够向花回敬。

他看着我，微笑着说："我说的没错，现在正是参观诺森伯兰郡的好时机呀。"

霍利霍克斯大道外有一栋两层的楼房——牛顿庄园。我看到它时，有那么一瞬间，想起了科丹甘庄园，因为它们的规模和形状都差不多，外墙也都是灰白色的。但是马车停下来时，我看到它是由砂岩石块建造而成的，整个房屋呈现浅粉色的色调。我们爱尔兰的家使用石灰石砖搭建，整体是沉闷的灰色。相比之下，牛顿庄园似乎在发光，也许不是砂岩的光，而是春天花园反射的光。不管怎样，威德灵顿家有自己的迎客之道，伯蒂跑下楼迎接我们时，脸上笑盈盈的，他母亲塞西莉亚·威德灵顿夫人紧跟其后，脸上也挂着笑容。她是大名鼎鼎的威德灵顿夫人，尽管她坚持自己只是少校的妻子，不是贵族人士。多萝西遗传了她的椭圆形脸蛋，以及那一头富有光泽的头发。

这是我第一次去牛顿庄园。接下来几年我也会无数次愉快地拜访这个地方。在骑马、狩猎以及其他马术活动方面，诺森伯兰郡都超出了我的预期。多萝西询问菲茨少校（威德灵顿夫人坚持让我们这样称呼），我能不能参加下次的狩猎活动时，他毫不犹豫地答应了。多萝西告诉我，少校知道我在爱尔兰参加过狩猎活动，也清楚爱尔兰的狩猎活动比英格兰的更费脑子，更难驾驭。

我们准备出发打猎时，猎狗们兴奋地叫着。我无意中听到少校对另一名骑手说："艾琳，她是我已故的好友利奥波德·卡斯特爵士的女儿。虽然她才十三岁，但是你可别小瞧她。你可从未跟如此年轻有为的女骑手一起骑过马。"

我感到害羞，脸在发烫，于是便把目光移开了，假装没听见他在说什么，但是多萝西自带光芒，吸引着我的目光。

"他没有夸大其词。"她说。

斯坦福摇着头，用蹄子扒着底下的鹅卵石，他和猎狗一样急于出发，我前倾拍了拍他的马脖子。汗水已经浸湿了我的手套。

"耐心点，宝贝。我们很快就要出发了……我希望。"我低声说。

我曾经在牛顿庄园骑过几次斯坦福，知道这匹光滑的枣红色马既渴望愉快驰骋又高度紧张。他很熟悉团体活动的规则，不太可能在狩猎时疾驰超过其他马让我难堪。作为这次活动的嘉宾兼年轻人，我最好出现在第一队尾。我想要经常和威德灵顿一家打猎（当然，我确实如此），就要表现得体，表明我理解并尊重这些狩猎礼仪和规则，这一点很重要。我下定决心，一定要和斯坦福"恪尽职守"。

终于，越来越多的骑手聚集一堂，我从未见过如此庞大的比赛。我们沿着一条又长又窄的小道出发，猎狗们摇头摆尾率先开路，之后是猎犬管理员，其余的人都跟在后面。斯坦福发出喷鼻声，像是在表示认可，之后稳稳地小跑起来。我坐在马背上，深呼吸了一下。虽然时间还早，但是天已经热起来了。我看了一眼多萝西，她驱使马儿跑到斯坦福旁边。

"基克。"她说着朝自己的高大栗色马点了点头，那匹马的尾巴系着红丝带。我们骑着马缓慢跑起来。"要开始狩猎了，我不太清楚自己是兴奋还是害怕。"

我懂她的意思，我的心也跟着马蹄的起伏而怦怦直跳。

"我很激动，"我说，"但也有点害怕。我想这就是狩猎的意义吧！"

"你说是就是。"多萝西笑着说。

我们离开公路，进入了一片草地。马儿感受到脚下的草地，竖起耳朵，扯着缰绳前进，发出刺耳的叫声。狩猎的节奏很快就发生变化了。

"先停下。"狩猎负责人说着，抬起一只手发号施令。这一举一动很符合负责人的身份。

就在我们等待时，负责控制狗群的猎犬管理员和助手扬长而去，蹄声雷鸣，猎犬吠叫。他们穿过广阔的原野，向远处的一片树林狂奔。我看到两匹马腾空而起，跨过一道道茂密的绿色树篱，此时我本能地在马鞍上挪动了一下，想象着斯坦福就在他们身旁，策马奔腾，跨越障碍。

斯坦福弯着马脖子，鼻子前伸，拽着缰绳向前，缰绳从我手中滑掉。他脱缰后，后腿直立，前腿腾空而起。我应势双腿并拢，紧紧抓住马鞍的第二个鞍头作为支撑，身子一晃，抓起皮带把他勒住，大喊"吁——"。即使有第一个鞍头支撑着一条腿，第二个鞍头弯曲着固定住我的小腿，但要在侧身骑马时保持平衡并不容易。

我想起，小时候父亲给我买第一个女式马鞍[1]时，我有多么激动（因为母亲坚持认为，我已经七岁了，跨骑不太优雅）。但是我骑着小糖走了一小段路才发现，使用新马鞍不但无法证明我马术进步了，反倒凸显了女性骑马的劣势。即便如此，我别无选择，只能去掌握如何侧身骑马。我很高兴，还好我当时努力去掌握女用马鞍的使用方法，但因为我太兴奋了，稍不注意，斯坦福占了别人的道，向旁边跑了几步，撞到了一匹马。

一道红光吸引了我的注意，那是一匹栗色马，她竖起耳朵，紧抿着嘴唇，扭着屁股对着我们。我猛地收紧缰绳，匆忙把斯坦福向左一拉，斯坦福移动得很快，刚好避开了她扬起的蹄子。

我的马恢复了平静，我转过身来，面对坐在栗色马上的胖男人。他的脸很圆，眼睛也是如此。他的双眼充满了困惑，似乎并不确定发生了什么。

"对不起。"我说，希望这一刻发生的事，不会影响我后续参加诺森伯兰郡的其他活动。

"不，不，小姐。我向你道歉，"他结结巴巴地说，"这马有点喜

1　旧时的女式马鞍。为了姿势优雅，偏坐在马鞍上。

怒无常。确实有点可怕。"

"好样的，卡斯特小姐。"负责人说着，然后策马去追赶猎犬。

"继续前进！"

我们骑了大概四个小时，地上的影子已经很短了。那天天气很反常，太阳放射出炙热的光芒，照耀着大地。猎犬们起先追踪到猎物的气味，之后又嗅不到了，带领我们穿过几片草地和犁过的田地，在林地来来回回穿梭了三到四次。一路上，我们跨过河流，翻过围墙，越过栅栏，穿过大门。有一匹马儿脚滑，跌倒在河岸，一不小心又推倒了另一匹马，导致两位主人一身狼狈。尽管两个骑手在水里扑腾一番，浑身湿透了，脸还涨得通红，但还是重新上马继续前进。

斯坦福在经历栗色马事件后，开始挽回名誉。他从不退缩，热切回应我的每一个指示。猎犬们又一次追踪不到猎物，负责人再次叫我们停下脚步，说是时候骑马回村子里去了，此时我松了一口气。马儿们汗流浃背，猎狗们只要逮住机会，就躲到阴凉处，而我们这群骑马的人，大部分都穿着黑色的骑马服，很容易吸收热量，导致体温过高，又因劳累过度，脸色发紫。今天早上我们没有发现狐狸的踪迹，但是这次骑马之旅很精彩。

多萝西又凑到我旁边。"英格兰和爱尔兰的狩猎有什么不一样？"

我已经忘记了这个观点：英格兰的狩猎活动远比爱尔兰的更温和拘谨。

"都令人热血沸腾。"我回答。

"告诉你这点的人，想到的大概是更南边的狩猎活动吧，可能是伦敦附近的。"她说，"你和斯坦福是最佳搭档。"

"他无可挑剔。我很喜欢小糖，她比大多数马儿都更勇敢，但相比斯坦福，骑着小糖并没有那么舒服。"

"你是说，小糖腿短？"

"短太多了。"我回答，感觉自己更喜欢斯坦福，是在背叛小糖。

我瞥了一眼多萝西，刚好看到一只猎犬独自站在篱笆旁，头和尾巴都耷拉着，而其他狗儿都待在前方。我慢慢停下斯坦福，多萝西也看向那只狗，然后停了下来。

"他看起来不太舒服。"我说。

"应该不是，是天气的原因吧？"

"可能吧。"我答道，想起祖母告诉我的故事。她的一只斑点狗因为中暑衰竭死了。"我过去看看，你骑到前面去，告诉助手这件事。"

多萝西骑马向前慢跑去，而我慢慢靠近那只狗。他躺在地上，胸口起伏着，睁着眼，耷拉着舌头。我下马，跪在他身旁，抚摸着他的头，他却一动不动。

"可怜的孩子，"我说，"我们运动量太过了，本应该更细心地照顾你。"

我用帽子给他扇风。他现在急需水。如果我没有记错祖母的故事，光让他喝水还不够，还需要尽快把他浸到水中，给他身体降温。我起身环顾四周，没有看到附近有水的迹象。怎样才能把他带到我们先前穿过的那条河？虽然他在猎犬群中体型较小，但对我来说，他的身型还是太大了。就我一个人，根本就带不动他。我在想，怎样把他放到斯坦福背上，此时多萝西骑马过来。

"我父亲骑马去告知助手了。他还好吗？"

"不太好。我们得把他弄到水里降温。他已经完全瘫软了。"

"前面有一条泥泞的沟渠。"她说着下马，把两匹马套在一起并行。

多萝西和我一起，载着这只死气沉沉的猎狗，穿过田野，来到沟渠，那里有一摊浅浅的泥水。

"我们得把他放进去，"我说，"尽可能让水浸湿他。"

我们把他放在湿地上。我脱下手套，用手不断刨坑，想挖出一个大水坑。泥水慢慢渗透进来，不一会儿水坑涨水了。多萝西和我一起挖，我们很快就聚集足够多的泥水，可以把水舀到狗身上降温。我小心翼翼地弄湿他的嘴鼻部分，并希望他能喝点水。多萝西往他身上倒了一把水。

"他为什么不动？为什么不喝水？"她皱着眉头问，"太晚了吗？"

"希望不是，"我说，"我给他泼泼水，你给他扇扇风。"

我给狗浇水，多萝西用帽子给狗扇风。几分钟后，他的舌头动了动，舔了舔嘴唇。我掰开他的嘴，往他嘴里倒了点水，他睁开眼睛，盯着我喝水。

那条狗已经抬起头来，趴在那里舔水了，此时我们听到有马蹄声靠近，原来是助手过来了。

"希望他不要生气。"我低声说。

"生气？你救了那只狗，艾琳。"多萝西说，"你怎么知道救助他的方法？"

"不，是我们一起救了他。祖母有一只狗因为天气炎热跟不上马车。她曾告诉过我，当时她是如何治疗的。但是，"我一边说，一边瞥了下旁边拉着缰绳的助手，"父亲告诉过我，未经助手允许，不得对猎犬做出任何举动。"

"凡事都有例外，今天就是一个例外。"多萝西说。

她说得对，助手看起来很高兴。

"谢天谢地，你发现了他。"他说，"他是前锋猎犬，年纪太小了，不知道如何调整自己的步伐。我们本应该多关注他。"

我瞥了一眼多萝西，不知道该说什么。

"我的朋友发现了他，知道怎么救他。"多萝西说。

助手弯下腰，点点头："很棒，小姐，你真的很棒。"

我抚摸着狗湿漉漉的脑袋说："不过我觉得他没办法走回去。"

"没事，管理员说会给他安排一辆马车。小姐们，你们要是想骑马回去，呃，回去整理一下自己，那我在这里等着。"

多萝西和我面面相觑。我们的衣服又湿又脏，手和脸都沾满了污泥。我们笑了起来，助手也笑了。这条狗看着我们，无力地用尾巴拍打着泥水。

在牛顿庄园，不只是多萝西和菲茨少校热情地招待我们。杰拉德、艾达、奥兰多和利奥组成了一个活泼热情的四人组，在艾达的带领下，在娱乐室和花园里玩游戏。

有时，艾达作为孩子头，会带领这群男孩子们，加入我和多萝西的队伍，与少校的小灵犬、威德灵顿夫人的北京哈巴狗小胡椒一起到海滩游玩。

正如多萝西所说，伯蒂就像一只忠实的小狗崽，跟在他大姐姐后面。我担心，他可能是个讨厌鬼，或者嫉妒我和多萝西的友谊，但这些顾虑都化为乌有了。我发现，伯蒂不爱生气，也不惹人生气，对于这个年纪的小男孩来说，他算是特别通情达理，又体贴周到了。也许是因为伯蒂太依赖他姐姐了，多萝西说的每一句话，他都会认认真真地听着，也从不与她争论。

"艾琳和我今天要骑马去布伦顿伯恩河，进行一次探险之旅。我们要找到最佳的钓鱼地点，然后计算出往返时长。下次我们再去时，就可以带你一起去。"有一天，她向伯蒂解释。

"也别忘了，四处看看其他钓鱼场所。"他站在前方的楼梯上，向我们挥手告别时说。

我只在牛顿庄园待了几天，就意识到自己有多么开心。我生平第一次相信，自己在科丹甘庄园享有的那种快乐，也能在其他地方获得。我在牛顿庄园做客，没有想起母亲也不会感到内疚，进出房间时也轻松自在，没有一双反感的眼睛盯着我。来到牛顿庄园不久，我就不再拘泥于自己是否谈话声音过大、走路速度过快、笑声过于频繁或者在外时间过长。

再说说威德灵顿夫人。从表面来看，多萝西的母亲简直和我母亲一模一样，为人端庄得体，是典型的大家闺秀。威德灵顿夫人很时髦，又受欢迎，她会定期在牛顿庄园举办晚宴和花园聚会，然后邀请亲朋好友参加。她打理着两栋房子（他们在伦敦肯辛顿还有一栋房子），却不会流露出我母亲愤怒的神色。我们在科丹甘庄园，总能看见母亲和仆人交谈时咬牙切齿，直翻白眼。但这一点并不能说明，威德灵顿夫人端庄娴淑。她不是一位传统的端庄的女性，尽管她比丈夫小十四岁，但在做决定或分享资讯时，她很少会顺从他。

她不想休闲娱乐或拜访朋友时，就会去读书。牛顿庄园图书馆里的大桌上永远摆满了报纸，一有时间，她就会把报纸从头看到尾，一有机会就进行详细讨论。实际上，多萝西的母亲是我认识的最固执也是最有好奇心的女人。她要求孩子们遵从她的行事标准。孩子们大都会依从她，但偶尔也会表达自己的看法，甚至有时也会提出反对意见。不过，只有艾达曾经在房内，热血沸腾地反驳过她，虽然这种情况很少发生。

奥兰多、利奥和我来到牛顿庄园时，还不习惯在餐桌上交谈。令人惊讶的是，除非牛顿庄园有客人到访，需要他们作陪，不然少校和夫人每天都会与孩子共进晚餐。但是我家不一样，我们通常要在父母用餐前吃完，而且餐桌上不允许交谈。最后一个（珀西）吃完后，我们才能离开餐桌。

但在牛顿庄园，晚餐过后的很长一段时间里，我们还在进行由威德灵顿夫人主持的谈话，她鼓励每个人都发表自己的看法。我们在牛顿庄园待了几天，她甚至让利奥变得更善言谈了。

有一天晚上，我们讨论到新闻质量问题时，她说："索菲娅·杰克斯·布莱克（Sophia Jex-Blake）是英国第一位女医生，是一位杰出的女性，在爱丁堡有住处。她遭受了难以想象的磨难，才取得今天的成就。她是现代年轻女性中的一员，她向全世界证明了，女性的力量远比任何人想象的要强大。"

艾达可能看到我们卡斯特家族的三个人一脸茫然，然后开口说："索菲娅和六名女学生在训练时被人扔泥巴了。"

威德灵顿夫人接着说："但是，周末她走在村里的草地上，摆起了手，记者们写道，这是放荡不羁、不端庄的行为。凭什么？她走路的姿势没什么大不了，这不能说明她性格如何，或者质疑她作为医生的专业能力。"

她停顿了一下，环顾了一下桌边。"你怎么看，利奥？你觉得女医生踢踢腿、摆摆手的行为，需要受到公众的审视和报道吗？"

我和奥兰多都看着利奥，希望他气得脸红并摇摇头，但他并没有。相反，他说："她走路时摆动胳膊，可能说明她精力充沛。"

威德灵顿夫人挑了一下眉毛，示意他继续说下去，但哥哥表示已经说完了。

伯蒂帮他补充了一点。"精力充沛是好事。精力充沛的人能把事情做好。这不是你告诉我的吗，多萝西？"

我记不清接下来讨论了什么，利奥之前的这番话让我颇为惊讶，有女性成为医生的消息也让我分心，我在想，这则资讯会让母亲多么震惊。

我在牛顿庄园时，很长时间都待在马厩里，无拘无束地接触着马，这让我感到兴奋。一天早上，我偶然碰见少校和一个陌生人在交谈。少校有一匹栗色猎马，马儿的腿部出了问题，他们正在检查。上次打猎活动结束后，我和多萝西、少校骑马回家时，阿波罗就已经一瘸一拐地走路了，之后也没有好转。

少校抬起头，朝我招了招手，并介绍了兽医——艾伯特先生。少校指示马夫，牵着阿波罗穿过院子。我们看着平时步伐优美的马儿，现在走路颇为笨拙。他们转身向我们走来时，艾伯特先生走上前，蹲在前面看着那匹马。

我想起在爱尔兰也看到过类似的场景：蹄铁匠牵着查尔斯的小卵

石，而父亲在一旁查看。

"他前面的伤口很浅。"我看着阿波罗的右前腿说。兽医转过身来看着我。有那么一会儿，我想我可能说了些不合时宜的话，侮辱了他，但是他点了点头。"对，是的。不过，卡斯特小姐，你觉得有多浅？"

我曾经看到阿波罗站在一边，用前蹄的尖端保持平衡。我不太确定地说："在他球关节下方的某个地方"。

"嗯……你是怎么得出那个结论的？"少校问。我看着艾伯特先生，他一脸微笑。

"因为马蹄往旁边踩时，他缓慢地低下头，而左蹄一触地，就猛然地抬起头，显得很痛苦。"

"你为什么会认为他的腿伤得不轻？"艾伯特先生问。

"嗯……好吧，确实……我对此不太确定。"我承认，"但是从他跛行的时间来看，伤口应该在距毛（马蹄后方的丛毛）下面的某个地方。而且，上周狩猎的时候，地面特别干燥又坚硬。有些地方坚硬如岩石。我想他可能是撞到某处伤到了。"

艾伯特先生抿了抿嘴，"你以前见过马发生过类似的情况吗？"

"我哥哥在爱尔兰的马，曾经也受过类似的伤，我们不得不让他休息了一个多月。"

我记得，当时查尔斯拒绝下马，坚持骑着一瘸一拐的小卵石回家时，我有多么生气。

"威德灵顿少校，看来我在牛顿庄园是多余的了，您自己便有一位年轻的专家。"兽医说。他仍然面带微笑，但我并不在意他的嘲弄。

"我了解了。"少校说。

艾伯特先生弯下腰，用手抚摸阿波罗的腿。他用力按在马蹄上，马抬起了脚。他说："要是女人能成为兽医就好了。"

"要是这样就好了。"一个轻柔的声音从身后传来。是多萝西来找我了。

我们离开那儿走向房子时，艾伯特先生、菲茨少校和马夫正在讨论阿波罗的治疗方案，我瞥了一眼多萝西。"你觉得女性有朝一日能成为兽医吗？"我问。

"我不知道。我母亲曾说起过爱丁堡的那位女医生，当时你也听到了。也许可以吧。"

"但是我母亲认为，除了学习如何相夫教子，女孩子有其他任何的想法，都是俗不可耐、粗鄙不堪的。"我说。

"可是，她教会了你很多东西啊。"

"这纯属是意外。我跟着男孩子们一起上课很方便。母亲并没想让我接受男性的教育……至少现在还没有。"

多萝西笑了。"我母亲说，你母亲很快就会成为维多利亚女王寝宫的侍寝女官。你知道吗？"

"是的，我祖母也是侍寝女官。"

"你母亲不觉得那是一份职业吗？"

"天哪，不是。"我学着母亲的口吻回答，"为皇室服务是荣誉，不是职业。"我们都笑了。

"艾琳，你想要工作吗？"

"想。难道你不想吗？"

"呃……我不想以后只是生儿育女，经营家庭。说真的，我甚至不确定我要不要结婚。"多萝西说。

"哦？"

多萝西攥紧双手。"请不要再重复那番话了，我无法忍受接下来的讨论。只是……呃……我想为我自己的人生，做一点其他事。"

"我也想。虽然我不知道如何才能做到。我母亲思想固执。查尔斯也是。他们都认为，为了谋生而去工作，会使工作变得粗俗。"

"除非你是男人，男人的工作就是掌控别人的生活。"

多萝西是指我父亲在蒂珀雷里郡从事地产代理人，还是说她父亲担任高级警长？对此我没问。父亲迈出脚站在刚刚堆砌起来的坟墓上，这一画面在我脑海中闪现，这感觉就像乌鸦扇动翅膀从窗户前飞过一样。

"但是如果是服务性质的工作呢？"我问，"为什么女性帮助别人是不得体的行为？那帮助世界呢？帮助动物呢？你想做什么？"

多萝西皱起了眉头。"这就是问题所在，我不知道自己要做什么。你呢？你想成为兽医吧？"

我叹了口气。"这是我最大的梦想。"

她盯着我不说话。

"我想成为兽医。"我又强调一遍。

"你说真的？"

"真的。"

"那你应该去实现它。"多萝西说。

第五章

冥冥之志

1883 年
英格兰柴郡

父亲去世后，哥哥查尔斯·利奥波德·卡斯特（Charles Leopold Cust）爵士继承了卡斯特第三代从男爵（Baronet）爵位，还获得祖父母在柴郡维拉尔半岛（Wirral Peninsula）的里索威城堡。

一眼望去，宽阔的沙滩上有许多低矮的沙丘。在夕阳余晖的照耀下，这些沙丘就像蜷缩着的小猫露出了圆形的背部和头。离沙丘不到九十米处有一栋房子，那是十六世纪时德比伯爵建造的里索威城堡。1883 年，查尔斯任职于海军，大部分时间都在海上航行。母亲让我们几个孩子和她一起住在城堡里。每个月，母亲有十四日空闲，不用侍奉女王陛下，那时她就会回到城堡。母亲在伦敦南肯辛顿的昂斯洛广场（Onslow Square）还有居所，我们去伦敦就会住在那里。

我们去希罗普郡的夏洛特姨母家做客时，她家的西班牙猎犬几乎整天跟在我身后，每晚都睡在我的床边。我们准备离开之际，姨母坚持让我领养她，于是我就有了一只叫露比的狗。

姨母劝我把露比带去里索威，她说："露比只允许你清洗身体、擦耳朵。"

我没有听信姨妈的话。这让我想起了祖母在著作中写到如何照顾猫，尤其提到了那些人：在动物活蹦乱跳、迷人可爱时，对其照顾有加，但在动物生病痛苦时却将其抛弃。我本想争辩，与其说是露比允许我清洗耳朵，不如说只有我不反感照顾她，而且足够认真。

不久我带着露比在里索威城堡安顿下来。在里索威，我们可以去海滩赶海，去策马奔腾，去一望无际的内陆地区探索小路。我们在那里没住多长时间。有一次，我无意中听到马夫塞缪尔要训练一群两岁的纯种马，抱怨工作量太大。这真是天赐良机，刚好母亲远在伦敦。第二天天一亮，我就从床上蹦起来，跑向马厩。尽管塞缪尔看到我出现很惊讶，但是当我把马牵出去时，他并没有提出异议。从那以后，只要母亲不在家，我就和他一起训练小马。

两岁的小马"恺撒"焦躁不安，不受控制。有一天，我顺利骑着恺撒回来，一路上也不见他有暴躁的迹象，塞缪尔看到后说："卡斯特小姐，你真是个天才！我从没见过，有人能这么快驯服一匹马。"

他的评价让我很高兴。尽管训马是一份苦差事，需要十足的耐心，强大的内心和坚定的信念，但是我明白了训马没什么神秘可言，只不过需要耐心了解他们，知道如何运用正确的方法取得最佳效果罢了。例如，恺撒受伤严重时，就需要不断地安抚他，无论是让他适应安在身上的马鞍，还是教他听从指令，训练前都需要先安抚。低声与他说话，有节奏地轻抚鬃毛可以舒缓马儿的情绪。他平静放松时，就会思路清晰，反应敏捷，愿意听从指挥。但是我需要用不同的方法训练恺撒的伙伴——安波。他虽然安静温和，但不太开窍。我不得不一天天，一遍遍，重复所有的指示，直到安波记住。他只要学会了，就能一直记得，变得可靠机敏。恺撒和安波性格不同，各自都有让人讨喜的地方。

那段时间，我从塞缪尔处学到了许多马匹的知识，也学会倾听他们的声音，观察并了解他们的行为。了解动物不仅仅需要有爱，还需要有耐心，愿意去留意他们的行为反应。我训练马儿，马儿也教导我，我们"教学相长"，我从来没有这么高兴过。

有一天，奥兰多刚从学校回来，我和他一起散步，哥哥指着海的另一边让我看，小海浪冲刷着海岸，就像铺了一层泡沫状的蕾丝床单。露比在一旁对抗着海浪。

"你知道吗？只要你一直朝那个方向游，就能到达都柏林。"他说。

我望着水面，夕阳西下，水面看起来就像熔化的金子。

我无法想象自己能游多远。

"我会造一艘船开过去，然后乘马车去蒂珀雷里郡看望奈德和小糖。"我说。

"等你造好了，那得是多少年后了。算算这时长，你肯定会失望。"

他说得对。那时候，奈德可能都九岁了，小糖比他还老，他们可能还活着也可能已经死了。我回想起了歌利亚最后的时光，希望奈德能遇到一位好主人，即使他气息奄奄，行动迟缓，眼睛浑浊、浑身发臭，但依然爱他的好主人。我不敢去想小糖晚年会经历什么。

我的能力远超妹妹乌苏拉（她比我小九岁），我说服母亲让妹妹在里索威跟着女教师学习，而在珀西去寄宿学校之前，我和他一起受教于男教师。乌苏拉满足于学习缝纫、奏乐、绘画，学习如何谈吐有礼，我不在课堂上，女教师就能全心全意地教导她了。母亲同意了，一来她怕我会打扰妹妹学习，二来她在皇室工作精疲力竭，回家后懒得和我计较了。不过有时，她也觉得这样安排很有必要。

我参观牛顿庄园时，从威德灵顿夫人处了解到解剖学家亨利·格雷（Henry Gray）的著作《描述性解剖学与外科解剖学，人体解剖学》（*Anatomy: Descriptive and Surgical, Anatomy of the Human Body*）。她说，有谁会像亨利·格雷那样，如此高明地编写著作，对亨利·芬戴克·卡特（Henry Vandyke Carter）绘制的人体构造图进行详细解说。我渴望阅读这本书。有段时间，我幻想自己也写一本有关动物的解剖学书。

因此，我在附近海滩的沙丘里寻找白色骨头和牙齿，开始收集它们，并把它们放在床底下的旧木制工具箱里。每次发现动物的新骨头，我就把盒子拉出来，然后坐在地板上观察，寻找新旧骨头的共同之处，或者推测这些骨头在躯体中的具体位置。

不知道是谁发现了我的盒子，告诉了母亲。但毫无疑问的是，这个秘密肯定让母亲感到头疼。一天下午，我被叫到客厅，母亲插着腰站着，前面的桌子上放着被打开的盒子。乌苏拉坐在角落里，假装在刺绣。

"告诉我，女儿，"母亲边说边用手戳着盒子，她喘着粗气，就像冬日早晨的老马，"这是什么意思？我需要一个解释，在你床下发现一具骷髅有多吓人，你知道吗？"

"它不是骷髅！"我盯着盒子，确认它完好无损。"它只不过是一堆杂七杂八的骨头和几颗牙齿。"

"艾琳，为什么要这样做？你为什么要收集这些恶心的东西？你……你……有什么……"

母亲没有继续说下去，她不知道该怎么说。乌苏拉在偷笑。我决定，是时候公布我的计划。今年我十五岁。三年后，我就十八岁了。十八岁就要入宫拜见女王陛下，进入社交场合交际。如果十八岁，我就该嫁人为妻，那十八岁的我，也足够成熟，可以去追逐自己的梦想。我要把想法告诉家人——桌子上的骨头，就是我坦白梦想的绝佳机会。

"我想当兽医。我收集骨头就是要了解动物解剖学。它们能让我增长知识。"

母亲盯着我一言不发。乌苏拉不再假装做针线活，也抬头看我。此时只有从窗外传来修剪草的咔咔声。

"什么？"母亲忍不住出声了。

"我要当兽医，做动物医生。"

她的肩膀耷拉下来。"你这个小孩，简直在异想天开。"她冷笑道，并把盒子推开，"你已经长大了，怎么还会说这种蠢话。不想太难堪，就不要做愚蠢的行为！"

"我没有异想天开！这是我的追求！我的计划！"

"你简直在做梦，这根本不可能实现！"

"有很多女性正在成为医生。为什么女性不能成为兽医？"

"女医生？医生？"她说着，紧抓着桌子的边缘稳住身体。我在想，我知道如何训练马匹，却不知道如何安抚我的母亲。

"可怕的想法。我无法接受！你知道女王陛下如何看待这些女人？

我的女儿不能像她们那样！我不允许！不要让我再听到这些话！"

"但是为什么，母亲？你知道怎么……"

"别再说了！"她喊道。这次她没有克制自己的情绪，她真的生气了。外面的咔咔声停止了。

"我不想让您伤心，母亲，但是……"

"给我出去！"

我们隔着桌子对视，她又开始喘着粗气。园丁再次修剪，又发出咔咔声。我伸手去拿那个盒子。

"不准拿！"她咆哮道。

之后我再也没有见过盒子和那些骨头了。

这件事暂时告一段落。几个月后，多萝西结束了第一场伦敦交际会。她在回诺森伯兰郡的路上，顺便拜访了里索威城堡的我们。很多女孩到了十八岁，就会面见女王，参加夏季的早晚宴、舞会和音乐会，之后兴奋地叽叽喳喳说个不停。多萝西也受到了影响，但她只详细给我讲了德比赛马会和阿斯科特赛马会的事。

她来的那天下午，我们一起在海滩漫步。她说："我从未见过如此壮观的马群。他们是我见过的最清瘦强壮、最耀眼夺目的马儿。我真希望当时能和你一起欣赏。"

"我也希望。但是……当时肯定很多人在场吧？"

"嗯，几百号人。这些女孩子互相打量着对方，讨论谁的女帽最好。有男人向她们脱帽致意时，她们就咯咯地笑。她们还不如去参加另一个舞会呢。"

"亲爱的，社交会上除了赛马，就没有其他好玩的吗？"

"在海德公园骑行挺开心的。在肯辛顿公园看鸟也不错。"

我瞥了她一眼。我上次见她是在牛顿庄园。比起今年早些时候，现在的她脸色更苍白，身子也更单薄了。我在想，伦敦其他人对她有什么看法。多萝西来自威灵顿家族，长得漂亮，聪明伶俐，又受过教育，但是为人却很矜持，这一点无疑让人惊讶。他们甚至误以为她很冷漠，对人不太友好，但我知道并非如此。比起待在室内，多萝西更喜欢去户外探索。她宁愿去齐胸深的水中蹚水，钓鲑鱼，坐在树林里观察鸟儿，也不愿在茶话会上说长道短，与他人挑逗调情。她不喜欢大型聚会，也不喜欢闲聊。只有话题涉及书籍、华兹华斯的著作、飞蝇钓、鸟类学、马儿、科学时，多萝西才会真正参与其中。

"等几年后轮到你参加了，你可能会喜欢，但是我不会。"

"我也不会。"

"整天扎着头发，穿着紧身胸衣，真是让人厌烦。没完没了的介绍交流，都没有时间独自阅读或思考。这些谈话……喋喋不休，让我身心疲惫。我以前从没意识到，原来乡下的姑娘生活得多么安静自由。"她说。

"你都没有遇到喜欢的人吗？"

她微笑着看了我一眼。"母亲也是这样唠叨我，她都绝望了。幸好，艾达会爱上伦敦，愿意去这种无趣的社交场合。"

我们站着眺望大海，露比在我脚边的沙子上刨坑。里索威又出现了壮阔的落日景观。夕阳西下，金色的余晖直通地平线，周围的云霞被染成了粉色和橙色。这是游客来此必看的一道风景，无不交口称赞。

"远离伦敦真是太好了，"多萝西说，"可以随心所欲的话，我永远也不要再去那里。”

“你为什么会有这样的感觉？”

她无视我的问题。“你还记得我和你说过，我不喜欢结婚吗？”

我点点头。

“通过社交会，我确认自己不想结婚。婚姻不过是门当户对的男女之间的商业联姻，或是有资产危机的男子要与富家女子攀亲；又或是家族即将衰落的女子要与富有男子联姻。我什么都不想要。”

“你告诉父母了吗？”

“还没，但我之后会告诉他们。”

夕阳带走了温暖，色彩斑斓的天空逐渐散去。我们都不愿意起身。多萝西说话无精打采的。我很遗憾她没有早点到，这样我们就可以去兜风了。骑马总能让我振奋起来，我想象不到，有谁骑马不会精神亢奋的？我希望自己能就婚姻话题，阐述合适的看法，提起她的兴趣。

我想象自己有一天会嫁人。我对养育孩子或者经营家庭等问题，没有太多思考，但是我喜欢和一些人分享生活。他们欣赏我做的事，即使别人认为我对人生的选择不同寻常，他们也能理解我、支持我。我希望自己的另一半，能像菲茨少校那样。威德灵顿夫人读到报纸上有趣的内容会不由自主地兴奋起来，在饭桌上会提高音量，但少校也不会责怪她。

我们走回城堡时，我问：“你会去做什么？”

“我已经拜托赫伯特小姐去打听下，多久之后我能去医院接受护士培训。”她说。赫伯特小姐是她之前的家庭女教师，后来她们成为好友。

　　"护士？"我重复了一遍，想到了几个月前刚刚获得皇家红十字勋章的弗洛伦斯·南丁格尔（Florence Nightingale），她受过良好的教育，并没有因为当护士而被社会排挤。我一直和母亲唠叨梦想，希望最后她让我以南丁格尔小姐为榜样。

　　"对。我不能永远和父母生活在一起。当护士是我为数不多能做的事。"

　　"我相信你会成为一名优秀的护士。"

　　我们快到城堡前门时，我想象到母亲站在骨头盒旁的画面。

　　"我已经告诉我母亲，我想当一名兽医了。"我说。

　　多萝西抓住我的手腕。"我的天！她是怎么回答的？"

　　"你可以想象得到，她大吃一惊了。之后几天里，她没有和我说过一句话，甚至没有看我一眼。现在对我还是很敷衍。"

　　"总有一天，你一定能获得她的理解。"

　　"真的会吗？母亲写信给查尔斯，他上次回家也批评了我。他说我不应该不顾母亲的身体健康，开这种玩笑，也不应该让别人听到我这荒谬的想法。他说，他和母亲一直在努力维护卡斯特家族的荣誉，我不应该胡来，让他们的心血付诸东流，让家族蒙羞。"

　　查尔斯不让我帮塞缪尔养马这事，我没和多萝西说。我怀疑是乌苏拉告诉他这件事。

　　"珀西为皇室工作，可能已经成为女王陛下的荣誉侍从了，这肯定有助于维护家族身份。"多萝西说。

　　"确实。"我说。我在想，是否有一天，我的成就也能让家族引以为荣。

第六章

救病犬

1885 年
英格兰柴郡

多萝西坚持认为自己不适合结婚，而珀西尽心尽力地服侍女王，在正式活动中，避免女王裙摆拖地，加强了卡斯特家族与王室的联系。但两年后，多萝西订婚了，而珀西去世了。

听到珀西去世的消息，母亲眼神茫然，我们一家大为震惊。父亲的去世，令我们措手不及，珀西的突然离世，更让我们始料未及。十四岁的珀西在威灵顿学院上寄宿学校，在担任女王陛下的荣誉侍从期间生病了。他躺在医务室的病床上，不到四天便去世了。母亲又一次失去了亲人。她甚至都不知道珀西什么时候患病，就突然收到了他的死讯。珀西的葬礼在里索威城堡附近的比德斯顿教区（Bidston）举行，女王陛下特派一位代表出席葬礼，并在珀西的墓前献上陛下的花圈，但这荣誉对于母亲来说，只是暂时的安慰。母亲躺在城堡的床上，悲伤欲绝，两个多星期以来，除了查尔斯和乌苏拉，谁也不见。

珀西的遗产按照我们兄弟姐妹以及母亲进行分配，奥兰多说，我获得 958 英镑遗产。

"我能得到它吗？我的意思是，除了父亲的那笔钱，我能获得这笔遗产吗？"我问。

"它会加到父亲的遗产钱里。"奥兰多说。

换句话说，在二十一岁之前，珀西的遗产对我毫无用处。即使到了二十一岁，这笔钱也可能毫无意义。如果那时我结婚了，那些遗产会变成我的嫁妆，送给丈夫。如果我尚未结婚，而且菲茨少校和母亲无须监护我了，我仍无法自由地使用这笔钱。父亲的遗嘱表明，卡斯特家族的大家长查尔斯有权决定，何时分配多少遗产给我。重要的是，他只会给我生活费，还是他认为足够我开支的金额，因此我将失去经济自主权。

"你急着要吗？我是说珀西的遗产。"奥兰多说，"你才十七岁，要钱做什么？"

"学习。"

"学习？认真的吗？你打算学什么？"

"我想参加培训，成为一名兽医。"

他抿了抿嘴唇。"查尔斯告诉过我骨头的事，但那都是很多年前的事了。你还想成为兽医？"

"我为什么要改变主意？"

"你很难实现这个梦想……也许根本不可能……母亲和查尔斯不会让你上大学。即使他们同意了，你知道你会面临什么吗？你要当一名兽医？理智点，艾琳。"

我把目光移开。在众多兄弟姐妹中，我原以为奥兰多能够理解我的梦想。现在看来，是我错了，他也不懂我。

他继续说："你必须知道，女性坚持接受教育，会面对怎样的困难。

我听说有些男人将想上大学的妻女送进精神病医院。我——"

"你觉得查尔斯和母亲会把我关起来？"

"不，我觉得不会。你知道他们是怎样的人，他们肯定不希望发生不必要的闹剧，引人注目，败坏家族名声。我不知道他们会怎么做，但是艾琳，你这样做会受到家人和社会的排挤，在学校也会遭遇冷嘲热讽，为什么要让自己处于这种不堪的境地？"

"我想要帮助动物，我想要人生有所成就，即使需要我拼尽全力去争取。"

"祖母也会帮助动物，你可以像她那样。其实你已经和她一样，在帮助动物了。"他说。

"不，不一样。我想去工作，我想成为一名兽医。"

"我的意思是，女人能够承担兽医的工作吗？"

"女人比任何人想象的都要坚强。"我回答，重复了一遍威德灵顿夫人的话，"我想要帮助动物，就这么简单。"

奥兰多握住我的手。我没有弄错，他和卡斯特家族的其他人完全不同。我们家族的人不会表达自己的情感与依恋，不会轻易哭泣，也不会经常一起放声大笑。他们通常在事情还未掀起一丝波澜前，就只字不提或者离开房间了。奥兰多不一样，他会随心所欲地表达自己的情感与爱意。最令人惊讶的是，他并不因此感到羞耻。

"我知道，亲爱的妹妹，"他说，"我们都知道你喜爱动物。你帮助过马，帮助过狗，还帮助过其他生物。你了解他们，照顾他们好像是你与生俱来的使命。你组建家庭后，就可以获得成群的狗，成群的马，成群的牛羊，获得你想要的一切，没有什么会阻挡你了。你可以一整天都骑着他们，饲养、训练、照顾他们。他们将是英格兰最幸运的动物。但是，你不能把对动物的热爱当成职业。你不能成为兽医，这并不合适。对你，对大家来说，这条尝试之路都十分艰难，卡斯特家族会因此没落的。"

奥兰多想和我再去逛逛海滩，我看到他那双黑色的眼睛，就想起了露比。他并不满足于散散步，他希望我为了家族的安宁与稳定，答应他放弃兽医的梦想，但是我做不到。

"你不明白。"我说着，把手从奥兰多手中挣脱，"你可以做到离开这里，在埃尔斯米尔镇（Ellesmere）自由自在地过你想要的生活。你不结婚，无论是查尔斯，还是利奥，都不会有人对你皱眉蹙眼。你做的事既不会影响家族声誉，也不需要你去开创先河，他们自然不会反对你。但你根本不知道，只因为我是女生，他们就不允许我追求自己的人生。"

"不，我没有要限制你，我也不希望这样。艾琳，规则不是我定的。"

"不是你，是其他男人定的。像母亲、像女王陛下这样尊贵的女人，丝毫不去改变现状。我和其他女性想要冲破世俗，就必须进行反抗。"

"反抗？"他提高音量。除了反抗，没有什么事能让奥兰多烦恼。谈到这件事，他甚至像被勒住似的，拉扯着自己的衣领。"一定还有其他办法的。"

"如果你找到其他办法，就告诉我。"

九个多月后，我们收起了满脸愁容，到诺森伯兰郡参加多萝西的婚礼。

牛顿庄园从未如此干净整洁，这应该花了不少工夫。新郎爱德华·格雷（Edward Grey）领导着自由党特威德河畔贝里克分部，为了配合他的工作，婚礼提前了几个月。在婚礼前的一个下午，我和多萝西骑马去马厩，那时园丁还在工作，树篱修剪得很规整，庄园经过精心装扮，就像参展的马儿般华丽。几株菊花尽情盛放，散布在庄园的各个角落，黄色与橙色相互交织，就像刻画着秋天的垫子。入口处的花盆里，金黄色苏珊花以黑色花蕊点缀，格外亮眼。

我们骑马来到埃布尔顿湾（Embleton Bay），在坚硬的沙滩上赛跑，在风中欢笑，我们的马儿也投入到比赛中，并驾齐驱向海岸与公路的交会处跑去。前一天我们也骑马了，毕竟以后一起骑马的机会很渺茫了。

"他们为什么要这么麻烦？"多萝西说着，瞥了一眼正在清理道路的年轻工人，"明天早上，他们还得再打扫一遍。十月份举行婚礼真麻烦。"

路边的树叶飘落在草坪上。未掉落的树叶在海风的吹拂下，像被网住的鱼般拍打着树枝。天气凉爽，下沉的夕阳把云朵染成落叶的橘黄色，染成花朵的五彩斑斓，秋天显得十分柔和，格外美丽。

我想，明天这个时候，多萝西就要结婚了。

多萝西曾经写信告诉我，去年冬天，她在打猎时认识了爱德华。我把信读了两遍才确认她要结婚的消息，我感到十分不安。我担心她结婚后，会从我的世界里消失，我们的友谊也会逐渐淡化。爱德华似乎会从政，这就意味着他们会在伦敦定居，那我和多萝西就无法再相见，也不能享受乡村生活了吗？多萝西在回信中却不以为然。

"我和爱德华已经达成共识，我们从相识到相爱，都是基于共同的兴趣爱好：喜欢钓鱼打猎，喜欢散步，喜欢研究鸟类，这些乐趣只能在农村享受。因此，我会尽可能留在他家族的法洛登庄园。他在伦敦工作时，我就从牛顿庄园惬意地骑马回到法洛登去。法洛登会永远欢迎你。"她写道。

我们骑马回来了，马夫帮我们牵走马。新娘出嫁当天乘坐的马车由两匹马拉着，这些马儿的鬃毛编织得很整齐。我们观赏过后，朝着牛顿庄园走去。这时，伯蒂来了。他已经十几岁了，一有空就来找我们，我觉得是因为他崇拜多萝西，但艾达却坚决认为是因为他喜欢我。

"胡说八道，"我告诉她，"他比我小五岁。他崇拜的是多萝西。他喜欢和我们待在一起，是因为我们比你和杰拉德更有冒险精神，是因为我们喜欢钓鱼。"

"拿破仑还比他的妻子约瑟芬小六岁呢。"艾达说着，卖弄地眨眨眼。

"别说傻话了。"多萝西说。

现在，伯蒂走在多萝西旁边，脸颊涨得通红，他看起来特别兴奋。

"多萝西，你看到马车了吗？这马车闪闪发光，就像一面镜子，都可以照见自己。"伯蒂说。

多萝西点点头，"你兴奋吗？"

"当然。我看着不兴奋吗？"伯蒂说。

"老实说，你并不兴奋。你昨天和艾琳一起骑马后，也是这样，脸颊很红。"

"哦？脸怎么会红？"我问。

“应该是晒伤了，还有被风吹的。”伯蒂说。

多萝西轻声笑着，伸手揉了揉伯蒂的头发。他什么时候长这么高了？

我们三人笑着走进牛顿庄园，看到菲茨少校和威德灵顿夫人正在书房和母亲一起品茶。我们外出时，母亲从伦敦来到这里。我已经好几个星期没有见到她了。她听到珀西的死讯后，身体状态就极差，现在看到她脸色红润，我十分高兴。

“母亲。”我说着，弯腰用我的脸颊轻触她的脸颊，和她打招呼。

“艾琳。”她轻轻转过身说，“你身上有马的气味。但是看起来气色不错，我就不说你了。”

我没有理会，接过一杯茶。母亲罕见地赞扬我，却还要找补一句来批评我。

“啊，伊莎贝尔，”少校微笑着对母亲说，“明天有很多时间，可以让她好好打扮打扮。”

“多萝西肯定是最美的新娘。”母亲把注意力转向多萝西，“多萝西，你和爱德华真是一对金童玉女。”

我瞥了一眼多萝西，她讨厌别人对她的美貌评头论足，但也礼貌地对母亲笑了笑。

“母亲，你和查尔斯一起来的吗？”我问。

“是的。”我身后传来一个低沉的声音。我转身就看到查尔斯站在门口，他变得又高又瘦。查尔斯那时任职于皇家海军，一路努力晋升到了中尉。他特意请假来参加多萝西的婚礼。不知道我结婚时，他是否也会请假参加我的婚礼。

"那时我们坐在这个房间里，讨论你要如何成为护士，一切仿佛就在昨天，"查尔斯跟多萝西打过招呼后说，"但是明天，你就要成为人妻。据我所知，他还是一位完美的年轻政治家。"

多萝西轻声笑着说："我当时还不知道会嫁给爱德华呢。"

"这让我想起了我读过的一篇文章，"威德灵顿夫人说，"索菲娅·杰克斯·布莱克医生计划明年在爱丁堡创办一所女性医学院。"

"培训护士吗？"少校问。

"不，菲茨。她是一名医生。她会训练其他女性，培养她们成为医生。"威德灵顿夫人皱着眉头看着丈夫，然后转身对房间里的大家说，"我突然想到，要是多萝西和爱德华没有相遇，她可能不是当一名护士，而是当一名医生。"

查尔斯和母亲对视了一下。

多萝西笑着摇摇头说："我不相信自己能成为医生。艾琳，你觉得当医生怎样？你比我聪明，也更有能力。"她看着我，双眼闪闪发光。

"我的天，不！"母亲说，"别把这种想法灌输给她。"

我插嘴说："我觉得我不……"

母亲抬起手说："艾琳，此时此地，并不适合讨论这个话题。"

"我没有……"

这时，查尔斯打断我。"多萝西，你父母告诉我，你会和爱德华一起搬到法洛登庄园。"他说，"婚礼一结束，你就马上走吗？"

"对，我明天就去。"

"伊莎贝尔，你知道爱尔兰有一个叫索菲·布莱恩特（Sophie Bryant）的女人吗？她获得了理学博士学位。"威德灵顿夫人说，"她在伦敦数学学会发表了一篇论文。"

母亲低头看了一眼。"不知道。"她回答，然后对多萝西说，"你能——"

但是威德灵顿夫人并没有就此罢休，又说，"女王陛下有关注受教育女性的进步情况吗？她了解女性参政者的工作吗？"

这时，菲茨少校的管家在少校耳边轻声说话。母亲就顺势没回答这个问题。少校站起来。

"不好意思，温伯恩（Winborne）通知我，萨姆森（Samson）的状态有变，我得去看看他。"

"我和你一起去。"我说着，没有看母亲，就跟他走出了房间。

萨姆森蜷缩在厨房的一个角落，颤抖着，呻吟着。我蹲下来，用手抚摸他的背部，他没有理会我。我撑开他的眼皮，看见小小的瞳孔。

"他这样多久了？"少校问。

温伯恩瞥了一眼站在门边的男仆，他紧张地揉搓手里的帽子。

"不到一个小时前，我看到他和一只母狗在手推垃圾车附近嗅来嗅去。"那个男仆说，"那时候他看起来还好。"

"黛利拉（Delilah）在哪里？"菲茨少校蹲在我旁边，盯着萨姆森问。

"在外面，看起来状态不错。"男仆说。

"手推车里有没有过期的食物或者骨头？"我问他。

"卡斯特小姐，"他说，"有要丢掉的过期食物，但是不知道有没有骨头。"

菲茨少校叫来了厨师，厨师证实手推车里有一只去骨鸡的残留物，这是她前几天煮的，由于发臭就扔了。

"没有骨头？你确定吗？"少校问。

"少校，骨头几天前就扔掉了。剩下的部分都是质地较软的鸡肉。推车里还有一些切好的菜叶子等。我不知道还有什么东西可能会卡住萨姆森的喉咙。"厨师说。

"我认为不是骨头的问题。"我说，"他是吃坏肚子了，我们应该清洗他的肠道。"

在场的四个人都看向我，但没有人提出看法或意见。萨姆森呻吟着。我抚摸着他的头，类比自己的情况，思考什么会让我生病。

"你有芥末吗？"我问厨师。

她准备好了。几分钟后，我就把萨姆森的嘴撬开，在他的舌后端放了满满一勺刺鼻的黄色糊状物——芥末。男仆把他扶直，我扶着他的头，温伯恩抓着桶，萨姆森在桶里干呕。他厌恶地皱起眉头，看着少校，好像在求救。菲茨少校把目光移开了。萨姆森吐出芥末色的腹水、未嚼碎的白肉块和其他一些杂物，臭烘烘的。他不停地呕吐，直到胃里空空的。我拿来一碗水，他有气无力地舔了几口，才重新躺下。

"他会没事吗？"

是伯蒂，我没察觉他在房间里。

我耸耸肩说；"希望如此，看他伸展的样子，好像没那么疼了。"

菲茨少校点点头，笑着对我说："医生，你还有其他处方吗？"

"把水放在他旁边，让他每半小时左右喝一次。每隔几个小时给他喂一点清淡的食物。"

"艾琳，你怎么知道要这样做？"我们沿着走廊往下走时，伯蒂问。

"我在想，如果我吃坏肚子，什么会让我感觉好些，什么会让我吐出来。"

伯蒂做了个鬼脸说："所以狗和我们一样吗？"

"不，不一样。"我说，"也许某些方面一样。但在一些方面，动物与人完全不同。我对萨姆森所做的治疗只是基于猜测。这就是为什么研究这些问题很重要。"

天渐渐黑了，我和多萝西没有去骑马。我们洗了澡，穿上礼服去吃晚餐，之后在花园里散了一会儿步，萨姆森、黛利拉、佩珀跟着我们。虽然萨姆森不想和同伴相互追逐，但他已经基本恢复健康了。温伯恩告诉我，他还吃了一点晚餐。

"今天下午伯蒂对你充满钦佩。我怀疑艾达是不是弄错了。"多萝西说。

我笑着说："你看！这就是我要当兽医的原因，这样别人才会崇拜我。"

"不管你做什么，都能吸引他们。"

"爱德华爱慕你，你父亲爱慕你母亲。如果有一个人像他们那样爱慕我，我就心满意足了。"我说。

"但愿我不会让他失望。"多萝西轻声说。

"当然不会。你怎么会这么想？"

她摇摇头，微微一笑，显然不想继续讨论，于是换了个话题说，"很抱歉，我母亲之前谈到女性参政论者的内容，让你们不高兴了。"

"我走了之后，你们有继续交流吗？"

"没有，只是我母亲在自话自说，她说的女性教育平等的激进想法，是在报纸上读到的。你母亲并没有加入讨论。"

"她不会参与的。"我说。

"我很同情她。"

"同情我母亲吗？"

"对。即使她支持倡导女性参政的人，也不能随心所欲地表达。她屈服于女王陛下的信仰。"

"你是这样想的吗？据我所知，女王陛下的公主们对提高女性社会地位表示支持。路易丝公主（Princess Louise）会见了女性参政论者，海伦娜公主（Princess Helena）公开赞赏弗洛伦斯·南丁格尔的工作。"

"我母亲和你说得这么详细。"多萝西说。

"嗯。"

"但这不一样。公主和你母亲，与女王陛下的关系完全不同。你母亲没有权利像公主那样，自由地向女王阐述观点。毕竟母女之间有特殊的血缘关系。"

"我母亲和女王之间根本没有亲密关系。"我说。

第七章

宫廷社交

1886 年
英格兰伦敦

我十八岁去宫廷参加宴会，那时威尔士公主和亚历山德拉公主代替女王陛下出席活动，如果母亲对此感到失望的话，那她真的掩饰得很好。母亲可能松了一口气，不用担心女王陛下可能会怎么看待她，因为卡斯特夫人的女儿身材高挑，一头红发乱糟糟的，一对眼睛充满好奇，四处乱瞟。也可能是因为那天晚上公主太耀眼了，吸引了母亲的眼球，让她无暇顾虑我。这位身材瘦小的公主穿着奶油色的连衣裙，裙裾上面绣着五颜六色的花朵，还镶上了淡紫色的锻边。

"我从未见过她如此光彩夺目。"母亲低声说，眼睛盯着公主殿下头上的钻石皇冠、羽毛和面纱，"你看到了吗？她快四十岁了，看起来就像二十多岁的女性！由此可见，不要被太阳晒到有多么重要。"确实，公主的肩膀很窄，胳膊纤细，皮肤就像身上的晚礼服般光滑细腻。我拉了拉自己礼服的领口，突然意识到我比周围的人都高大许多。

母亲瞥了我一眼。

"艾琳，别乱动，保持礼服整洁。"

我在想该怎么和亚历山德拉公主谈谈打猎的事。她是一位专业的女骑手，即使女王陛下要求她停止狩猎，但她还是继续坚持。公主和我可能有些相似之处，但是随着仪式的进行，我发现不太可能与她进行任何对话。

我看着一排排初入社交界的名媛们，戴着面纱，头上装饰着羽毛饰品，身上穿着泡沫状花边的晚礼服，聚集在院子里，这让我想起了多萝西对伦敦社交季的评价。她说得对，这社交场合就像是一场小马秀，而我们的监护人（大体上就是我们的母亲），就是我们的饲养员，一直盯着竞争对手。有几名年轻女性像是处于防备状态，一旦有人太靠近，她们就一副要踢人或咬人的模样。

在母亲的坚持下，我去伦敦前几周，就在练习如何亲吻女王陛下的玉手，同时每天行数次宫廷屈膝礼。尽管母亲认为，十一岁的乌苏拉在宴会上都比我优雅多了，但她相信那天我会礼数周全，表现得体。但听到我名字时，我还是心跳加速。

为了避免被礼服绊到，我小心翼翼地走每一步，穿过房间去面见公主，然后站到指定位置，按照母亲教我的那样：把右脚放在左脚后面，保持背部直立，低头，膝盖向外弯曲，直到右膝几乎碰地，然后保持姿势，将身体前倾，去亲吻公主的手。有一瞬间，我感觉自己的重心在偏移，双腿在颤抖。我屏住呼吸，想象自己一头栽在了她的奶油色裙子上。此时我惊慌失措，不像先前练习的那样去亲吻公主的手背，而是吻空了，我起身往后退。但亚历山德拉公主似乎没有注意到我的失误，而是把手伸向了下一位名媛。

我走到母亲身边时。她说："很好！"她没有看到那个吻，也没有看到我在颤抖，但我注意到她的胸部，和我一样起起伏伏。她也很紧张，一直在屏住呼吸。

多萝西说得对，在海德公园骑马是伦敦社交季最优质的活动。我很幸运，菲茨少校在伦敦。他可以作为我的监护人，和我一起骑行在马道（Rotten Row）和女士路（Ladies' Mile）上。我喜欢骑马外出，喜欢在道上欣赏如此多华丽漂亮的马儿。伯蒂也陪我们骑过一两次。

"社交会怎样？"面见公主后的第二天早晨，我们骑马穿过树林时，菲茨少校问。那是个炎热的夏天，小径边上的树木，枝叶茂密，遮阴避阳。为了避免人群拥挤，我们起了个大早。路上有些地方很安静，我们仿佛远离城市，享受着乡下骑行的宁静。"真让人精疲力尽，但是母亲比我更累。"

"因为她得帮你应付那些追求者？"

"因为她得使出浑身解数，让我穿上另一件礼服。"

伯蒂笑了。"我记得之前，父母拉着多萝西去社交会时，她也有过类似的抱怨，但是两年后，她就结婚了。"

我注意到，伯蒂的声音变低沉了，肩膀也宽了许多。每次我见到伯蒂，就觉得他更像少校了。虽然他们的头发完全不同，少校长着一头浅黄色的卷发，而伯蒂的头发又黑又直，但是他们的前额和鼻子，宽度一模一样，简直是出自同一位希腊雕刻家之手。再过不久，伯蒂就会比我高。确实，伯蒂已经不是小孩子，第二年他就要去参军了。

菲茨少校拉着马，回头看了看我们。"说到多萝西，我们要去斯坦霍普门口见爱德华。我们骑慢一点吧？"

自从多萝西结婚后，我就没见过她的丈夫。她成为格雷夫人一个月后，二十三岁的爱德华就成为英国下议院最年轻的议员，这意味着他大部分时间都要留在伦敦。爱德华承诺，让多萝西留在法洛登庄园，如果工作允许，他就会回去看她。多萝西的来信中并没有提到，定期分居会对她的婚姻造成影响，降低幸福感。要说有什么区别的话，那就是她更爱她的丈夫了。

　　"他在家时，我们滔滔不绝，相互倾诉交谈，彼此感受到了归属感。"她在信中写道，"我已经把他培养成鸟类学家了，几乎整个周末我们都在户外活动。如此生活，夫复何求？"

爱德华骑着一匹优雅、有花斑的灰色母马在门口等着。我们走近时，她不耐烦地跺着蹄子。我们骑马向蛇形湖（the Serpentine River）进发，我处于爱德华和菲茨少校中间，伯蒂在他父亲旁边。爱德华身材瘦削，长着一个大鹰钩鼻，但这鼻子反而显得他更俊美了。他们闲聊了一会儿后，爱德华对我说："前几天我和多萝西谈起了爱丁堡之旅，她说你可能会对这次旅行感兴趣，想了解那个有意思的男人。"

"哦？"

爱德华解释说，他前几天去参观了爱丁堡新兽医学院（the New Veterinary College）。由于该学校校长热切想宣传学院，因此邀请他前往参观。校长的名字很奇怪，叫威廉·威廉姆斯（William Williams）。他是一名威尔士远征军军人，后来转行当兽医了。他以前还担任过爱丁堡迪克兽医学院（Dick's Veterinary College）的校长。他非常热爱兽医行业，是皇家兽医协会（Royal College of Veterinary Surgeons）的前任主席。

"皇家兽医协会是干什么的？"我问。

"它主要负责督查兽医培训业务。"马蹄声嗒嗒响着，爱德华说着，身体前倾，以便菲茨少校能听到我们的谈话，"新兽医学院是先进的学府，出色的地方。威廉姆斯高瞻远瞩，建立了一所最现代的兽医学校，定制了各式各样的设备，修建了很多场所，比如马厩、实验室、手术室、教室，还配备了测试和治疗设备。我不知道这些设备的具体用途，但看着很专业，让人很想尝试一番。"

"你有参观过其他兽医学院吗？"我问。这是我第一次这么嫉妒爱德华，参政居然能带来这么多机会，让他参观如此有趣的地方。

"我只去过伦敦皇家兽医学院（the Royal Veterinary College）。它的办学历史更悠久，但据我所见，它的设备数量似乎还不及新兽医学院的一半。"

我们骑着马，暂时没有说话，我想象着新兽医学院的画面。我在想爱德华是否有机会，再去爱丁堡拜访下威廉姆斯校长。如果可以，我想和他一同前往。多萝西觉得，我可能会对爱德华的爱丁堡之旅感兴趣，这就是原因所在吧？我正要问时，少校开口说话了。

"你在新兽医学院看到学生了吗？"他问。爱德华点点头。"嗯，看到了。"

"有女学生吗？"

"没有。"

我注视着菲茨少校，想听他继续问下去。他这样问，是想表达什么？是想打消我上兽医学院的念头吗？爱德华怎么想？为什么告诉我这所大学？多萝西跟他说了什么？威德灵顿夫人最近给我讲了一位法国医生的故事。这位医生在法国里昂的一所兽医学校上学，后来在巴黎开了一家诊所。要是威德灵顿夫人在场就好了，她一定会直接询问爱德华和少校。我试着想象她会问些什么。

菲茨少校继续说："爱德华，你说新兽医学院是先进的学府，这意味着威廉姆斯校长是一位先进人士吗？有没有可能……"此时，有一对父女骑马过来，他们和菲茨少校认识，打断了我们的谈话。在场的几人开始叙旧，聊起了社交季。这对父女走后，我们换了个话题交谈。我们还没来得及继续谈论先前的话题，爱德华就说要去开会，与我们告别，沿着骑马道慢跑离开了。我看着他离开，觉得心里空落落的。威廉姆斯校长是怎样的人？他会招收女学生吗？真让人心急如焚。

"我们也要回肯辛顿了。"少校说，"我要先去俱乐部吃午饭。"

"少校，你刚才问爱德华新兽医学院的招生情况。"

"嗯。"

"如果像爱德华所说，校长是一位先进人士，他会考虑招收女学生吗？"

菲茨少校皱起了眉头。我在想，他是不是后悔提出了这个问题。"我知道这是你的梦想，但我不想插手其中。你母亲和查尔斯非常反对你继续学习，更别说参加兽医培训了。我不能越俎代庖。"

"但你是我的监护人，你可以……"

"我是你的监护人没错，但是我们毕竟不是一家人。如果只是给你提供建议和指导，我可以帮助你，但是资助你去新兽医学院参加培训……抱歉，艾琳。我承担不起这个责任。这件事我帮不了你。不管你、多萝西、塞西莉亚怎么劝说都没用。"

"我明白。"我说，但我还是想争取一下。

少校继续前进。伯蒂跟在他后面，迅速有力地伸手握住我。

"他真的很想帮助你，"伯蒂低声说，"耐心点。"他的话安定了我的心。

当天晚上，我们要去参加另一个晚宴，母亲吩咐女仆特地为我准备了一件礼服。晚宴开始前，她进入我的卧室，帮我拉紧束胸衣，全面审视晚礼服，而我一直心系着爱丁堡新兽医学院的事。

"今天早上，爱德华和我们一起骑马。"我说。我知道说这些话会让她高兴。爱德华是议会成员，他的名声越来越响亮了。不管我与他有没有机会交谈，母亲都会觉得卡斯特家族与他有往来。

"他人品很好，希望他一切顺利。"她说。

"嗯，他刚从爱丁堡回来，参观了一所兽医学院。"

母亲僵住了。我这一句话，好像破坏了他在母亲心中的形象。"他对这所学院评价很高。我想问他，有没有机会让我参观下学校。或者他下次北上时，带我一起前往。"

她双手插在胸前，望向窗外。

"我会叫多萝西一起去。'法洛登的格雷子爵夫妇陪同艾琳·卡斯特小姐参观爱丁堡新兽医学院'这个新闻标题听起来很引人注目吧？这个想法应该没问题？"

母亲转过身瞪了我一眼。"艾琳，你已经不是小孩子了！为什么要我再说一遍？不要再说胡话了，也不要再幻想！这一点都不好笑，只会令人难堪！"

"这不是幻想！我一直提起它，是因为我真的很想当一名兽医。"

"这不可能实现！你知道女王陛下如何看待追求男女平等的女人。你竟然还想着男女平等，这实在不合时宜，有失体面。"

"为什么？越来越多的女性正在成为医生。巴斯小姐和比尔小姐就在改革女性教育制度。"

"医生！"她哼了一声。"有些医生说，女性学识太多，生育能力会下降。学那么多知识，以后谁会娶你？嗯？"

"这根本就是无稽之谈。母亲，学习用的是大脑，不是子宫。"

我想起，母亲曾经允许我和男孩子们一起学习，当时她并没有忧虑过多。我不仅了解了达尔文（Darwin）、赫胥黎（Huxley）等人的著作，也知道即使我的智商比不上男孩子，至少与他们旗鼓相当。但是我知道，与她说这些毫无用处。

"南丁格尔小姐付出的努力，难道不体面，反而还可耻？"我问。

查尔斯和奥兰多不在场，没人阻止这场谈话，母亲不得不做出回应。"弗洛伦斯·南丁格尔？是的，她确实一点都不在乎上流社会对女士的要求。"

"但不是所有的事都和上流社会有关，还有其他……"

"你知道你祖父有一个亲戚是威廉·南丁格尔的熟人吗？显然，威廉的思想深受欧洲大陆的影响，受到他所属时代的影响。正是威廉教育了弗洛伦斯·南丁格尔和她的妹妹。"

"这是坏事吗？"

她又望向窗外，无奈地说："艾琳，如果你坚持要去工作，那就做护士吧。至少有南丁格尔小姐这位先驱，还有点体面的样子。"

我从来没有想过要当护士，即使多萝西说过对此感兴趣。但这是母亲第一次表示，愿意支持我做其他事，而不是一意孤行让我找个丈夫嫁了。而且，我需要母亲和查尔斯提供资金，才能实现梦想。我不能让机会溜走了。我想，如果像巴黎的医生一样，说不定可以用治疗人的方法来医治动物。

"我明天去打听一下。"我说。

"小心点，不要和任何人说起。"她叹了口气，没有看一眼我，就离开了房间。

第八章

初次尝试护理

1888 年
英格兰伦敦

我不适合做护士。工作几小时后，我就认识到了这一点。在这几小时里，我得紧跟在护士长身后，一刻不停地奔波在又长又冷的医院走廊上，来回穿梭于伦敦医院数不清的病房，还要忍受医生吃了炸药似的不耐烦的各种指令。但刚开始那几周，我还不是很愿意承认这一点。放弃就等于顺了母亲的意，但我不想让她得逞，这份决心迫使我坚持下去。可我担心的不仅仅是这个。我好不容易才当上了护士，如果我这么轻易就放弃了，毫无疑问，母亲和查尔斯就更不可能同意让我当兽医了。我陷入了困境。

1888 年，我接受护理培训近一个月后，奥兰多来伦敦过周末，那时我才吐露出自己的辛酸。我设法让他远离母亲和乌苏拉，说服他陪我和露比去肯辛顿花园散步。那时露比已经老态龙钟，跑不动了。当时我并未按照所想的那样，很好地掩饰住不满。

我和奥兰多走到街上，他挽起我的胳膊。"亲爱的妹妹，你有什么烦恼吗？"奥兰多问。

"我看起来很苦恼吗？"

"母亲说你只是在医院工作太累了，不想说话而已。但我知道并非如此，工作只会让你精神振奋。工作一天，就让你累得说不出话，可没那么容易。所以到底是怎么了？"

"我厌恶它。"这句话很难说出口，但说出来之后轻松了不少。

"护理培训？还是工作？"

"都讨厌。我最讨厌医院，我整天都得封在里面。我就像被埋葬在医院和伦敦里。一层又一层厚厚的墙壁，让我远离惬意的乡村。"

"我看得出来，这让你很不高兴。"奥兰多平静地说。

"还有医生接连不断地发出急切的咆哮式指令，让大家都很焦虑。许多护士长和高级护士在这种高压环境下都变得像个暴君，急躁专横。"

"这只是因为你还在实习期，之后就会好的。"

"不会的。在医院工作就是这样，不是被人使唤就是使唤别人。"

"那工作呢？护士的工作呢？这份工作难道就没有回报吗？"

我也曾想过，成天被关在室内，被人呼来唤去的滋味不好受，但也许救死扶伤多少能弥补这份痛苦，可实际上并没有。

"虽然有些时候，帮助患者能让我获得一些满足感，但这还远远不够。"我说。

我们走到了花园。露比一路小跑，穿过我们前面的大门后，她在阴凉处停了下来，喘着粗气。或许露比和我一样，我们都很难适应伦敦的生活，在这儿难得出门，而且还要受到管制。通常情况下，露比只要触碰到脚下裸露的土地或草坪，就会突然活跃起来，一时间忘记自己已经快十二岁高龄了。露比一直在咳嗽，我猜这是萦绕在伦敦低空的雾霾造成的。我蹲下来轻轻拍了拍她。

"慢跑点，老姑娘。"我说着并起身，露比紧跟在我后面。远远地，我看见一群人骑马慢跑而过，马蹄所到之处，尘土飞扬。我有好几周没骑过马了，真想再次骑马奔腾。

奥兰多问我打算怎么办。我向他说明了我的顾虑，并恳求他不要将我今天说的话告诉任何人。

"医院所学或许能助我成为一名兽医，这是我坚持下去的唯一动力。"我说，"如果我能坚持个一年半载，就证明我不会轻易放弃梦想，说不定母亲和查尔斯就会同意我动用一些继承的遗产，去读兽医学校，如果我考得上的话。"

奥兰多轻哼了一声，摇了摇头。"所以这才是你去医院报名的原因。我懂了。"

"当护士是母亲唯一同意的事。"

"在伦敦医院效仿南丁格尔救治病人，和在乡下治疗马匹、牛羊完全不是一回事。撇开从未有女性去做兽医这个事实不说，这两种工作本身就完全不同。即使你做了五年十年护士，母亲也不可能同意让你去做兽医。"

我叹了口气："不然我还能做什么呢？"

"不知道。但在大城市做护士，每天愁眉苦脸总不是一回事。而且，我从未见过你身形如此单薄，面色如此苍白憔悴。"

"单薄？"

奥兰多伸出手，用食指和拇指捏了捏我的手腕，"是的，很单薄。"

我们一言不发地走了一会儿。我回头看了一眼露比，却发现她不见了。我叫了叫她的名字，但仍然没有她的影子。我们转过身，原路返回，寻找露比的踪迹。

我发现露比四脚摊开，倒在长椅底下。她全身瘫软无力，呼吸微弱。我让奥兰多脱下外套，把露比放上去，用外套抬她回家，他没有异议。回家路上露比睁开了几次眼睛，还虚弱地摇了一次尾巴，似乎在表示歉意。但除此之外，她都是静静地躺在奥兰多的外套上。

周一我没有回医院，而是径直去了卡姆登镇的皇家兽医学院，我没有告诉任何人我的意图。我跟着一个学生爬上了一栋三层的红色建筑，并在半路把他拦了下来。我的拦截使他焦躁不安，我猜可能是因为他上课迟到了。我假装没注意到他的不耐烦，迅速向他描述露比的症状。

"你会怎么做呢？"我问他。

这个学生转了转眼珠子。"小姐，我们的教学是很严肃的，我们不研究宠物。我们只研究大型动物。"

"但是你肯定知道……"

"听你这么一说，我觉得你的老朋友应该是心脏衰竭了。"这正是我所担心的。

"我能为她做什么呢？"

他不以为然地耸耸肩。"让她静养，别让她着凉。试着让她进食。轻微适量的运动能让她保持活动。对待如此年迈的动物，除了这些，我们还能做什么呢？"

我看着这个人匆匆离去，走进了一间屋子。教学楼很安静，可能因为正在上课。我望着长长的走廊，走廊两边的门都紧闭着。地板锃亮，墙壁光溜溜的，可我却丝毫未感到医院的那种沉闷压抑。这里的人讨论的都是如何治疗动物，光是想到这一点，氛围就和医院截然不同。我不知道我能在这里学到什么，但我很想跟着那人走进教室，去一探究竟。

我听到背后有脚步声，于是转过身去。一个又矮又胖，留着灰胡须的男人正打量着我。他戴着一副椭圆眼镜，腋下夹着本厚书。

"小姐，有什么我能帮你的吗？"他问。

我本想问他兽医报名处在哪，但我忍住了。我勉强挤出微笑，对他说："没事，谢谢。"

我到家时，露比还是躺在老地方。见我回来，她抬起头，摇了两下尾巴。我试着让露比吃点鸡肉，她喝了点我倒在碟子里的水。我很开心她不咳嗽了，喝完水，露比就躺回去继续睡觉了。

"艾琳！谢天谢地。"我路过客厅时，母亲惊呼道。

我被搞糊涂了，于是停了下来。我没想到母亲这么早就从宫殿回来了。

她看着我，说："医院把你辞退了吗？"

"没有，我……"

"你不能再回去了！"

"什么？我不明白。发生了什么，母亲？"

母亲在房间里踱来踱去，一边搓着双手，一边和我讲述女王幕僚告诉她的事。最近几个月，人们陆续在白教堂发现了几具女尸。警方认为这些谋杀案是一个连环杀手所为。至今该杀手还逍遥法外。

"总之你不能回医院，"母亲说，"那是魔鬼狩猎的中心，我不允许你回去。"

我愣住了，不仅是因为这场可怕的谋杀案，还有母亲无形中给我下的禁足令。母亲以为我没说话是在思考怎么反驳她。

"没有反驳的余地，你就是不能回医院。"母亲再次强调。

"好的，我知道了，母亲。"

母亲倾斜着脑袋，看着我说，"好，明白就好。不过话说回来，你怎么在医院里什么都没听说过？这是你第一次听说白教堂的谋杀案吗？"

"是啊。"我回答。我在想是不是因为我总是沉浸在医院的痛苦里，所以就错过了什么消息。"这类案件一般会先报给宫里，然后才会传到我们这儿吧。"

"那就好。我们可不能破坏卡斯特家族的名声，让伦敦贫民窟流传家族不好的传言。"

相比我的安全，母亲更看重家族名誉。因此，她说这话，我一点不惊讶，也不难过。又或许是不用去医院让我感到解脱，所以我也不在意母亲说什么了。

我被母亲禁足，心中暗自庆幸自己不用去医院做护士了，虽然是托某个杀手的福——之后查明为开膛手杰克所为。总之我没有必要再待在伦敦了。没几周，露比和我就可以离开伦敦，和多萝西一家待在诺森伯兰郡，享受乡村生活带来的乐趣。

第九章

坚定追梦

1893 年
英格兰诺森伯兰郡

五年后，我意识到自己可能真的要放弃梦想，放弃成为一名兽医了。在那之前，我一直坚信我会以某种方式说服查尔斯和母亲。随着巴斯小姐和比尔小姐教育的女学生越来越多，接受医生培训的女性越来越多，我希望女王陛下能够改变对全世界女性的态度。我甚至可以肯定，如果女王陛下改变了观点，母亲的想法也会随之改变。从查尔斯些许同情的目光中，我也察觉到，如果母亲转变了态度，他就不会阻止我了。唉，我想要转变母亲的想法，但终究没有契机。

我骑着菲茨少校的朱诺，轻盈地从牛顿庄园到法洛登去看望多萝西。突然失败感涌上心头，至于为什么，我也说不上来。也许是前一天早上，蹄铁匠给少校的马儿装马蹄时，提到有学校设立兽医专业的缘故吧。他说皇家兽医学院也参与其中，促进该专业的发展。皇家兽医学院高瞻远瞩，颇具先进思想，想方设法要改善兽医的生活与工作，但女性却无法从中获利。一想到这一点，我就很难过。

我最近刚过了二十五岁生日，这也激发了我放弃梦想的念头。我这个年纪的女性，大多数都结婚生子了。还有一些女子无奈地承担起家族重担，未来可能会孤独终老。这些年，我一直在照料动物，这并不意味着我没有想过结婚生子的事。但是，结婚的想法并未主导我。在我看来，许多像我这样的女性结了婚，就过着无所事事、愚昧无知的生活，可我并不想这样。如果将兴趣爱好置于成家之上，会让我找不到伴侣，那也无可奈何，就这样吧。即使我二十五岁了，即使我知道自己可能永远无法当兽医，但我仍坚定不移地怀揣着这个梦想。就算没办法在兽医领域深造学习，我也会目标明确，做一些与动物有关的事。

在肯辛顿花园查出心脏病后，露比还活了好几年。为了弥补我对歌利亚、小糖和奈德缺少关心，我像母鸡护崽一样照顾露比。一位医生告诉我，蒲公英根可以减少心脏积液，使心脏跳动得更有力，所以我每天都让露比吃一点蒲公英根。露比每天固定清淡饮食，只吃一点鸡肉和面包，每天进行两次短途散步。这些日常使露比保持稳定的状态，她的黑眼睛炯炯有神，毛发柔顺光泽，尾巴也能可爱地摇来摇去。直到一天早晨，露比再也摇不动尾巴了。在里索威城堡里，露比在我床边的地毯上永远地睡去了。我每天都期待低头能再次见到露比，并且花了好几个月时间才接受了她不在的事实。但是想到我和露比一起度过了这么多年欢乐的时光，而且我也尽心尽力照顾她到了最后，所以我也就不那么难过了。露比去世时不仅仅是一只狗，我像对待家人一样，好好地送她走完最后一程，也让我感到些许安慰。

在母亲的怂恿下，我决定买一对可以配种的毛茸茸的博美犬。母亲并不喜欢女王殿下养的三十只博美，她只不过是想迎合女王养狗的热情罢了。

母亲说："女王打算养小型博美犬，他们是欧洲东北部斯皮兹雪橇犬的缩小版。1891 年，六只皇家博美犬参加了克鲁夫斯犬展（Crufts Dog Show）。不出所料，宫廷宠儿温莎·马可夺得了博美犬冠军。"

"女王想把博美犬的体重减到七磅。"母亲继续说，"你应该养一对可以配种的博美犬，艾琳。你老是嚷嚷着想做些对动物有益的事，现在机会来了。"

帮女王减少博美犬的体重，这个理由不足以让我关注这类狗。真正动摇我的，是母亲破天荒鼓励我养狗。博美犬活泼好动，他们昂首阔步的姿态、响亮的叫声、尖尖的耳朵和柔软茂密的毛发，几分钟之内就赢得了我的芳心。

因此，我先分别从伯明翰市和曼彻斯特市买了两只博美犬，一只公狗叫小金，另一只母狗叫小蜜。然后，我开始对外建立声誉，声称自己是个正规的博美犬饲养员和专家，同时还是个博美犬参展商。这是我做的唯一令母亲高兴的事。母女俩屈指可数的对话，现在全围绕女王的博美犬展开。

"女王陛下想知道饮食对减轻博美犬体重的作用。"

"你那对博美有多少运动量？女王陛下认为运动很重要，同时又不想让他们长肌肉。对此你怎么看？多少运动量才够呢？"

"你觉得剃掉狗毛，会促进毛发生长，提高毛发光泽度吗？女王陛下想听听你的意见。"

我和女王对博美的喜爱，第一次让我和母亲站在同一阵营。虽然还谈不上亲密无间，但我很高兴这一次没有令母亲失望。我甚至有点得意，因为除了谈论乌苏拉，我和母亲终于有了别的话题。但是，当我再次提到想当兽医时，我才意识到这个阵营是多么不堪一击。

"女王陛下让你测量下小金和小蜜的尺寸。她想对比下博美犬的大小。"一个周末，母亲从白金汉宫回到里索威城堡时说。

"好的，我会去量的。"我回答，"母亲，如果我懂得解剖博美犬，对女王陛下会更有帮助的。"

母亲看着我，嘴唇绷得紧紧的，直得像平原上的一条马车轨道，她一点也不想听我说这个。

"如果你和查尔斯允许我接受兽医培训，我就能学到培育方法，帮助女王繁殖她想要的品种。我相信她会很高兴的，我可以……"

"女王不会高兴的。"母亲咬牙切齿地说，"但是母亲，女王肯定……"

"女王陛下有兽医。他可以承包一切相关工作。"

"但你想想，如果这名兽医还是博美犬专家，女王陛下就可以……"

"别说了，艾琳，这是不可能的。"

这无可奈何的处境让我愤愤不平。我盯着母亲，心里有股冲动，我想告诉她，既然我不能当兽医，那她也休想向我打听博美犬的事，然后报告给女王。我和房间对面的乌苏拉对视了一眼，她对我冷笑了一下，一点儿也不掩饰她的得意。

我骑着朱诺走到一座灰色石桥上时，心里想着，是时候告诉多萝西，我打算彻底放弃当兽医了。在我最需要的时候，多萝西的话总能抚慰我，使我冷静。多萝西会告诉我，是否需要改变目标，专心养狗和马，还是应该坚持我的梦想。我知道养狗和马会让家里人高兴，但不能当兽医还是令我很难过。我加快挥鞭，让朱诺小跑起来。我们穿过树林，身后是绵延的诺森伯兰山丘。我在想，坚持了这么久的梦想，如果就此放弃了，生活会变成什么样子呢？我会甘心吗？我们穿过一排排树木，越往前，道路变得越平坦宽阔。我身体前倾，快马加鞭，似乎纵情驰骋能将痛苦抛之脑后。

多萝西在法洛登的大门口等我。她听到马蹄声，应该知道我来了。我们已经好几个月没见面了。爱德华最近被任命为外交部副国务卿，他和多萝西已经搬到汉普郡乡下几个月了，住在那儿去伦敦更方便。

我下了马，多萝西突然冲过来抱住我，我很吃惊。过了一会儿，多萝西松开我，牵手领我进屋时，我才注意到她眼圈红红的。

"发生什么了吗？"我问。多萝西从不碰别人，即便是她在乎的人，她也不会轻易触碰。可她刚刚却抱了我，还牵着我的手，让我觉得非常奇怪。我看到她眼角红红的，就更加确定发生了什么事情。

"进来吧。"多萝西一边说，一边爬上楼梯，"客厅已经摆好茶了。爱德华几小时前就到了，他正在客厅里等我们。"

爱德华笑容紧绷，有点不太对劲。"怎么了？"我问。

那天早上，爱德华乘坐火车回汉普郡，临上车前得知，奥兰多在前一天去世了，也就在他被诊断出脑膜炎后不久。这消息有如晴天霹雳，我的双腿不由自主地软了下来。我跌坐在沙发上，脑子里一片空白。

奥兰多，我最热情，最友好，最善解人意的哥哥奥兰多。那个唯一真诚聆听我的抱负，倾听我的烦恼，唯一会陪我玩闹，唯一深爱着我的，我最爱的哥哥。奥兰多只大我三岁，上帝却早早地剥夺了他的生命。这是多么地残忍。我永远不能和奥兰多去里索威海滩散步了，再也没人和我在客厅嬉笑打闹了。没有奥兰多，谁来维持餐桌上的和平呢？没有奥兰多，谁会在我抱怨生活不公时，站出来支持我呢？

接下来的几天我记不太清了。我只记得，多萝西陪我回了趟里索威城堡。母亲、乌苏拉、查尔斯和利奥都在那儿等着我。没有人说话，大家都面无表情。我说不清，大家是在我来之前，已经悼念过奥兰多无数次，哀伤疲惫到说不出话，还是他们选择用卡斯特家族流行的斯多葛主义式沉默，来面对奥兰多的死亡。我猜是后者。

和当初父亲和珀西去世时一样，母亲的双眼再次变得空洞无神。我想告诉母亲，看到她这么悲痛，我也很难过。短短十五年，她失去了丈夫和两个儿子。丧偶和丧子之痛使母亲一夜间苍老了不少，她明明还不到六十岁，看上去却老得多。

我们到家时，我走向母亲，张开双臂准备拥抱她。"母亲。"我说，"我非常……"

母亲转过身，避开了我的怀抱。"艾琳，我都知道。"

母亲冷漠的态度伤到了我，虽然我希望并没有。不过好在，有多萝西在我身边，她能给予我所需的安慰。我们在沙滩上散步，我滔滔不绝地和多萝西说着奥兰多的事，我对他的突然离世，感到多么地愤愤不平。有时，我讲到情深处，忍不住落泪，多萝西就递手帕给我。多萝西知道我对哥哥的爱有多么地深，她知道家里只有奥兰多支持我，他是我唯一的盟友。

几天后，菲茨少校和威德灵顿夫人来里索威城堡参加葬礼。我们被召集到餐厅，菲茨少校宣读完遗嘱后，我更加确定奥兰多是一个值得托付的盟友。

"你亲爱的儿子，伊莎贝尔，"少校说，朝母亲微微点头致意，然后看向我们其他人，"你们的哥哥或弟弟，三年前立下了这份遗嘱，并将这份遗嘱托付给了我。"

菲茨少校拿起一张信。大家都保持肃静，房间里静默无声。

"我念给你们听。"少校说。接着，他开始宣布遗嘱，此时，房间变得更加安静了。

不出所料，奥兰多把遗产都留给了我们。

但没想到的是，奥兰多还追加了一条遗嘱，他把一部分财产单独给了我，这份财产独立于我从父亲和珀西那里继承的遗产，而且我享有完全的支配权，随时随地，想用就用。

"可以给我看看吗？"菲茨少校宣布完遗嘱时，我问。

少校将文件递给我。是的，我没有听错，纸上写的和我理解的一模一样。

查尔斯从我手里拿过文件，读完后，他朝母亲那儿看了一眼。我不知道该说什么才好。这实在太令人震惊了。奥兰多竟然在死后，还不忘为我挺身而出，还是以对我最有利，最有说服力的方式。我亲爱的，待人温和的哥哥，为我的兽医梦提供了一个途径。如果有兽医学校收我，我就可以用这笔钱读书了。家里其他人都默默离开了房间，我仍坐在原地，震惊得说不出话，心中满是爱与感激。菲茨少校在我身旁坐下。

"你早就知道这件事吗？"我终于问，"还是和我们一样，今天早上才知道？"

"这一点儿也不像奥兰多的做事风格，这太出格了。他肯定知道这会让母亲和查尔斯不高兴的。"我说。

"他关心你。"

"奥兰多不可能知道他会英年早逝，然后让我用这笔钱去读兽医学校。"

菲茨少校注视着我。显然，他也不知道该怎么回答。我轻声笑了起来。菲茨少校也轻轻地笑了笑。自从得知奥兰多的死讯，我就一直处在失魂落魄的状态，我感到焦虑又疲惫，但是现在，这些负面情绪似乎都烟消云散了。我仍然不停地笑，直到发现我的眼泪止不住地往外流。我把头埋在双手里，抽泣起来，前几天散步时，我哭的时候，多萝西递手帕给我，现在，菲茨少校也递给我一块手帕。他默默地坐在我身边，直到我恢复平静。

最后，我坐起来，重新打起精神说："我要去打听怎么当兽医。"

"据我所知，"少校回答，"你可以从苏格兰开始打听。"

"苏格兰？"

"你记得几年前我们和爱德华一起在海德公园骑马时，他提到的那所大学吗？"

"我当然记得。"

"几个月前我去拜访了那所大学的校长，还记得那个名字很好记的威廉·威廉姆斯吗？"

"我记得。你见到他了吗？"

菲茨少校望向别处。"本来这时候，我不该说这些话，让你抱有希望，惹你母亲不高兴。但是现在，有了这个……"。他指了指桌子上奥兰多的遗嘱。一张普普通通的纸，竟然能带来如此巨大的改变，真是太不可思议了。

"你跟威廉姆斯校长提起过我……说有女性要去他的学校读书吗？"

菲茨少校点点头。"校长说，你得先获得爱丁堡大学指定科目的学分教育证书，才能去新兽医学院上课，但凭你的实力，应该用不了一年就能拿到。"

我紧紧握住椅子的扶手，好像下一秒就会因为过于激动，跌倒在地。"但是……我……"这个消息好到有点不真实，我感到头晕目眩，不知道该说什么，"学校里有其他的女学生吗？"

"爱丁堡大学里有几个，但在新兽医学院里，你会是第一个女学生。"

"但是威廉姆斯校长会同意让我入学吗？"

"当然会，我们得感谢上帝。"少校说，"至少在某种程度上是这样。"

菲茨少校让我想起了爱德华说的话：之前威廉姆斯校长在爱丁堡的一所兽医学院任职了好几年，之后建立了自己的兽医学院。

"可想而知，这两所学院之间的竞争会有多么激烈。"少校说，"但我觉得威廉姆斯校长领导的新兽医学院更加先进，而且如果能培养出一个史无前例的女兽医，那会更胜一筹。"

"看来是天意。"我回答，还是觉得不太真实。

"不过，校长特别强调，他说这件事可能不是那么容易。毕竟学院从没收过女学生，你会是第一个。他详细打听了你的个性。我和他说，你是和三个哥哥一块儿长大的。而且你是我认识的意志最坚定的女生。更别提你马术精湛，养狗经验丰富了。"

我微微一笑。“谢谢您，少校，我欠您一个人情。”

“应该的。再说了，即使没有我帮忙，你自己也会找到其他办法的。”少校说，“如果你愿意，我可以写信给威廉姆斯校长，专门安排一次会面，介绍你们认识。”

我点点头，心脏咚咚咚地跳个不停。

“你会告诉你母亲和查尔斯吗？”

“会的。虽然他们不大可能会改变主意，但我仍心怀一丝希望。我并不想疏远我剩下的几个家人，但既然奥兰多提供了途径，不管有没有得到他们的祝福，我都会努力成为一名兽医。”

我的直觉是对的，要说我告诉家人我的计划后，情况会有什么不同，那就是母亲和查尔斯更加反对我上大学，找工作了。第二天我送走多萝西和她的父母后，我告诉母亲和哥哥，我要开始打听兽医培训的事了。母亲转过身去，查尔斯瞪了我一眼。

“母亲已经承受这么多了，现在你竟然还要做什么兽医，给她添堵？”查尔斯的上唇往前噘，粗声恶气地吼道。

“我没想给母亲添堵。我只想成为一名兽医，实现我的梦想。打我记事起，我就一直想当兽医。”

“这就是问题所在。”十七岁的乌苏拉突然出现在我身后说道，“懂规矩的女人，都不会要什么抱负。”

她说出“抱负”这个词时，很快地略过去，好像这个词有毒似的。

“我是一位合格的女士，我只想在有限的生命里做一些有意义的事。我不明白为什么这会让你们如此不高兴。”

母亲猛地转过身，她那一双眼睛乌黑发亮，闪着愤怒的火光。“因为这很丢人，非常丢人！你这么做，会给家族蒙羞，艾琳，还会让我在人前抬不起头。女王陛下又会怎么想？"

"我明年就可以出去社交了，"妹妹说，"难道你就这么自私。一点也不管你的固执，会给我的未来造成什么后果？"

对于乌苏拉的指责，我想到了几句反驳的话。她不是也这样吗？她否定我追求梦想，不也是自私的吗？难道我的幸福就不重要？

连衣裙的领子又高又扎人，还紧得透不过气。我张嘴准备说话时，拽了拽我的领子。"你为什么……"

我制止了自己。

查尔斯说得对，如果我去当兽医，母亲会承受更多的痛苦。母亲刚经历丧子之痛，加上她又在极其传统的王室工作，这使得她总是刻意规避一切女王可能认为不得体的事。我其实希望自己能像马儿用尾巴驱赶苍蝇一样，无视家人的反对，但是我做不到。虽然他们总是墨守成规，我又经常受到他们的谴责，但总的来说，我还是为自己是卡斯特家族的一员而感到骄傲，同时也希望他们为我自豪。

"其实没必要担心。"查尔斯对母亲说，"没有哪所学校会收她。他们可不会拿这种疯狂的事开玩笑。女性是不允许学习兽医知识，成为兽医的。女人从事有关动物的工作，简直是荒唐可笑。她的希望会落空，对我们造成不了什么威胁。"

乌苏拉在一旁偷笑，她看着我，好像想激怒我，好让我反驳查尔斯。我本可以告诉他们威廉姆斯教授和新兽医学院的事，但想了想，决定作罢。要是他们联系学院让校长改变主意，那怎么办？我叫上小金和小蜜，两只小狗兴高采烈地跟在我后面，我们一起朝海滩走去。

第十章

改名换姓去求学

1896 年
英格兰柴郡

不向家人坦白计划，反而会轻松自在，之后我就再也没有透露过自己的安排。查尔斯回去发展航海事业，母亲继续侍奉女王陛下。乌苏拉和利奥居住在里索威城堡，我有时也会在，但他们几乎会忽略我的存在。

接下来几个月，菲茨少校给威廉姆斯校长写了一封介绍信，说明意向，之后我也写了一封自荐信。我必须学习一些大学专业课程，获得菲茨少校所说的学分教育证书，才有资格进入新兽医学院。我确定学习的科目后，就给爱丁堡大学邮寄了入学申请书。在收到录取通知书后，我又写信给威廉姆斯校长。他很快回信，邀请我一抵达苏格兰开启大学之旅，就与他相见，并参观下新兽医学院。

我站在客厅的火炉前读完了信，还盯着信件看了好久。我害怕这只是一场梦，梦醒了它就会消失，幸好它确实是真的。终于，在 1896 年，我开始朝着兽医的梦想努力迈进。

"谢谢你，奥兰多。"我对着空荡荡的房间说。小金听到后，小跑着来到我跟前。我蹲下来抱着他。

　　我和威德灵顿夫妇达成一致，我先前往诺森伯兰郡，把小金和小蜜留在法洛登庄园，让多萝西帮忙照看。之后菲茨少校陪我去爱丁堡，把我引荐给威廉姆斯校长，再帮我在城里安顿下来。在爱丁堡学习一年后，我就可以在新兽医学院接受专业培训了。那三年后，我就可以成为一名兽医了。

　　我有一瞬间在想，父亲是否想过他这位朋友会如此支持我。我二十一岁时，少校在法律层面上，就不再是我的监护人了，但他一如既往地支持我。父亲肯定没预料到这些，他根本就不可能有这种荒谬的想法，他的女儿居然会追求这种不入流的生活，还需要监护人这样费力的支持。

　　天空灰蒙蒙的，冷风呼呼，但我想去户外。我派人去马厩把恺撒牵出来。我要骑马穿过柴郡的海滩和田野，庆祝我即将到来的新生活。也许哒哒的马蹄声和哗哗的海浪声，能让我意识到这一切并不是幻觉，而是真实存在的现实。这次户外骑行也算是与里索威乡村做一次告别吧。谁知道我什么时候会回到南方呢？

　　后面一周，我前往诺森伯兰郡，多萝西坐着马车来车站接我。小金和小蜜很兴奋，在马车上跳来跳去，就像第一次吃草的小羊。

　　"你离开的时候，你母亲什么态度？"多萝西问，她把小金抱在腿上，抚摸着他的背部，让他平静下来。

　　"和以前一样。"我没有直视她的眼睛。

　　"什么意思？"

　　"我还没向任何人透露，我要去爱丁堡上学的事。等我定居下来，我会写信通知他们。"

她皱起眉头。"亲爱的，也许拖延也不失为一种办法。"

"我和她说，我要去诺森伯兰郡，不确定什么时候回来。我想她应该不会太在意，毕竟她已经习惯我一待就是好几个月。"

"嗯，但你并不在那里。"

"我应该告诉她，但是我不敢。我是一个懦夫，我……"

"你不是懦夫。你是我认识的最勇敢、最坚韧、最独立的女性。我相信你很快会有办法，平息你母亲和查尔斯的怒火。"她停顿了一下，"我更担心的是，你在爱丁堡的处境。"

"你是说，成为爱丁堡大学的女学生？"

"是的。"

"这所大学招收女学生好几年了。有爱丁堡七人运动（The Edinburgh Seven）的先例，不用怕。"

"嗯，但不管是从前还是现在，男性始终是女性求学路上的阻碍。等你完成爱丁堡大学的学业，进入新兽医学院成为第一位女学生，那些男人会乐意吗？"

"他们不愿意也没办法。"

"你不会女扮男装，伪装成兽医版的詹姆斯·巴里[1]（James Barry）吧？"

我笑了，这是一个笑话吧，但多萝西的表情很认真。我说："我不会。我在想用名字的首字母取名。假名也许能掩人耳目，或者至少可以混淆视听。但我无法想象自己穿得像个男人。詹姆斯·巴里很瘦弱，而

---

1 英国陆军的军事外科女医生，一直以男性的外表和身份，从事医生职业。

我的女性特征很明显。你觉得我能伪装成功吗？"

多萝西看了我一眼，摇了摇头。我感觉她还有很多话想对我说。

"你想说什么？"我问。

她低头看着小金。小金终于没有再闹腾了，安静地坐在她腿上。

"多萝西，你想说什么。"

她不回答。我接着说："用假名的话，我的家人会放心。我用假名的话，别人就不会知道卡斯特家族的人去当兽医了，那我的家人就不会那么顾虑，也不会害怕丢脸了。"

"爱德华说，有一个男人因为女儿想接受教育，就对外宣传她得了精神病，还把她送进了精神病院。"

我想起奥兰多说过类似的事件，他相信我能处理好这件事。不管前方有多少艰难坎坷，我都无所畏惧。

"母亲和查尔斯不是狠心的人，他们不忍心送我去精神病院。"

"我知道，"她平静地说，"但是……"

"他们可能会默默和我断绝关系，但他们肯定不会冒险做出任何过激的举动，引人注目。"

"他们绝对不会和你断绝关系。你们是一家人。他们迟早会接纳你的决定，甚至会为你感到骄傲。"

我耸耸肩。"但愿吧，就算母亲和哥哥们不接受，乌苏拉也反对我。但我还有威德灵顿一家，还有朋友们——法洛登庄园的格雷子爵夫妇支持我，不是吗？"

最后，多萝西笑了。她向我保证，一定会永远支持我，做我坚强的后盾，还问我打算用什么假名。我不叫艾琳·伊莎贝尔·卡斯特，我要取一个什么名字？

"我想叫 A.I. 卡斯特，"我说，"用首字母取名不会引人怀疑。但是叫卡斯特这个姓氏的人，基本上都属于一个家族，都是亲戚关系。"

"把你的真实姓氏稍加修改，就不会引人怀疑了，别人也不会控诉你造假。"

"如果这能让生活更方便，也能让母亲更容易接受，我乐意冒险。但只使用首字母还不够。把卡斯特这个姓氏稍加修改，你这个建议不错。"

"A.I. 卡斯坦斯怎么样？"她眨眼问，"你不是喜欢卡斯坦斯吗，应该不难记。"

我们都笑了，我说，"好！我现在就叫 A.I. 卡斯坦斯。对于兽医学生来说，这个姓氏再合适不过了。"

"卡斯坦斯？和那个骑师一个姓？"

"对"

尽管那时哈利·卡斯坦斯已经退役了，但他经常参加莱斯特郡（Leicestershire）的魁恩狩猎以及路特兰郡（Rutland）的科特斯莫尔狩猎。

几年前，威德灵顿少校的一位朋友邀请我参加聚会。我在聚会上认识了哈利·卡斯坦斯。

我告诉他，几年前我和哥哥们在蒂珀雷里郡的牧场上赛马，一决高下，只为赢得"哈利·卡斯坦斯"的称号。听到这事，他大笑起来，脸都有点红了。

"好主意。知道哈利·卡斯坦斯的人，一定很乐意让卡斯坦斯小姐治疗他的马。"多萝西说。

"亲爱的，是叫皇家兽医协会成员——A.I.卡斯坦斯小姐治疗。"

我和菲茨少校坐马车来到爱丁堡利斯大道榆树街四十一号，一下车首先注意到一座石雕。那石雕上分别刻着马、狗和牛，马置于中间，牛和狗盘腿趴在地上，抬着头。

我们的前方是一个两层楼的建筑，面积宽敞。石雕就放在入口处的左侧廊柱上，是新兽医学院的标志。这让我感觉耳目一新，瞬间觉得伦敦的兽医学院有多么平庸。

我想到在伦敦兽医学院遇到一位学生，我问他该如何治疗露比时，但他很不愿意给我建议，好像这并不是兽医的职责似的。

我在伦敦咨询受挫，来苏格兰学医让我更加兴奋。我想象着，如果有一天在大学里遇到陌生人向我寻求建议，我一定不会寥寥几句，就傲慢地打发他。

在一位年轻人的陪同下，我们进到大门，沿着一条走廊来到尽头处，然后穿过两扇带窗的门，到达校长办公室。我透过窗户看到一排排建筑，这些建筑围起来就像一个回字形。建筑中间是一个庭院，铺有一条约四十五米的碎石路，通向外面。

我正在仔细观察着学院的布局，此时这位年轻人打断了我，叫我们稍等片刻。我走向飘窗，从这里看向庭院，风景更加壮观美丽。在那个砾石小路上，有一个男人骑着一匹黑白相间的克莱兹代尔马，后面跟着一群人。那匹马先走几步路，然后小跑起来，他们都在后面看着。

几圈后，男人停下了马，从马背上跳下来，往前走。他大概是个老师。他把自己的礼帽递给了一个人，然后抬起了马儿带有软毛的宽大前蹄。

男人们都聚拢过来，仔细观察。他们是在检查马是否受伤，还是研究马掌的新技术？那匹马盯着我看。我们离得很远，我不太确定情况，但感觉我们的眼神在交流。为什么没有人关注马的脸部，他的眼神也许会透露一些信息。他们可能忽略了其他一些线索。如果不用先在爱丁堡大学学习一年，那我马上就能加入他们，给他们提建议了。

"你为什么叹气？"少校问。

我转过身说："来到新兽医学院，我就更加迫不及待，想要开始兽医培训。等待好漫长。"

"但你现在已经来了。只需要一年时间，你就可以每天在这里学习。"

"对，但我还是……"

门开了，一个穿着深色西装的男人走了进来，他梳着整齐的白发，还蓄着白色的小胡子。

"威德灵顿少校，很高兴再次见到你。"他说。

他说着和少校握了握手。少校介绍我时，他也与我握手。我很高兴与人握手，但不禁想起母亲不悦的样子。她认为，女士与人握手是自降身份。我不认同她的看法，握手似乎是礼貌、专业的举动，是一种社交礼仪。这一刻，我幻想自己有一天能与威廉姆斯教授成为同行。

在进入新兽医学院学习之前，我需要在爱丁堡大学完成规定的学科，并达到相应的标准。我们就这个话题交流一番后，他说："你在这里上学可能会受气，这应该不用我提醒你吧。"

"不用，不用提醒。"我回答。

"我和同事们会尽量提前安排，让其他学生适应你的到来，但我无法保证，他们不会为难你，毕竟你是学院里唯一的女性。"

"我明白。"我说，"希望在爱丁堡大学学习后，我会习惯这种情况吧。"

"也许吧。你应该知道，爱丁堡大学招收女学生很多年了。索菲娅·杰克斯·布莱克医生和她的同事们为你开辟了道路，但你将会是新兽医学院的第一位女学生。"威廉姆斯教授的眼睛闪烁着光芒，他站起来的时候把背心往下拉了拉。"也是英国历史上第一位接受兽医培训的女性。"

"我希望我能成为第一个，更希望后续有无数个。"我回答。

"对于女性接受兽医培训这件事，皇家兽医协会是否完全支持？"我们向门口走去时，菲茨少校问。

威廉姆斯教授摇了摇头。"皇家兽医学院不会主动寻求改变，除非被迫。但即便如此，它也没那么快接纳新事物。"

"你确定它不会采取措施，阻止艾琳在此接受教育吗？"

空气安静了一会儿，像是校长在做最后的考核，评估我是否下定决心要当兽医。

他看着我，叹了口气："有时需要学会忍耐。但我希望，在卡斯特小姐正式成为新兽医学院的学生时，皇家兽医协会以及女性接受职业教育的现状，都会有所改变。"

他微微一笑。"你在信中提到，迫不及待想接受培训。现在来了，想法还是那么坚定吗？皇家兽医学院还没有正式批准，你确定要提前开始培训吗？"

"对。"我回答，"我一天也不想等了，已经等太久了。"

威德灵顿夫人的苏格兰朋友帮我安排了住处。菲茨少校和我在韦弗利酒店共进午餐后，一起前往住所。她很清楚，奥兰多留给我的遗产并不宽裕，只有省吃俭用才能负担学习期间的所有费用。但即便如此，我毫无准备，并未意识到自己在金钱上的窘迫。

我曾经计算过，在学习期间，每周只能花六先令六便士。

当我看到自己要入住的房屋：一个带院子和厕所的普通排屋，我才意识到，自己的手头多么不宽裕。唯一令人欣慰的是，步行就可以到达爱丁堡大学和新兽医学院。离得近很重要，因为这是我有生以来第一次，既不能乘马车也不能骑马了。

洛根夫人是我的房东，她是一个寡妇。我一敲门，她立马就开门了，侧身站在门口，抬头看着我。

"你是卡斯特小姐吧？"她不苟言笑地说。

"洛根太太？很高兴认识你。"

她朝少校点了下头，少校在马车旁脱帽致意。

阁楼里的房间比牛顿庄园的储藏室还小，天花板很低，里面配备着锻铁床、椅子、书桌和橱柜。房间里只有一扇窗，可以看到街对面的灰色墙。我环顾四周，想寻找下壁炉，但没有看到。

洛根太太站在门口说："这是个很小的学生公寓，两个人住不下。"

"嗯，谢谢。"我面带微笑地回答。

我出来时，菲茨少校还站在原地，捋着胡子，他一焦虑就会摸胡子。

"怎样？"他边说边朝那间狭窄的房子看了一眼，"行吗？"

"行。"

"那就好，"他说着把丝绸礼帽戴回头上，"有空时，记得回来看看，牛顿庄园离这儿只有 85 英里远。"

我觉得喉咙哽咽，说不出话来了。他的话很温暖，让我感觉牛顿庄园就是我最亲爱的家。

"谢谢你，菲茨少校。"

他摸了摸帽檐，转身上了马车。他踩在马凳子上时，突然停了下来，转身看着我。

"别忘了给你母亲写信！"

一个多月后，我给母亲写了信。

> 亲爱的母亲，
>
> 你们安好。你们在伦敦和里索威城堡一切顺利吗？
>
> 您可以从信上得知，我现在住在爱丁堡。相信未来四年，我多半会在这里度过，期待收到您的来信。不出意外，收件地址就是爱丁堡。
>
> 在少校和威德灵顿夫人的帮助下，我找到了住处。有住宿保障，我就能好好学习，努力成为兽医了。少校陪我从牛顿庄园前往爱丁堡，把我介绍给新兽医学院的校长威廉姆斯教授。等我完成爱丁堡大学的必修课程，明年就可以接受兽医培训了。我在爱丁堡大学所修的课程与医学生一年级的课程相似，包括化学、生物学、组织学和病理学。这所大学已经招好几届女性医学生了，所以我不是班上唯一的女性。

　　一直以来，您都反对我成为兽医，但我就要接受培训了，希望您能尊重我的决定。您的支持对我意义重大。我发自肺腑想要尝试兽医职业，希望您能理解我，也希望不会让您蒙羞或给您带来任何不适。我尽可能远离伦敦，使用假名注册学习，希望此举能保护您，避免使您尴尬。

　　希望您能尽快回信，让我知道您的想法。请代我向兄弟姐妹们转达我最美好的祝愿。

您亲爱的女儿，

艾琳

　　一周又一周，一月又一月，我适应了苏格兰的生活，但始终没有收到家人的来信。我来到这里，需要适应很多情况：初来乍到，陌生的城市，没有老友可以依靠；卑微的女学生，忍受着学校受人鄙夷的生活；学着有趣的知识，但有时又深感心力不足。洛根太太是个随和的女房东，但我很少见到她，因为我口袋拮据，一天只吃得起一顿热饭，就只能和她共进一顿晚餐。一吃完饭，我就回楼上学习。没有火炉的房间，我冻得瑟瑟发抖，在坚持学习完后，我经常跑到一条安静的后街去，来回跑几次暖和身子，再爬上床去睡觉。

　　功夫不负有心人，我的学业成绩优秀，但是我感到很孤独。这是我人生中第一次没有小狗做伴。多萝西写信告诉我小金和小蜜在法洛登庄园一切安好。

　　她写道："小狗们精力旺盛，喜欢散步，但我和爱德华观鸟时，他们会静静地躺着。"

我环顾四周，虽然很想念那些狗，但是多么庆幸，他们不必和我一样挤在爱丁堡的小房间里。

特别是周末时，我异常想念与马儿相伴的时光，想念在乡间驰骋的日子。我不管别人异样的目光，朝街上的动物打招呼，聊以慰藉。我给附近的一只野猫喂鸡肉，试图与她交朋友，但我负担不起她的食粮，无法投递更多食物，我们的关系也就仅此而已了。

我的日子充实而忙碌，学习占据了我的大脑。但我每天早上醒来，都希望收到母亲的来信。如果知道她也在思念我，我的内心会受到安抚。有时在入睡前，我会想着，她和兄弟姐妹们在思念我。母亲一直没有回信，我开始怀疑信件可能没有寄到伦敦。一天下午，我在书桌上发现了查尔斯的来信。我撕开信件。是不是母亲发生了什么事，为什么寄信人是查尔斯？

亲爱的艾琳，

母亲收到你的信件时，我已经出海了。几个月后，我回来看到了你的来信，我无法告知，当时母亲的痛苦是否有所减轻。从你的信中可知，你早已预料到母亲会痛苦。你动身前往爱丁堡之前，没有丝毫透露你的计划。你明知会给我们带来痛苦，却还是一意孤行。

令人生气的是，你竟然利用威德灵顿少校的监护人身份，来支持你的学业。我已经代你写信向他道歉了。

我们没有向外人提及你自私的决定，但我们担心，消息不知会在何时走漏出去，造成影响。女王陛下听到了会做何感想，母亲对此非常担心。你是还未意识到，还是故意遗忘了她对妇女权利的立场。女王陛下已经一再重复并清晰地表明了她的观点。母亲逐字逐句地从女王陛下的文件中记录下来："如果女人要求'不分性别'与男人平等，她们将成为最可恨、最另类、最令人厌恶的生物，没有男人的保护，她们必将灭亡。"

你的来信暗示我们要感谢你，感谢你没有选择在伦敦而在爱丁堡接受教育，好像苏格兰并不存在于这世上，我们并不会发现你的所作所为。同样，你以为使用假名会让我们感到安心，不会增加我们的耻辱。但当大家知道你从事的事业，无论如何我们都不会省心。

我是你的长兄，我要保护母亲，我有责任要求你立刻停止愚蠢的行为，在我们蒙受更多耻辱之前返回伦敦！我不想走到断绝关系那一步，如果你还是不愿意理智地做出正确的选择，等走到了那一步，我们不得不在法庭上捍卫家族的名誉，这是唯一的选择。

你诚挚的，

查尔斯

我读了三遍，每看一次，都希望发现大哥支持我的痕迹。我希望查尔斯是一个既有原则又公正的人，对我的抱负能感同身受，也能因我想干出实绩，使人生有所意义而感到骄傲。但是，并没有任何迹象表明他支持我。我只看出他是个忠诚的儿子，是海军军官，是里索威城堡的第三代准男爵。这封信不是以兄长的名义写的，像奥兰多那样的哥哥。他一字一句都把女王、国家和头衔看得比自己的妹妹还重要，谈到家族问题时，仿佛把我当成一个局外人。如果卧室里有壁炉，我就把信扔进火里，努力忘记它，但是没有火。不管怎么样，查尔斯的话在我的心里挥之不去。

第十一章

"哪个女人会像你这样？"

1896 年
苏格兰爱丁堡

1870 年，索菲娅·杰克斯·布莱克和六名女学生来到外科医生大厅（the Surgeons' Hall）参加考试，却遇到好事的男学生辱骂并投掷泥浆。这件事影响深远，为女性进入爱丁堡大学求学清除阻碍，甚至铺平了道路。但是直到 1896 年，校园里的女学生仍为少数。虽然学校宣称欢迎女学生，但教职工对我们并不友好，经常刁难我们。尽管我一心扑在学习上，对其他一切视而不见，但在校园里活动也并不轻松。

我是学校里为数不多的女性。我穿着裙子经过庭院和走廊，走进教室时，总会有男生盯着我看，对我冷嘲热讽。在大多数情况下，我会忽略他们的态度。以前与家里的男孩子们相处，遇到不公正的待遇，我都会奋起反抗。鉴于我在家里的经历，我想自己能适应这里的生活。但我很快意识到，学校的环境与家里不同，要在学校生存下去，仅仅只是反抗还不行。即使大学里的男生没有明显的暴力倾向，但都很冷漠暴躁。

开学第一周，我问了一个同学："你知道麦克唐纳教授（Professor McDonald）的解剖课在哪里上吗？"

"能进来上大学，是不是觉得自己很聪明。这点小事，自己想办法。"他喘着粗气回答道，像一只愤怒的公牛，张大鼻孔。

我本想对他说，你这话真荒谬，但转念一想，还是算了。我回想起威廉姆斯教授的告诫，他曾说，女性要在新兽医学院求学会遇到很多困难。我重新审视自己，决定不再理会那些嘲笑，我要努力学习，实现我的梦想。我想，这就像主人培养马驹，早期需要付出艰苦的努力，需要坚持不懈地训练马匹，长此以往，马儿才会有长进。不过，很遗憾的是，许多男人并不像马儿那样温顺敏锐，也不像马儿那样明智。

我有时也会冷冷地回瞪他们一眼，但总会迅速走开。有一次，我前一天晚上学习到深夜，第二天下午又上了几节要求严苛的课程，并结束了一场考试后，我变得易怒。

我走出外科医生大厅，来到尼科尔森街时，我的肚子在咕咕地叫。我这才想起，我一直在复习考试，没有吃午饭。这时我注意到两个男生靠在墙上，眼睛直盯着我。我并没有理会，目视前方，从他们面前走过。

"你是怎么在学校坚持下去的？"其中一个男生大声喊道，"白天学习，晚上出去拉客吗？"

另一个男生哼了一声。

紧张感扑面而来，我的脸立马红了起来，就像被海浪拍打过的螃蟹一样。我像被木偶师操纵着，马上挺直了身子，转身向他们走去，此时他们的笑容逐渐消失。我站得离他们很近，近到可以闻到他们呼吸中的啤酒味。

我说："我没听清你说的话，你刚才说什么？"

其中比较高大的男生站直了身子，靠近我。那个男生的身高只到我的鼻子。我对比别人高这件事，已经司空见惯了，但这两个人确实好矮。

他说："这里没你的事。"每说一个字，他的胡子就会抖动一下，嘴角也因口干说话而聚集了唾沫。我有一丝后悔接近他们，但是太迟了，我已经被激怒了。

"我的事和你一样：接受教育。"

"女人不需要接受教育。你没有头脑也没有资格接受教育。你们这些令人讨厌的家伙，你们根本不尊重上流社会，也不清楚自己的地位。你继续在街头拉客吧。你是……"

"走吧，鲁伯特，我们不要……"他的伙伴拉着他的胳膊肘说。鲁伯特甩开他的手。

"你真丢人。"他说着继续朝我走来，他的胸部都贴到我连衣裙上身了。我想挪动一下，但又不想让他察觉到我的惊慌，然后以此为乐。

我耸了耸肩说："你并不了解我，也对我的上流社会一无所知，你怎么敢……"

"我怎么敢？我怎么敢？"他大喊大叫，"你是谁，你……你这个粗壮的女人。你根本没资格上大学。哪个女人会像你这样。"他抬起手臂，握紧拳头，"你是个……"

"鲁伯特！"他的朋友抓住他的胳膊说，但他又挣扎着抽出手臂，继续盯着我。他离我很近，那闷热的臭气混着啤酒味，充斥着我的鼻孔，令我难以呼吸。他又举起拳头，但这一次，我后退了一步，没想到他也跟了上来。

"你不过是个粗壮的妓女，伪装成……"

"离她远点，马上！"

这声音意外又熟悉。脚步声迅速逼近，我转身看见一个宽肩士兵，身穿黑色裤子和红色外套向我们跑来。他的短发又黑又密，脸颊和知更鸟的胸脯一样红。那是伯蒂。

伯蒂站在我和鲁伯特中间，抓住鲁伯特的手，按着他的头，将其重重地撞在墙上三次。鲁伯特的朋友抓住伯蒂的肩膀，试图拉开伯蒂，但无济于事。鲁伯特的头再一次撞在墙上。

"伯蒂，住手！"我喊道。

伯蒂愣住了，三个人都看着我。鲁伯特的眼里充满了憎恨，但当他侧过身看着伯蒂时，我也看到了鲁伯特眼里的恐惧。

"你以为这就结束了？"伯蒂说完，又推了鲁伯特一次，只是力气稍微小了点。

"放我走。"他不屑地说了一声。

另一个人跑了。伯蒂把鲁伯特从墙边拽了出来，推向那个人。鲁伯特转过身来，似乎想要打伯蒂，但又改变主意了。

"呸！"鲁伯特吐了口唾沫在地上，就和同伴一起跑走了。

我和伯蒂静静地对视着。上次见到他，就感觉他已经长大了。他才二十三岁，就变成一位身型高大、引人注目的男人了。我也不知道为什么我会对此感到惊讶。他不加掩饰地笑了起来，浮现出鱼尾纹。他笑容灿烂，让我看到了曾经的小伯蒂。

"你在这里做什么？"我问。

他无奈地摆了摆手说："我是一名士兵，我得奉命行事。"

"当然，但是——"

"我们会在这里待上两个晚上，处理一些公务。我本想带你去喝杯茶，倒把你从两个流氓手里救出来了。"

我们都笑了，但伯蒂又变得严肃起来。

"发生什么事了，艾琳？这种情况经常发生吗？多萝西告诉我，你在这里处境很艰难，这样的事很普遍吗？"

我试图安慰他，说不是这样的，是我激怒了鲁伯特才使情况恶化，我通常不会搭理他们。

伯蒂瞪大眼睛，惊讶地说："你会忽视他们的轻蔑？"

"对，我不会去理会。"

"想起你在牛顿庄园餐桌上的辩论，我无法想象你会就此作罢……"

"牛顿庄园的人都比较理智，但这里不一样。如果我想继续在这里求学，就必须谨慎地和他们争论。但大多数情况下，我会忽略他们。今天这种情况我就应该避开的，又恰巧被你看见了。"

"我真希望能一直在这里保护你。"

我以为只有多萝西被欺负了，伯蒂才会这样说。我很感动，对他笑了笑。伯蒂害羞地看向别处，脸上的红晕一直蔓延到脖子上。

"我能带你去喝杯茶吗？两个小时后我就要回军营了。"他说。

在伦敦，基于礼节考虑，我和伯蒂从来没有单独出去过。不过在爱丁堡，没什么人认识我们，别人也可能误认为我们是兄妹，所以在詹纳斯百货公司（Jenners Department Store）的茶室里，被人看到我和他在一起，我也不会感到不安。我们在豪华的餐厅里惬意地喝着下午茶，享受精致的三明治和小点心，餐厅里装饰着华丽的雅各宾式天花板和微型的爱奥尼亚柱。我没有告诉伯蒂，自从与他父亲在韦弗利酒店（Waverley Hotel）共进午餐后，我再也没吃过这么美味的食物了。不过，他看到我的食量，可能已经猜到了。

他询问我的学习情况，耐心倾听着，没有打断我。我说，一开始看到这些动物标本，我很害怕，但现在已经能从容面对它们了。我还和他谈起洛根夫人简陋的房子，说起我在睡前绕着街道跑步暖身的事。我本想逗他开心，但他皱起了眉头。

"你付不起带壁炉的房间吗？查尔斯要是知道了，肯定不会让你住在那样的房子里。"

"你肯定知道，他和母亲反对我求学。"我回答说。我不愿意谈论我的家庭，破坏这个愉快的下午。

他叹了口气说："我没想到你的情况这么糟糕。你不能借款吗？向我父亲借？向多萝西借？或者向我借？"

"我很好，伯蒂。谢谢你的好意，但我跟你父亲和多萝西说了，不用借钱给我。虽然，我的住处远不如牛顿庄园或里索威城堡舒适，甚至都比不上伦敦的肯辛顿公寓——你知道，我有多讨厌伦敦。但我想靠自己去克服困难，只有这样才能赢得家人的认可与尊重。"

"但是……"

"跟我说说军队的事吧，和你想象中的一样吗？"

我知道，伯蒂很重视自己的军旅生涯。大家都知道，他一定会追随少校的步伐，去参军入伍，然后刻苦训练，努力晋升。但是那天在詹纳斯百货公司的茶室里，他为了取悦我，把军队的生活描述得十分轻松。我们笑着喝完了两壶茶。我突然意识到，和伯蒂在一起有多么舒服，我已经很久没有与男性轻轻松松地相处了。这让我想起和奥兰多在一起的时光，一阵悲伤顿时涌上心头。

"怎么了？"伯蒂问。

"我没事，继续刚才的话题。"

"你突然变得好难过的样子。"

"我只是想起了我的哥哥奥兰多。我很开心坐在这里和你聊天。你和奥兰多一样善良，风趣又幽默，你就像是我的弟弟。"

他皱起眉头说："弟弟？"

"是的，你是多萝西的弟弟，也像是我的弟弟。"我笑着说。

伯蒂微微一笑，没有直视我，我似乎让他难堪了。他说："我们该走了。"

我们离开茶室时，有几个年轻女人在偷看伯蒂。我像她们一样，也偷偷瞄了眼伯蒂。他确实是个英俊的男人。

那天晚上，我和洛根夫人待在餐桌上的时间比平时略长。这几天，我一直在学习，也该放松放松了。于是，我和洛根夫人聊起和伯蒂在詹纳斯喝茶的事。

"他有欺负你吗？"她问。

"没有。他是我监护人的儿子，叫伯特伦·威德灵顿。他在英国步兵团参军，最近要在城里待几天。"

"那么，他是在追求你？"她说。

"不是的。我有一个好朋友，他是她的弟弟。他比我小几岁，也像是我的弟弟，很关心我。"

"我的丈夫也比我小。"

"哦？"

虽然我和洛根夫人聊过好多事，但我们还未了解过彼此的私生活。我们闲聊这里的天气和附近的噪音，谈到她炖菜中肉的质量（有时不太好），聊到她的膝盖疼痛。但她从来没有问起过我的家人——尽管她可能会从威德灵顿夫人的朋友处得知我的情况。我不适合与他人说起家人，不适合谈论他们如何厌弃我，也不适合解释为什么寄到这里的一些信件，收件人都写着 A. I. 卡斯坦斯。我知道洛根夫人是个寡妇，但她之前从未提起过已故的丈夫。我谈到，如果伯蒂追求我，我会拒绝他，因为他太小了，于是洛根夫人开口说起她的事。

"他的家人反对我们在一起，其中一个原因是我比他大。"她说。

"哦？"

"卡斯特小姐，我就和你说这些。我和丈夫阿尔佛雷德并不在乎这些问题，我比他大十岁也好，他家人拆散我们也罢，都无法阻止我们相爱。"

"拆散你们？不让你们有丝毫联系吗？"

"是的。但我参加了他的葬礼。'一切都太迟了。'我告诉他的家人。"

"抱歉。"

她拂去脸上几根散乱的头发，把发髻拉直。"不用抱歉。即使要我放弃生命，我也会义无反顾地去爱他。我们在一起的那些年，虽然很短暂，但却是我人生中最美好的时光。卡斯特小姐，内心深处的感觉，只有自己知道。对象合不合适，不要让他人来评判。"

内心？我没想到洛根夫人这么浪漫。她看出了我的疑惑。

"是啊。我也很惊讶。我从小生活在比较务实的家庭里，不会幻想过多的浪漫，直到我遇见了阿尔佛雷德。这听起来不可思议，但就是这样。这种感觉，只有我和他才懂吧。"

"那你的家人呢？你会经常去探望他们吗？"我摇摇头，不解地问。

"没有。我把阿尔佛雷德介绍给家人时，他们嘲笑我，认为我们不适合，然后我就走了。"

"那现在呢？"

"我的父母很早就去世了，我和哥哥弟弟们没有了来往，也没有必要去了解他们的情况。随着年龄的增长，我们可能会脱离原生家庭，不适合与他们生活在一起。"

是吗？我有点相信洛根夫人的话，但我无法想象要与家人分离，再也见不到他们。为了他们的利益，我试图掩饰自己的真实身份，但我就是卡斯特家族的人。如果不是，那我又是谁？也许找个伴侣，组建新家庭会好些。

"我希望遇到一个让我快乐的人，就像洛根先生对你那样。"我说。

她的眼睛散发出光芒，说："卡斯特小姐，我遇到了，我希望你也可以。"

第十二章

求学的处境

1897 年
苏格兰爱丁堡

我对家族产生了绝望的想法，但在大多数情况下，我会把它埋藏在脑海深处，努力不去想起它，然后全身心投入到学业中，专心致志地看书。1897 年，我已经在爱丁堡大学读了一年，成功获得了相关学分证书，之后需要去新兽医学院注册报名。终于，我要踏上梦想之路，成为一名兽医了。

我兴奋地走向榆树街四十一号，但并非一切都在改变。与在爱丁堡大学一样，我穿的裙子，留的一头红色长发，依旧引人注目。

"迷路了吧，亲爱的？"我第一天去上课时，一个身材矮小，肌肉发达，一脸稚气的男人嘲笑我，"茶馆在街道另一头。"

"托比，她知道我们为什么来这里吗？"他的朋友问。后来我知道，说话这人叫小壮，大概因为他长得太瘦了，大家才反向调侃他小壮吧。

我心想，我来这儿是为了当兽医，你呢？

"你知道兽医是干什么的吗？"托比露出肱二头肌说，好像那能帮我厘清头绪似的。"我承认你长得高，但那又怎样？女人再强壮，连一头绞痛的公牛、一只膝盖扭伤的马也斗不了。一头牛犊、马驹也拉不动。"

我的脑海里突然想起威德灵顿夫人的话：女人比任何人想象的都要坚强。但是这些话，我没有说出来。

其他学生冷冷地盯着我看，好像我玷污了这个职业似的，但他们也只能用这种方法发泄对我的不满了。

有一个男同学在走廊上遇到我，就会低着头，仿佛看到我就很难受，还总是低声说着："简直太荒谬了，真是可笑至极。"

我和去年一样，没有理会那些嘲笑。女学生求学的处境本就很艰难，我这样已经不错了。最近，有数百名男性聚集在伦敦北部的小镇，抗议女性申请剑桥大学学位，甚至将一个女人骑自行车的雕像肢解了，挂在商店的橱窗上，这掀起了整个事件的高潮。这个消息太让人愤怒了，但我只能憋在心里。我不想和他们对抗，只想顺顺利利成为一名兽医。

我第一次去解剖室上课，培训结束后，发现书包里有一个牛的眼球。我把它拿出来，放在桌上的墨水瓶旁，让它直接盯着我。我淡定的反应让男同学们扫兴了。

到了第二周，一天下午我正要离开学校，威廉姆斯教授拦住了我。

"卡斯特小姐，你总是第一个到，也是最后一个走。"他说。

教授说得对，每天早上，我都很早去教室。生病或者受伤的动物都在学院的马厩里接受治疗，我早点去才有时间去看下他们。我身旁没有动物陪伴，这样可以缓解一些空虚感。下午，我经常在图书馆学习到很晚，那里比我在洛根夫人家的卧室还要宽敞暖和。

"我能问一下你的情况吗？"他问。

我环顾四周，不想让其他人认为校长特别关注我，还好走廊空无一人。

"谢谢您教授，我很好，不，应该是很棒。我来到了新兽医学院，这是我梦寐以求的地方，我不会允许任何人或任何事阻挠我。"

他笑了。"你可以这样想，如果你能在这里存活下来，就会获得满级装备，去对付那些针对你的野兽。"

"我不只要生存下去，还要茁壮成长。"

他笑着挥了挥手，走进办公室。

要说学院里和我一起训练的男生都是我的敌人，那太绝对了。有些男生敢和我交朋友。

弗雷德里克·泰勒是一个来自牛津的年轻人，他个子很高，长着浅褐色的头发。他的父亲是一名裁缝。他告诉家人自己想当兽医时，他的家人大吃一惊。

他在自我介绍时说："我父母是城里人，有点害怕动物。他们都没有骑过马。我们喝的牛奶由农夫运送，购买的肉都是切好分装的。我小时候，不知道怎么就迷上了四条腿的动物。我告诉父母，我想当兽医，他们很是吃惊。我想你父母也很惊讶吧？"

"确实。"

泰勒先生没有因为我简短冷漠的回答而疏远我。他会陪我一起去上课，坐在我旁边。学院后面有一个茶室，非常方便，食物分量多，而且还实惠，我们会一起在茶室吃午饭。我在课堂上要抬起一条牛腿时，他想来帮助我，但被我拒绝了。之后，我们走在院子里，我向他解释：

"泰勒先生，希望你不要认为我无礼，请不要主动帮助我。你帮助我就证实了其他人的想法：我没有能力胜任这份工作。"

"我明白了，"他回答，"我早就应该意识到这一点。对不起，我不会再这样做了。"

"谢谢。"

"但是如果你确实需要帮助，一定要来找我。"

"我会的，谢谢你，泰勒先生。"

"可以叫我泰勒吗？"

"我叫艾琳，没有 i 哦[1]。"

他紧跟着说："没有'眼睛'[2]？但那天你桌上好像多了一只眼睛哦。"

在学院里能交到好友是好事。泰勒是一名优秀的板球运动员，他体能很好，在兽医培训中很占优势，因此同学们很尊敬他。他总是在我左右，这使得很多人不敢嘲笑我。不过，有时我还是需要有勇气面对这些讥笑声。

有一次下课，老师走后，我收拾东西正准备离开解剖室，看见托比关上了门，还把门给锁了。那天是最后一节课，课堂纪律很差，异常闹哄，我急着去图书馆整理笔记，就没太在意他的举动。现在教室里出奇地安静。

---

1 主人公在强调，她叫"Aleen"，不叫"Aileen"。

2 此处为语音双关，"i"与"eye"谐音。

几米外的泰勒对视了我一眼，扭着头看向一个角落，好像在示意我什么。我指着门口，他对此摇了摇头，之后他又用手指了指墙角。这是什么意思？我要被捉弄了？为什么锁门？我观察四周，这时才意识到，为什么泰勒坚持让我站到角落去。站在教室中间实在太显眼了，我急忙跑到墙角。

对面的小壮站在椅子前像一个击球手，手里拿着我们解剖检查过的部位——牛的前肢和肩胛骨。这边，也就是我刚刚所站地方的后面，托比收集了一堆筋膜，那是我们为了解肌肉结构而撕掉的表膜。他像一个投球手，把筋膜一片片揉成球。其他学生就像田径队员，站在房间的各个角落。

"嘘！"泰勒轻声叫我。

我看着他，原来他示意我把书放在地上。

我做了个鬼脸，但还是照做了。

托比向后走到墙边。他瞥了一眼手上的那团筋膜，然后做了一个夸张的打保龄球的慢动作，最后抬起手臂，拿着球在头顶上方旋转，把那团筋膜抛到对面。

"打得好，小壮！"

"加油，斯普勒！打起精神来！"

"接得好，伯森！"

托比慢悠悠地走向那堆筋膜，选了好多片揉在一起，又开始打球了。他对着筋膜球，猛地打到教室对面。这一次，没有人抓住那团薄膜。它扑通一声打到墙壁上，粘在那里，然后滑落下来，留下了一条血迹。

游戏继续着，打球的速度越来越快，声音也越来越嘈杂。男同学们鼓掌欢笑，房间里一片狼藉。我环顾四周，那个打扫卫生的人真可怜。我注意到泰勒又专注地看着我，之后他又朝着击球手微微点了点头。他在示意我小心击球手。我要小心了！

我看着小壮再次挥动骨头，他一边挥动一边喊道："卡斯坦斯小姐，到你了！"

我没注意到，此时结实的筋膜已经替换成了一块血淋淋的肝脏。这团湿漉漉的东西朝我飞来，上面还沾着血。以前我和哥哥们玩过球类游戏，这使我能够应对这种局面。我举起手，一把抓住飞过来的肝脏，此时那些男同学欢呼喝彩。我强忍着怒气，看着手里的肝脏在滴血，我的裙子也被弄脏了。

泰勒看到我接住，就笑了。

这是"肌肉搏斗"游戏，利用解剖动物的残骸进行投掷和击打。学院明令禁止这种游戏，但是对大一新生来说，这种喧闹血腥的活动像是一种成人礼。但庆幸的是，他们玩了几次后就失去兴趣了。我很高兴，上完解剖课后，没人再玩这个游戏了。虽然我在球类游戏中证明了自己的能力，但还需要在其他领域展示自己的才能。

一天早上，威廉姆斯教授在课上研究一匹小母马，调查她蹄子的腐烂情况，询问是否有同学愿意帮忙，抬起马儿受感染的前腿。我自告奋勇向前，把手放在她的腿上，轻轻抬起她的蹄子。她腿部弯曲，露出了脚掌。威廉姆斯教授指着马蹄底部受感染的地方，也就是蹄叉部位，告诉我们该如何清洁并治疗。

教授蹲下来，伸手查看马儿的脚趾部位，我感觉小马动了一下，并往我这边倾倒。我想她可能失去了平衡，就推了推她，希望能将她扶正。但她还是没站直，好像更向我这边倾斜了。于是我又推了一次，小马还是没站直。她体积不大，怎么这么重，我使劲扶正她，我的脸在慢慢泛红发烫。我打开双脚，稳住身体。我想不通，她为什么会靠向我。我不想打断威廉姆斯教授的检查，也不想显得自己身体单薄，不堪一击。之后，我听到轻微的脚步声，我朝马下看去，有四个同学站在马的另一边，将马推向我。

我轻蔑地笑了出来。威廉姆斯教授惊讶地看向我，他微微抬起头，看到了站在小马另一边的同学。同学们看到校长就跑开了，于是马就站直，没再倒向我了，我也松了一口气。威廉姆斯校长摇了摇头，接着花了一会儿时间讲解预防马蹄腐烂的措施，然后才走开。

"可以放下了，卡斯坦斯小姐。"他借机叫我的假名，让大家都听到我的名字。

我放下小马的蹄子时汗流浃背。当我挺直腰板时，感觉肌肉有种火烧似的疼。

"我想提醒你，但是你没看我。"泰勒后来说，"我还以为你会求助。"

"我也以为。谢天谢地，小马没有再增重。"

"谢天谢地，你还有心情开玩笑。"

后来发生了一件绦虫的事。有一天我在吃午餐，舀了一大口自以为没问题的香肠和土豆泥，差点就吃下去了，幸好发现上面爬着一堆蠕动的绦虫，就住嘴了。

也许是因为我忍耐力强，或是因为我脾气好，又或是因为我在大多数科目上都名列前茅，学院颁发给我一个最佳新生奖。我其实不太确定同学们为什么不捉弄我了，但我可以确定的是，随着时间的流逝，他们越来越忽视我的性别，对我一视同仁了。从一开始，我就知道兽医是我的梦想，他们也第一次意识到，我是真的下定决心要从事兽医行业。

不幸的是，有一天早上威廉姆斯教授叫我去办公室，这时我才发现自己高兴得太早了。

皇家兽医协会设有一个委员会，专门负责审批学生的学分教育证书，并在伦敦、格拉斯哥和爱丁堡地区组织兽医专业考试。这个委员会注意到新兽医学院有一个学生，也就是 A.I. 卡斯坦斯，是一个女人。校长解释说，这由此引发了一场激烈的争论：我是否有资格参加每年两次的兽医专业考试。如果不能参加并通过这些考试，就算我从新兽医学院毕业了也没用，我无法正式成为一名兽医。

这比遭受嘲弄还要糟糕一千倍。

威廉姆斯教授说："的确，我们没有大肆宣传女学生的存在，也没有特意隐瞒你的性别。不知道委员会为何会知道这件事，并且这次专门进行了讨论。但情况确实是这样。"

我感到头晕目眩，就靠着他的书桌旁。我去新兽医学院的第一个星期，就担心皇家兽医协会可能会反对我入学，担心我需要努力抗争，才能留下来。但是几个月过去了，我在学院安顿了下来，也慢慢放下了担忧。尽管最初同学们抵制我入学，但没有官方的反对，这不算什么。我没想到皇家兽医协会没有反对我去上课，但是不让我参加至关重要的职业考试。难道让我培训不让我实践吗？难道委员会认为我会放弃挣扎，默默地离开吗？这行为多么残忍。

　　我在想为什么现在会发生这种事。从注册报名那天起，我的名字就一直在名单上，为什么现在才讲性别的事？还有一个多月我就要参加第一次兽医考试了。

　　为什么过了这么久才反对我从事兽医？这与皇家兽医协会的总部在伦敦有关吗？会不会是母亲或查尔斯向伦敦的某个人告发，阻挠我的计划？但是这些问题威廉姆斯教授无法解答。

　　"现在是什么情况？委员会打算怎么做？"我转而问道。威廉姆斯教授说："目前还不清楚。我向他们解释说，你已经证明自己有能力上兽医学院，也有资格参加考试。我还重申了一遍，你和这里所有的学生一样，提供了规定的入学材料，符合入学条件，可以参加考试。他们执意要再检查一遍你的学分证书，我给他们看了。"

　　"显然，他们并不满意。"

　　威廉姆斯教授摘下眼镜，用手帕擦了擦。"委员会已经把这件事交由律师处理了。"

　　"律师？"

　　"是的。等律师草拟了报告后，他们会寄给我一份副本。"

　　"那会怎样？"

　　"在那之前，我们……呃……你继续像以前一样学习吧。"

　　"我要准备考试吗？"

　　他点了点头。"要的，不知道律师的报告要写多久，而且圣诞节假期快到了吧？另外，这并不影响你继续学习和考试。你照常学习就好了。"

　　圣诞节快到了，我本期待着去牛顿庄园和威德灵顿一家过圣诞节，和多萝西、小金、小蜜见面。不管那时候有没有下雪，我都要骑着马，去外面驰骋一番。可是委员会这件事一直萦绕在我心头，我还有心情吗？

威廉姆斯校长使劲地擦着眼镜。"我争辩说，医学院现在已经允许女性入学了，各兽医学院应该立刻做出判断，让女性接受教育。我会写信告知皇家兽医协会的律师——撒切尔先生。我知道此举可能会引发一些争议，但皇家兽医协会不喜欢在医学界丢脸，应该会采取行动。"

威廉姆斯教授的方法很狡猾，不过真令人高兴。人们普遍认为医学行业比兽医行业在公众中享有更高的声誉。即使公众知道兽医更擅长治疗动物疾病，但遇到动物生病时，他们还是更倾向于找医生。外行人对兽医没什么深刻印象。虽然治疗动物疾病更难，但民众还是更尊敬内科医生。我们经常拿这点开玩笑，但这很伤人。但是这一次，它可能会推动皇家兽医学院改革，并且可能对我很有利。

"如果律师不帮我怎么办？"

他戴上眼镜，透过窗户向院子里张望。"我们会努力抗争。卡斯特小姐，从你培训之初，我就没想让这落后的思想阻碍你，之后我也不会对你隐瞒皇家兽医协会的行政决策。这毕竟与你有关，有必要让你知晓所有的情况。但希望你不必为此太过担心，你很有潜质成为一名优秀的兽医，这才是你要关注的重点。至于委员会、议会和律师这些事，我来处理。"

听到校长依然愿意帮助我，我感到很欣慰。从菲茨少校第一次向他讲述我的抱负至今，他就一直站在我身旁帮助我。但我离开办公室时，并没有感到完全放松。如果威廉姆斯教授无法说服委员会怎么办？他会为了一个学生，藐视皇家兽医协会的裁决，使学院与协会关系破裂吗？这似乎不太可能。

"怎么了，艾琳？你看起来很憔悴。"我和泰勒一起去茶室时，他问，"你又没吃早餐吗？"

我摇摇头，点了一壶茶，坐在一张靠窗的桌子旁。天空阴沉沉的，我希望不要下雨，不然就无法在睡前去跑步取暖了。

我告诉泰勒那天早上发生的事。他说："这太荒谬了。几个月前你入学的时候，他们肯定就知道你是女人了。我是说，你只是变换了姓氏，没有故意隐藏性别，他们看得出来你是女人。为什么临近考试了才提出反对？"

"委员会主席说，直到最近他才知道 A.I. 卡斯坦斯是一位女性。鉴于注册表上没有要求注明性别，他们可能会说，这名字偏中性，很难看出男女。"

泰勒看着我，安静地咀嚼着。他咽下食物后，用餐巾擦了擦嘴。"你是说，他们当时没有问，也不知道你是女人。但他们现在是怎么知道的？督查员来过爱丁堡吗？"

"没有。目前还不清楚他们是如何得知，又是何时知道的。为什么又选择现在做出回应。但其实这并不重要，不是吗？"

"他们会不会今年早些时候就知道了？"

"不知道。"我回答，突然感到很疲倦。

"有没有可能是威廉姆斯教授的某个竞争对手干的？迪克兽医学院的某个人？"

我从来没想过这个问题。威廉姆斯教授以前在迪克兽医学院担任了几年校长，之后离开创办了这所学院。在最初的几年里，争抢优秀教师和生源这种事非常激烈，但是现在从各方面来看，竞争情况有所缓和。

"不太可能。威廉姆斯教授很精明，如果发生这种事，他肯定知道。"

"你说的可能对，"泰勒说，"但是，我们……"

"他们是怎么发现的并不重要。又会有什么区别呢？继续讨论这个问题毫无意义。"

我不愿多想谁可能是幕后黑手，当然也不会说出我的怀疑。

"但是如果……"

"我们谈点别的吧！"我说，"你看到今天送来的那头耳后有脓肿的野猪了吗？真希望我们能看到他切开放脓的治疗过程。"

第十三章

勇敢的多萝西

1897 年
英格兰诺森伯兰郡

为庆祝圣诞节以及新年夜，学院会放假几天。在放假之前，律师那边还是毫无音讯。我收拾行李准备去牛顿庄园，我告诉自己这是个好消息，新的一年，总是缓慢开启。等威廉姆斯教授获知此事的处理方案，学院和皇家兽医协会的专业考试可能已经结束了。尽管如此，从爱丁堡到诺森伯兰郡的火车上，我还是在不断完善并补充论点，以便律师判决对我不利时，我能有力地为自己辩护。

我们坐在客厅的壁炉前，我向威德灵顿一家诉说了自己未知的命运，威德灵顿夫人说："这也太荒唐了！现代社会怎么退步成这样了。为什么偏偏在这个节点发生？偏偏在你拿了爱丁堡大学的教育证书，在新兽医学院待了几个月，还正在备考的时候？这不仅很荒谬，还尽显皇家兽医协会办事无能。你有什么办法吗，菲茨？"

少校摸了摸胡子说："给你请个律师怎么样，艾琳？"

"威廉姆斯教授说不要请律师，说现在肯定不能请。"我说，同时后悔自己这么早告诉他们这件事。与朋友们相伴很开心，更别提圣诞节带来的温暖气氛了。空气中弥漫着浓郁的杉树树脂香，杉树上装饰着缤纷的圣诞彩球和丝带，占据了客厅的一角，熠熠生辉，光彩夺目。我们本该开心地碰杯，放声欢笑，尽享节日的氛围，而不是像现在这样，绞尽脑汁地分析皇家兽医协会令人费解的动机。

在我抵达他们家不久前，多萝西和爱德华带着小金和小蜜，从法洛登庄园回来。这两只小狗见到我，都兴奋地蹦蹦跳跳、嗷嗷叫着，但只有小金激动地跑到我脚边坐下，为我的出现感到高兴。相比之下，小蜜就没那么热情，我假装不在意她的冷漠，这样就不会那么伤心了。

"多萝西，狗狗们的状态好极了。"我一边说，一边揉着小金的耳朵，"小蜜看起来已经准备好要生第一胎了。她很快就三岁了。下次小蜜发情期到了，我们应该顺其自然，让她生一窝崽子。你觉得呢？"

多萝西瞥了一眼躺在地上的小蜜，然后抬起头环顾了一下房间。此刻，她优雅又警觉，看上去就像一只小型的毛茸茸的克尼多斯狮子。

"你放心将小蜜交给我来照顾吗？"多萝西问。

"当然了。我还有别的选择吗？这是我们说好的，不是吗？"

"我只是开个玩笑。我很愿意养小蜜，但等到春天办狗狗展时，你必须回来参加。小蜜我或许还能应付，毕竟她天生爱表现，但是小金，我对他的表现可没信心。"

"我早已把参赛资料寄出去了。"我说，希望我能参加展会，但那时并不是因为我无法去兽医学院才选择参赛。

爱德华背对着火炉，看着我说："女王陛下会让她的小狗上场吗？我想知道，你会面对怎样的对手。"

我们都笑了。女王专属特训员培训的博美犬，参加的每场比赛都会获胜，他们已经连续获胜好几次了。大家心知肚明，小狗能获得王室狗狗展的亚军，其实就相当于是冠军了。有那么一瞬间，我幻想小金获胜了，项圈上系着红玫瑰缎带结（当然，排名仅次于女王陛下的小狗）。我还在想，小金获胜以及小蜜产崽的消息，或许能让我有理由再给母亲写信。母亲肯定想和女王分享她女儿成功培育出博美幼崽的喜讯。她甚至还会高兴地破例给我回信。威德灵顿夫人可能会知道我在想什么。

"说到女王陛下，艾琳，你最近有收到你母亲的来信吗？"威德灵顿夫人问。

菲茨少校和多萝西不约而同地看向威德灵顿夫人，两人给她使眼色，怪她多嘴。但其实这个问题并未让我不快。我已经给多萝西写过信，告诉她查尔斯的来信了，我知道她会告诉她的父母。我预料到威德灵顿夫人会直接问我。实际上，她亲切的问候，反而让我觉得在牛顿庄园有家的感觉。

"没有。您知道的，自从他们威胁要和我断绝关系，家里就再没人和我联系了。"我回答。"他们并非是在虚张声势。我给母亲和查尔斯都写了信，告诉他们我心意已决，并希望他们能改变立场，但都没人给我回信。"

屋内陷入一片沉默，只剩下柴火噼啪作响的声音。我突然想到，我只顾向多萝西一家倾吐被家人抛弃的不幸，却没有给他们家带来任何圣诞节应有的欢乐。菲茨少校开口说话，打破了沉默。

"几周前，我去肯辛顿见了你母亲和乌苏拉。"少校说，"我原以为她们会过来，和我们一起过圣诞节。"

爱德华给壁炉添了根柴火。窗户滴答作响，外面又开始下雨了，也可能是下冰雹。

"她说她们打算去里索威城堡，查尔斯和利奥则留在伦敦的家里。"少校接着说。

"我母亲还好吗？"我在想，也许有人会猜，是母亲和查尔斯从中作梗，让皇家兽医协会突然插手我求学的事。如果真有人这么想，我希望他不要说出来。我竟然连自己的家人都不信任，我感到非常羞愧，同时，我也不想让朋友们陷入尴尬的境地。

"她过得很好。"

少校又摸了摸他的下巴。

"你有告诉她，我来这儿吗？"

少校微微点了点头。"我希望能为你多做些什么，但自从你母亲知道我陪你去了爱丁堡后，就把我拒之门外了，她最近才愿意接待我。"

"我很抱歉。"

"你不用道歉。我一点也不后悔带你去了爱丁堡。反倒是我，面对伊莎贝尔和查尔斯的坚决反对，我却无能为力。作为你的原监护人，我欠你父亲一个人情，而你现在的生活也如此艰难，我觉得很抱歉。"

我咽了口唾沫，准备说些什么。此时，温伯恩敲门叫我们去吃午餐，我刚好就没回应少校了。

天气依然很冷，风依然很大，但假期的欢乐氛围只增不减。圣诞节的前一天下午，多萝西和我，挑了天气比较温和的时段，两个人裹着围巾，戴上手套和帽子，和狗狗们一起，漫无目的地朝海滩走去。早些时候下了场小雪，路边还零星散布着一些雪。小金，小蜜，还有少校的黑色拉布拉多幼犬——科尔，三只小狗出来玩很高兴，他们在泥泞的小道上跑来跑去，互相追逐打闹，有时会偏离小道，跑到雪地上，给雪地留下一道道深色的脚印。

多萝西和我天南海北地闲谈着。虽然我们走上了不同的道路，我也不再有空去做我们热爱的事，但我们依然心系彼此，亲密无间。多萝西告诉我，她和爱德华在汉普郡的仁川谷盖了一座小屋。

"我在那里获得了前所未有的快乐。"多萝西说，"我没见过哪个地方，比那里更加宁静秀美。我们的房子是一间小小的铁皮屋，周围环绕着高大挺拔的菩提树，花园通向一片草地，草地的尽头是河流。菩提树上，芦苇丛里，几乎每种植物上都有鸟儿的身影。爱德华在灌木丛中安了一把长椅，我们可以坐在椅子上，躲在灌木丛中观察他们。明年夏天你一定要过去看看。"

"你不会觉得孤单吗？"我问多萝西，我想到自己在爱丁堡的时候，常常想念热闹的牛顿庄园。一到周末，这份思念就更加强烈了。多萝西怎么反而选择离开牛顿庄园。"爱德华去伦敦的时候，就你一个人在那儿吗？"

"对呀，就我一个人。我为什么会觉得孤单呢？爱德华不在的时候，我就打开门窗，敞开心扉，拥抱大自然。记得有一回，夜里很暖和，我就顺势在草地上打地铺，躺在草地上睡觉，小蜜和小金蜷缩成一团，在我腿上睡觉。"说这些话时，多萝西的眼里冒着光，皮肤也闪闪发亮。

"看来你在那儿真的过得很开心。"我说。

"是啊，真的很开心。我不适合住在伦敦那种大城市里，我更适合住在乡村，做一个乡野村妇。"

"乡野村妇？"

多萝西沉默了一会儿，似乎在思考怎么向我解释。

"你知道的，艾琳……不然，你肯定也猜到了，爱德华和我不是……我的意思是，我们不是一对普通的夫妻。"

我不明白她的意思。"你的意思是说，你没陪爱德华去伦敦，你们夫妻俩经常分隔两地吗？"我试探性地问。

"不是这个意思。好吧，也算是，这也没错。"多萝西直视前方，继续往前走。"我们不……我们是柏拉图式婚姻。"

"柏拉图式？你是说……"

"对，就是你想的那样。"

"这样啊。"

"这是我的意愿。蜜月之后，爱德华同意了。"

"原来如此。"

我早该猜到的。多萝西不是保守，也不是冷漠，她只是不喜欢和别人有肢体接触。多萝西讨厌和别人握手，讨厌别人亲她的手和脸颊。她也讨厌跳舞，因为跳舞不仅要牵手，舞伴还得把手放在她身体的其他部位。从小到大，多萝西就和我说过好几次，说她不想结婚。所以，多萝西不像一般的妻子。她不与丈夫同房，一点也不令人惊讶。话虽如此，多萝西和爱德华的爱情，大家有目共睹。他们在一起，就没有不开心的时候。他们是一对令人艳羡的年轻夫妇，他们无话不说，笑声不断，还都喜欢鸟类、大自然和书籍。难以想象他们对彼此的身体不感兴趣。

"那小……"

"我们不要孩子，在这一点上，我和爱德华也达成了共识。"

这有悖常理。在世俗眼里，爱德华作为法洛登庄园的继承人，理应养育后代，延续香火，可他们却选择不要孩子。多萝西的话让我意识到，大家其实对他人心之向往的生活知之甚少，即使是最亲近的朋友，也无从得知他们的想法，再多的猜测都毫无意义。我很庆幸自己在学院课堂上学到了很多有性生殖的知识。上学之前，我的性知识仅仅局限于母亲传授给我的理念：性在婚姻中至关重要，不仅是为了繁衍后代，也是为了维持婚姻，避免丈夫有异心。我很理解，男人需要性，也有权要求性。爱德华会有所不同吗？"挺好的。你们达成一致就好。"我和多萝西说，除此之外，我想不到更好的回答。

"我告诉你，是因为你是我最好的朋友，我知道你会守口如瓶。如果有人在背后议论我们的婚姻，我想让你知道真相。现在好了，你知道我过得很幸福，也知道不要孩子是我的主意，而且爱德华也同意了。老实说，其实是你——我的好朋友，让我有勇气告诉爱德华我的真实想法。"

"我？"

"是啊。你勇敢地追寻梦想，勇敢地追求你想要的生活。当我意识到自己既不想和爱德华进行肢体接触，也不想要孩子时，是你起到了榜样的作用，给我力量，让我有勇气告诉他我的真实想法。"

"噢。"我感叹道，心想要是爱德华知道他的婚姻没有性生活，有部分原因是因为我，他还会对我这么热情吗？

"我很感谢你给了我勇气。我和你一样勇敢追求自我，现在过上了想要的生活。就像你即使被皇家兽医协会的那群老古董投票否决，依然坚持兽医的梦想一样。我们都应该过自己想要的生活，过适合自己的生活。"

"我也希望如此。"我说。

多萝西笑了。"凡事都会朝着好的方向发展的，艾琳。你是我的幸运女神，我知道你一定会实现梦想。正因为有你，我才成为现在的自己，成为一位幸福的农妇，成为丈夫眼中的好妻子。"

也许我们本可以多谈谈什么叫农妇，但我不知道怎么说才不会让多萝西难堪，我不想让她觉得我在指责她，或者让谈话显得天真幼稚。就这样，我们停止了交谈。我们看见一个身穿长外套的高个子男人，沿着小路向我们走来，他的外套在身后随风飘动。他红润的脸颊微微上扬，宽大的脸上绽开了笑容，他举起一只胳膊，朝我们挥了挥手。这个人是伯蒂。

看到伯蒂，狗狗们纷纷跑过去迎接他。伯蒂停下来拍了拍他们，然后继续走向我们。小金、小蜜和科尔小跑着，跟在他身后。这使我想起，小时候我们初次相遇的场景，那时在希罗普郡的花园里，伯蒂和露比朝我和多萝西跑来。当时我还不知道，多年以后，伯蒂的出现竟然会让我如此高兴。搬离科丹甘庄园以来，这是我第一次感受到温暖。

"怎么没人告诉我，你会回来了。"伯蒂站在我们面前时，我说道。

"我们想给你个惊喜。"多萝西咯咯地笑着说。

"你居然没问我回不回来。"伯蒂说。

"军队竟然会批准你回来过圣诞节。你们回来了，谁来守卫这个王国？女王陛下的士兵在圣诞树下过节，谁来保护我们的安全？"我说。

威德灵顿夫人之前就邀请了一些人来牛顿庄园过平安夜。之前参加伦敦社交季时，我觉得很无趣，但是今晚我的心态完全不同，我很乐意为今夜盛装打扮。我已经很久没有参加过这种需要精心打扮的活动了。威德灵顿夫人的女仆帕蒂森为我梳头，修剪头发，把我的头发高高扎起，并用祖母送我的金色发卡固定住。我换上了我最喜欢的淡蓝色礼服。幸好我在爱丁堡吃得少，帕蒂森帮我换衣服时，礼服滑过我的臀部，我很容易就穿上了。

"会不会太松了？"我一边盯着镜子里的自己，一边问。

"不会的，卡斯特小姐，"帕蒂森回头看着我说，"请恕我多嘴，您看起来美极了。淡蓝色的礼服将您美丽的红发衬托得更加光彩照人。您整个人看起来容光焕发。"

"谢谢。"我回答道，心里很高兴。

我和小金下楼时，伯蒂和菲茨少校穿着光滑笔挺，英俊帅气的正式晚礼服，正在壁炉前喝蛋酒。我们在门口发出了些动静，他们听到声音后就转过身来。伯蒂倾斜着酒杯，正准备小酌一口，看到我就愣住了。他眨了眨眼，一口气就闷了那杯酒。我在想，伯蒂是不是也注意到，我今晚格外明艳动人。或者他可能更习惯看我穿着骑马服，习惯看到我的日常打扮，所以今晚的我才让他如此惊讶。

"伯蒂刚刚和我说，去年你要在大学里殴打一对流氓时，他拦住了你，艾琳。"少校说着递给我一杯温热的蛋酒，"我很担心，你在爱丁堡整天都过得小心翼翼的。"

我眯起眼睛看向伯蒂，"恐怕您儿子夸大其词了，少校。"

"你是说你没有受到骚扰吗？"

"这只是偶然事件，我往常都会无视他们的骚扰，这次不小心才中了他们的圈套。"

"哪有什么偶然的事？"伯蒂平静地说，他透过酒杯的边缘看着我。

"在新兽医学院呢？有人故意招惹你吗？你还需要士兵在身边保护你吗？"菲茨少校问。

我笑了。"完全不需要。头几个星期，确实有些小小的骚乱，但那些挑衅的人很快就厌倦了。我的同学们都很和气，而且……"

"已经有人在艾琳身边保护她了。"多萝西边说边和爱德华走进房间，小蜜跟在他们后面。

我之前和多萝西提起过泰勒，我告诉她，在新兽医学院的头几个星期，泰勒帮了我很多忙，我们也成了朋友。但我从未想过，威德灵顿一家会暗中调查泰勒。我突然发现伯蒂在盯着我。

"我不需要他的保护。泰勒只是我的普通朋友。"我说，同时感到血液涌上我的胸膛，虽然我不觉得有什么好脸红的，但我的脸却开始发烫。我看了一眼伯蒂。他回避了我的目光。

"泰勒？我们认识这位先生吗？"菲茨少校问。

此时温伯恩打断了我们，说威德灵顿夫人的朋友——爱德华·福特夫妇和他们的女儿伊妮德到了，听到这话我的情绪很正常，但伯蒂放下酒杯，很快走出房间去迎接他们。我不认识福特一家，但看伯蒂的反应，他不仅认识他们，而且听到他们到来还很开心。我看见伯蒂和福特先生握了握手，然后亲了亲福特夫人的手，还煞有介事地给伊妮德鞠了个躬，然后吻了她的手。伊妮德被逗笑了，她笑起来很漂亮。伊妮德和伯蒂一样，脸颊红扑扑的，睫毛和眉毛都十分浓密黑亮，一双黑眼睛在漂亮的睫毛和眉毛的衬托下，显得美丽动人。

"福特先生是伦敦著名的雕塑家。"多萝西低声说，"几年前，伯蒂做过他女儿的舞伴，他们一起在王宫跳过舞。"

我试图转移视线，但还是忍不住看向他们。"伯蒂似乎被她迷倒了。"

"福特和威德灵顿两家应该觉得他们很般配。"

"般配？不是吧，伯蒂还没……"

多萝西看着我，"伯蒂老大不小了，艾琳。"

"我知道，可他才参军入伍没多久……"

我的声音渐渐弱了下来，我没继续往下说，多萝西耸了耸肩。我想不通，为什么看到伯蒂对别的女生微笑，我会这么在意。我还在想，为什么提到泰勒时，我觉得一定得向伯蒂解释清楚，甚至急于想向他确认，泰勒只是我的一个普通朋友，一个同事，我和他绝对没有其他关系。

第十四章

我们春天见

1897 年
英格兰诺森伯兰郡

终于有机会和伯蒂谈谈泰勒，再说说圣诞节外的事了。那天晚上，我们坐在长桌的两端，这个距离也不算太远。我透过桌子中间的冬青树和松果树，看到伯蒂和伊妮德旁若无人似的侃侃而谈。到底在聊什么，可以聊得这么开心？后来我和其他女士道晚安，上床睡觉了，男士们仍在少校的书房里喝酒抽烟，关着门干着私事。

我感觉还没有睡多久，就被小金吵醒了，他正对着帕蒂森叫。

"卡斯特小姐，卡斯特小姐，"她俯下身摇了摇我的肩膀，"醒醒，卡斯特小姐。"

我坐起来，环顾四周。她拉开了窗帘，虽然外面天还不是很亮，但可以看出已经是早晨了。

"卡斯特小姐，很抱歉这么早叫醒你，是威德灵顿少校叫我来找你，他让你去马厩。"

"马厩？"

"是的。我只知道是一匹马摔倒了，少校说让你快点过去。"

我掀开毯子，踩在冰冷的地板上。帕蒂森找来了衣服，帮我穿上。

我和小金离开房间时，帕蒂森说了句："圣诞快乐！"

菲茨少校、温伯恩、马夫头——瓦茨以及一个叫彼得的年轻马夫站在马厩的门口。

"是小影。"少校说，"他倒下了，起不来。"

少校走到一旁，我透过半敞开的门往里看。有一对灰色的阉马负责拉威德灵顿家的马车，现在其中一匹病倒了。他的体型和我想象中差不多，躺在一旁，睁着眼睛，呼吸困难。他大概躺在马厩中间，因此不可能是在装病。他的位置离墙太近了，根本站不起来，不然只要他想起来，就可以站起来。

"你看到了他是怎么倒下的吗？"我看着瓦茨和彼得问。"没有，小姐。我今天早上到马厩时，他就这样了。"

我对着马叫喊，试图催促他站起来，但他仍然一动不动。我甚至走过去，想逼他站起来。

"他尝试站起来过吗？试过吗？他有没有呻吟？"彼得摇了摇头。

"你觉得这是为什么？"菲茨少校问，"我是说，他看着很强壮，只有四岁，现在正值巅峰时期，为什么会在马厩里病倒？"

"他以前摔过吗？你们知道吗？"我问。瓦茨和彼得面面相觑，回答说："没有。"

我打开荷兰门的下方部分，那匹马还是一动不动。"你经常看到他躺下吗？他走路有没有摇晃？"

他们摇了摇头。

"天气暖和时，他会在围场里打滚，特别是和小幽大汗淋漓地拉完马车后。"瓦茨说。

"就这些吗？你呢，彼得？"

"就这些了。"马夫回答。

"他没有表现出摇头晃脑的迹象吗？可能戴眼罩会导致他摇晃？"我问。

我想起在新兽医学院进行的一次讨论：马头摇晃，马颈颤抖，是因为马笼头变松，还是仅仅因为马儿戴着眼罩？彼得和瓦茨再次摇了摇头。

"他昨晚是站着的吗？"

彼得点点头。"是的。天一黑我就离开马厩了，那时他正看着门。"

"会不会是疝气？"少校问。

"不太可能，他没有表现出任何不舒服的症状。"我告诉彼得去拿一个头套。

"戴上。"他回来时，我说。"瓦茨，你也来帮忙吧。在我检查他的时候，你们要确保他不要站起来。"

温伯恩和瓦茨相互看了一下，我突然意识到，要男人听从女人的指示，这是多么荒唐的事。我和少校对视一眼，他给了我一个微笑。

"继续吧。"我说着，目光直视着瓦茨。

马夫抚摸着小影的头，我绕着他慢慢走，查看他是否有明显的伤口，检查骨头有没有错位，此时小影一动不动。我没有看到任何不对劲的地方。我借来温伯恩的怀表，蹲下来，把手放在小影的下颚感受他的脉搏。他的心脏也没有跳得很快。我观察他的牙龈和眼睛，特别查看了他的第三层眼睑——瞬膜，颜色很正常。小影根本没有什么明显的异常。

难道是神经有问题？可能这匹马早就出现过颤抖的现象。忧虑的马儿会出现明显的症状，可小影并没有这些情况。小影目不转睛地盯着我，他看起来既不紧张也不困惑。他反应灵敏又警觉，但现在却倒下来了，也没有试图站起来。他是不是在马厩里不小心受伤了？没有迹象表明他滑倒了，也许是因为他躺着，伤口被遮住了。

我说："给我拿根鞭子来。"他们两个人面面相觑，好像在犹豫要不要听我的命令。

"有什么问题吗？"我问。

彼得赶忙跑到马具室，拿着马鞭回来。我握着鞭子圆头一端，沿着马的脊柱碰了碰。他抽搐了一下，说明那个部位的神经正常。我抬起他的尾巴，并不柔软，这说明他的脊柱可能没有问题。我用棍子碰了碰他的肛门，他皱起了脸。

"这很奇怪。"我说着，看了他们一眼。他们脸上表现出不同程度的好奇与惊讶，也许还有厌恶，尤其是温伯恩流露出的厌恶很明显了。

"他反应很快，意识也很清醒，看起来很正常，并不痛苦。如果他患有神经性或肌肉骨骼疾病，就不会有这样的反应。"

"我还以为你要抽他。"少校说。

"不。不过那样也许能让他站起来，但最好还是先让他躺在这里。正如你所知，一匹马长时间俯卧躺着，对身体各方面都不好。"

"我们要试着把他拉起来吗？"瓦茨问。

"可以，等一下。你能给我拿点食物吗？拿些他特别喜欢的食物。"

彼得拿来了一桶燕麦，我拿了一把给小影吃。他的嘴紧挨着我的手，嘴唇很软，但胡须很扎人。他吃的时候咯咯作响，吃完后还嗅了嗅我的手，表示还想要。他饥肠辘辘，专心又平静地吃着，这让我感到困惑。

我们尝试拉他，推他，又戳他，想让他站起来，但是都没用。我们甚至替他翻身，让他觉得自己可以从另一边站起来。小影好像被我们的行为逗乐了，但还是不想站起来。我们站在他后面，喘着气。

"我们把他吊起来，也许一旦他起身了，就会想起如何站立，我也可以更彻底地检查他。"我说，接着讲述我们制作吊索所需的材料：一块大帆布，一些金属滑轮，几条长链，几根绳索，以及几个螺栓。

我们花了一些时间去组装装置，用帆布做了一个类似单马双轮的轻便马车车篷，大小刚好合适。我们设法把装置放在小影身下，把绳子绕在椽子上。

男士们站在马厩的各个角落，沿着马蹄的方向将他拉起。虽然他一整个上午都异常平静，但我觉得，只要我们一拉动他，他就会惊慌失措。但他并没有慌乱，而是表现得很消极，这真令人担心。他腿部自然伸直时，没有把重心放在腿上，而是无力地悬空着。我绕着他走，用手抚摸他的身体和四肢，仔细检查他的每一寸身体，看看是否有伤痕，是否有不平整的地方，但也没发现什么。我把他的腿部拉直，然后进行按摩，但他还是没有像往常一样伸展或支撑起自己。

"让他慢慢下来。"我指示道。

男士们一点点松开绳子。随着吊索下沉，马也往下放。小影没有一点挣扎，他像一个被人随意摆弄的木偶。如果我没有让他们停住，他也放任自己继续往下沉。

"我们要不要把绳子拴在墙上，把他吊起来？"他们把马的四肢拉直时，少校问。

"行，但还不是时候。我不想全部让吊索拉着他，这会给他的身体带来太大的压力。我们从下面把他扶起来，然后用一些柔软的东西放在两边撑住他。你们有空的饲料袋吗？"我说。

"有很多。"瓦茨说。

"很好，刚好需要很多，我们把稻草塞进去，越满越好。"

我再次按摩他的腿部，彼得给他喂食并喝水，小影看起来很舒服，并且异常满足。快到中午了，菲茨少校和我一起离开马厩，回到牛顿庄园，我们用吊索固定小影，下面和四周都用稻草垫着。

"你会派人去请兽医吗？"我问。

"你觉得我需要去请吗？"少校反问。

"兽医也许能查出隐藏的病症。"

"到底是什么原因？"

我瞥了他一眼。"如果我知道问题在哪儿，就不会说找兽医这个法子了。"

"这匹马现在能进食，能喝水，幸亏你们没有给他的身体施加压力，不然会给他带来伤害。你们还做了什么？"兽医说。

"就这些了。"

"你还有什么建议？"

"注意他的任何变化。早上和下午，稍微把吊索松开，继续按摩他的腿，尝试让他自己站起来。"

"好的，我们会照做的。"我们走进牛顿庄园，菲茨少校耸耸肩，脱下了外套。

"艾琳，做得好。我们收拾一下，在午饭前喝杯雪利酒吧，毕竟今天是圣诞节。"

圣诞节？那就喝一杯吧，我都忘了。我的肚子咕咕作响，想起来早上没有吃东西就去马厩了。

等我洗漱穿戴好后，发现威德灵顿夫人、多萝西、爱德华和少校都在客厅里。我们简单地聊了一下小影的事。菲茨少校说话很幽默，逗得我们开怀大笑，他说我是如何"命令那些男人并让他们佩服得五体投地"的。

"恭喜你，艾琳，"威德灵顿夫人说，"我很确信，要成为一名成功的女兽医，关键要素就是让那些男人'听命于你'。你不是说，皇家兽医协会反对女性从事这一职业，其中一个理由是她们太弱小了，无法胜任这项工作吗？当你的手下足够强壮，而且听从你的命令，谁还需要肌肉？"

我们都笑了，我默默记下威德灵顿夫人的这个观点。如果有必要，我会把威德灵顿夫人的这一句稍加修改，并加入意见列表中，提交给皇家兽医协会。她是正确的，无论男女，要当兽医，在与动物打交道时，都要具备有效的管理能力和领导能力，这一点很重要。我认为我有这方面的天赋。

"其他人呢？"我问，此时看到温伯恩带领男仆们，端着第一道菜向饭厅走去。

威德灵顿夫人说："福特夫妇吃完早餐就离开了。他们的儿子突然身体不适，福特夫人急着回伦敦。"

"伯蒂呢？"

"他今天下午也要走，于是决定跟他们一起坐马车去车站。"

我想象着伯蒂和伊妮德坐在马车上，像昨晚一样欢声笑语。他们一定没注意到，今天不是小影给他们拉车。一想到他们谈笑风生，我就很生气。我试图说服自己，他们现在已经没有什么可谈的话题了。

接下来的一周，我每天都花好几个小时和小影待在一起。彼得和我一起给他按摩腿部，渐渐地，他每天都能自己站起来一会儿。新年过后，我准备离开牛顿庄园前往爱丁堡，那时彼得每天都带着小影在院子里走两圈。这匹马看起来已经完全康复了，但是我不知道，他生病的原因到底是什么，就让马夫继续给他进行轻微的训练，注意他是否有任何不对的地方。我很高兴他恢复健康了，但是我不明白小影为什么会倒下，这让我很疑惑。

菲茨少校和威德灵顿夫人一起在走廊和我告别。少校说："瓦茨说，昨天小影在蹄铁匠面前，莫名其妙就倒下了。蹄铁匠从未听说过马有这种行为，于是又检查了下他的蹄子。他和你一样，感到很困惑。"

"我会咨询一下威廉姆斯教授，然后写信告诉你。"我回答。

"行。"

多萝西和爱德华回法洛登庄园时，顺便送我去车站。我捧着小金的小脸，吻着他的额头，和他说再见。小蜜长着一双漂亮的棕色眼睛，她坐在多萝西的腿上，看着马车对面的我。

"我们春天见。"

多萝西摸着小蜜的头，"也许到那时，她生了一堆宝宝了。"她说。

我坐在火车上，打开了笔记本，查看两周前去牛顿庄园的路上记录的笔记，并补充了威德灵顿夫人的观点。这在必要时会给我帮助。我翻开新的一页，画了一幅自认为最理想的吊马兜草图。我加入了一些皮带，帮助固定马儿臀部和胸部周围的绳索。我还写着，可以多加一个滑轮系统，如果人手不够，可以让另一匹马帮忙拉动。

我凝视着窗外，风景一闪而过，我想着回学院里，与老师、同学们讨论小影的问题。尽管我还没有诊断出病症的原因，但我很自豪能够用正确的方法帮助他。我突然想到，虽然我在牛顿庄园有朋友陪伴，能享受着温暖惬意的生活，但我并不后悔回学校。我想尽可能多学习知识，不要像上次那样，拉起小影后，还在思考是否遗漏了什么。除了新兽医学院，我也不想去别的地方。

第十五章

决定发起诉讼

1898 年
苏格兰爱丁堡

我希望那位律师会无限期延长调查时间，永远都不要有结果。在刚过完新年的那几周，我的愿望似乎要实现了。威廉姆斯教授也这样认为，他说，官僚管理机构处理事务时会拖延时间，这很正常。我还暗自幻想着更美好的结局：撒切尔先生会向皇家兽医协会提议，让我参加考试，并继续学习深造，而他们有愧于男女偏见，只希望平息此事，于是二话不说就答应了。这件事会这样顺利解决，它带来的焦虑感，可能会使别人感到愤怒，但过去的事就让它过去，我会很乐意放下。

事情就这样耽搁着，无论是我，还是威廉姆斯教授，都没有听到委员会的任何消息。爱丁堡的冬天十分寒冷，我仍然忍受着冰冻，每天坐在书桌前学习到深夜，然后与泰勒、托比、多布森、斯普雷尔、小壮等同学参加考试，我一如既往名列前茅，在大多数科目上取得了优异的成绩。事实上，在新兽医学院学习期间，我的动物学成绩最好。这是一年最好的开始。

"艾琳，这是好事吗？我的意思是，成为顶尖的学生。"收到成绩单后，我们一起喝茶，泰勒问我。

我朝他笑了笑，笑得停不下来，但是他的表情却很严肃。

我问他："你什么意思？"

"委员会肯定会看到你的成绩。你希望他们忽略你，忘记你，但是如果你的成绩名列前茅，又获得学校的各种奖项，你觉得他们会忽视你吗？这会不会提醒他们你的存在，或者吸引更多人的注意？"

我盯着泰勒，不再笑了，他的话让我想起了在爱尔兰的时光。那天我骑着小糖与哥哥们赛跑，我第一次赢得了比赛。但我空长着一张嘴，却不能说出自己的成就，就像旧马鞍的底部一样，毛茸茸的，却用处不大。尽管我已经长大了，还在学校里取得了优异的成绩，但是一切都没有改变，我仍然不能庆祝自己的成就，我还是需要隐藏志向，压低成绩。

奥兰多曾经在科丹甘庄园提醒过我，不要向父母提及那天的胜利。现在泰勒也建议我，不要声张自己的成绩。奥兰多说的对，那泰勒说的呢？现在的危险更大了。我还是个小女孩时，假装自己是骑师哈里·卡斯坦斯，可能会惹怒父母。现在，我化名为 A. I. 卡斯坦斯，面临着梦想破灭的危险。我成绩优异可能会适得其反吗？这能让皇家兽医协会的人相信，女性也可以成为优秀的兽医吗？

我们默默地喝完了茶。泰勒留在茶室，我先离开去见威廉姆斯教授，向他讲述泰勒的担忧。

"有没有可能，哪怕是最小的可能性，皇家兽医协会会因为我成绩优异，而让女性进入兽医行业。这很合理，不是吗？我的成绩表明，女性有能力学习，能在专业考试中取得好成绩，并成为兽医。"我说，渴望威廉姆斯教授反驳泰勒的观点。

可惜，他没有。

"是的，很合理，但我觉得皇家兽医协会不会这么认为。委员会中有很多保守派，他们不可能因为一个女学生的才能，就放弃他们长期坚持的教条。抱歉，不只泰勒一个人担心这个问题。"

"你也担心吗？"

他点点头说："如果照原样提交成绩表，委员会肯定会注意到你。他们更可能进行激烈的讨论，甚至反对人数会增加。据我的经验来看，如果女性很聪明，轻而易举就能接受教育，那一些男性的地位就会受到威胁。"

"我的成绩已经说明了这一点。"

"是的。如果这个世界公正公平，男性未必都能比得上女性。但我不得不承认，泰勒可能说得对。"

"教授，您在说什么？"

他没有直视我。"卡斯特小姐，我们不要自找麻烦，尽管这可能很痛苦。"

因此，在皇家兽医协会看到成绩单之前，学院调整了我的分数。记录显示，我各科成绩一般，也没有获奖记录，也就是说，我只是新兽医学院里普普通通的一名学生，成绩处于中等水平。

但这无济于事。

学院下调了我的考试成绩，但这是否会影响委员会的决定，我们还不太确定。尽管律师的调查结果也没出来，但只因为我是女人，皇家兽医协会似乎还是会禁止我参加专业考试。

春天即将来临，我每晚睡前不用再跑步暖身了。威廉姆斯教授终于收到皇家兽医协会的来信，概述了撒切尔先生的调查结果。那天早上，我经过公园去上学时，注意到树下早开的报春花和水仙花，碧绿的枝叶上长着绒毛。一个月之后，我会去诺森伯兰郡，去看看小金和小蜜有没有生小狗。也许我会待上一段时间，和菲茨少校去打猎，和多萝西去钓鱼，抽空去看看小影。

威廉姆斯教授一直无法明确诊断，是什么导致小影突然躺下，无法站立。他怀疑是神经系统疾病，于是列出一系列测试方法。我写信给少校，让他把方法交给兽医。他回信说，小影一切都好，可以继续工作了，除非有什么变化，不然他会等着我给小影做检查。一想到菲茨少校对我的信任，一想到很快就能见到我的朋友和狗狗们，一想到可以去打猎、钓鱼、在诺森伯兰的野花丛中骑马，我就振奋起来了。

那天早上，我到学校时，威廉姆斯教授正在等我。他带我进到办公室，把文件递给我。文件里，有一页写着律师的研究结论与建议，还有三页是皇家兽医协会的指令。我读了两遍，内容很多，但只提出了几个要点。

这位律师引用了1844年《兽医宪章》的大部分内容，他写道，关于我为什么不能进入兽医学院学习，他找不到合理的拒绝理由。除了一点，那就是兽医学院从未收过女学生。皇家兽医协会让律师研究了这么久，最终的结论是什么？

另一页详细说明了委员会的讨论结果。大家观点不一，有的认为女人从事兽医职业，会因为无法胜任而被迫辞职，有的则认为女人当兽医会变得易怒易暴躁，所以根本不适合成为兽医。只有一个人明确支持女性入学，但他的观点被另一个人反驳了，后者认为女人无法成为兽医，并说："真正端庄得体的女人不会想当兽医。"

"那是什么意思？"我问威廉姆斯教授。他耸了耸肩。

那位反对者继续写道："兽医经常要阉割动物、生火、接生牛马。业务繁忙者经常还有很多其他工作。女人体格不够强壮，无法胜任兽医工作。再者，女人从事这些工作，举止不雅。关于女性当兽医这类事，我们理应审慎考虑。"

奇怪的是，有位意见最强烈的反驳者，选择匿名引述："医学院可以接收女学生，但只愿上帝保佑，不要让女人进入兽医行业。这个行业的粗俗男人已经够多了，这还不够难堪吗？庆幸粗俗的女人还没达到这个数量。有一位杰出小说家在谈到新时代女性时，发表了一句显然很荒谬的言论：'有些男人偶尔能成为绅士，但女人绝对不可能是绅士。'还有第二个更自私的原因，那就是兽医行业的从业者已经过度饱和了。"

"'粗俗的女性'？是说我吗？"我问，"他说的是真的吗？兽医行业已经人满为患了吗？"威廉姆斯教授耸耸肩，轻轻摇了摇头。

他回答说："只有学艺不精，不自信的人才会这么说。"

我把文件放在桌上。"会议记录会刊登在《兽医记录》上，我们必须等回复吗？"

"皇家兽医协会收到委员会的来信意见后，就会公布最终的裁决结果。"

"所以，我命运如何，还没定夺吗？"

"是的，皇家兽医协会还未做出决定。但你的命运掌握在自己手中。"

"怎么掌握？他们一心阻挠我当兽医。"

"那又怎样，你仍然是这里的学生，新兽医学院是你坚强的后盾，这方面没有任何变化。"

"我继续在新兽医学院学习吗？"

"对，我建议你继续学习。只是从现在开始，我们绝不会再调整你的成绩了。"

"万一他们决定不让女性进入兽医行业，不给女性颁发专业证书呢？如果这样，皇家兽医协会不会处罚您吗？学院要怎么办？"

威廉姆斯教授嘲笑道："处罚我，他们就别想得到我每年上交的费用，更别提可能会令他们名誉受损了。卡斯特小姐，你不用考虑我和学校。兽医行业会与时俱进。从你开始，会有越来越多的女性成为兽医。新兽医学院会取得令人骄傲的成绩，培养出最优秀的女兽医。你不用担心我，只需要考虑如何成为一名优秀的兽医。"

我时常觉得上天很眷顾我，经人介绍能够认识威廉姆斯教授。几年前爱德华参观了新兽医学院，接着菲茨少校打了电话，介绍我与教授认识。如果没有这一系列举动，我不确定自己会从事什么，对此，我感激涕零。尽管对女性持有固执偏见的男性比比皆是，但也有少数人，认可女性的能力，支持女性走出家门，不局限于生儿育女，侍奉丈夫，操持家务。我明白了女性存在的意义，并牢记心中，即使是沮丧无助时也不曾忘记片刻。

一个月后，威廉姆斯教授再次把我叫到办公室，一言不发就递给我一份新版《兽医记录》。皇家兽医协会以"女兽医"为标题发表了自己的意见。我坐下来看。

有一位女学生有资格参加第一次兽医考试，但是委员会不允许。他们的辩护律师观点如下：虽然"学生"一词男女通用，但任何法案都表明，只有男性才有资格成为学生。基于这一事实，医疗专业有必要成立一项特别法案——39& 40 Vict., C.41 法案[1]，让女性能够注册从医。本人认为，在没有法律规定的情况下，委员会不必迈出重要一步，同意接收女学生。因此，建议拒收这名女学生，她可以向法院提起诉讼，让法院下达执行令。此次决议是为了提出法律主张，避免行使酌处权。

"执行令？"我说着，按摩着我的后颈。

"这说明你可以把皇家兽医协会告上法庭，并向法官说明，你可以参加考试的原因。"

"我还需要一个律师吗？"

"是的，还得是伦敦的律师"

"伦敦？苏格兰法院无法做出裁决吗？"

"撒切尔先生坚持要在伦敦的王座分庭（Queen's Bench Division.）上审判。也许因为大多数委员会成员都住在伦敦，或者因为他们的辩护律师住在伦敦，而且不喜欢出远门吧。"

我感到头疼。即使我有钱请律师，也无法前往伦敦上庭。法庭记者肯定会报道这个案子，我暴露在公众面前，会使母亲蒙羞，损害她的地位，还会使我和母亲以及兄弟姐妹，关系破裂，无法补救。

"你还好吗，卡斯特小姐？"

---

1 第 41 号法案。维多利亚女王在任第 39 年召开，第 40 年结束的会议上通过的法案。

"不……我还好。"我抬起头，即使特别痛苦，仍努力面带微笑，"不好意思，我有点不舒服。这……这一切都超乎我想象。"

"坐着，不要站起来。我给你倒点水，还是你想喝点更浓的？"

"水就可以了，谢谢！"

我双手抱头坐着，威廉姆斯教授离开办公室，随手把门关上，我的眼泪止不住涌出来，感谢他的善解人意，关门让我自己待着，我可以放纵自己，放声抽泣。

在看到这份文件之前，我一直设法说服自己，祈祷着皇家兽医协会最终会让步，让我参加考试，从而允许我和其他想成为兽医的女性，进入兽医行业。我的天性并不悲观，以前即使无法克服困难，我也会努力去奋斗，绝不会采取如此强烈的手段，与家人正面冲突，违背他们的意愿。多年来，我一直关注女性在教育和医疗领域的表现。起初有女性当上了护士，最近，又有女性成为内科医生，我相信她们的成功会为我进入兽医行业开辟道路。关于女性身体不够强壮，不适合当兽医的争论很多，但不管听过多少次，我都会告诉自己，这种说法是站不住脚的。无论强弱，女性都能处理好动物，成为优秀的兽医。我已经在新兽医学院和牛顿庄园证明了我的能力，男学生能做的事，我也一样可以。即使没有足够的体力，我也会转换思路，找到其他方法，并不是所有的事都要靠体力去完成。

怎样才能让皇家兽医协会委员会相信我的能力？我曾闪过一个念头，让威廉姆斯教授邀请委员会成员来爱丁堡，让他们亲眼看到我在马厩里的工作情况，看看我如何在牛羊成群的田野里熟练操作。但即使这个想法可行，他们也不会去爱丁堡。相反，委员会成员，或者说委员会更希望我出钱去请律师，让律师代表我出庭辩护，但我并没有钱，也不敢进入法庭捍卫自己正被拒之门外的兽医梦。显然胜诉毫无希望，我感到十分挫败。

威廉姆斯教授回来了，后面跟着一位女士，她从茶室走出来，端着一个托盘，托盘上摆着一杯水、一壶茶和两个杯子。我勉强笑了笑。

"我们边喝茶边想对策。"他说。

"对策？"

"你见过我儿子欧文吗？"

"上学期见过，他教过我们牛疫的知识。"

威廉姆斯教授的儿子——欧文·威廉姆斯教授，跟随他父亲的脚步成为兽医，并以学者的身份声名鹊起。我听说，他想有朝一日接替他的父亲，成为新兽医学院的校长。

"你可能不知道，欧文是皇家兽医协会的委员会成员之一。他也支持女性进入兽医行业。"

"我很高兴他在这一点上支持你。"

"实际上，他不仅站在我这边，还建议我们采取更多行动。"

"更多？"

"是的，你在爱丁堡大学学习了一年，获得了学分教育证书，也在新兽医学院学习了几个月，证明自己有资格成为兽医，但皇家兽医协会不让合格的学生参加考试，我和欧文决定让律师发起诉讼。新兽医学院会向皇家兽医协会索赔律师费，还要索赔你相应的支出。"

教授递给我一杯茶。我盯着那杯茶，有点迷糊。"卡斯特小姐，你要加糖吗？"他说着，把糖碗递给我。

我没说话，往茶杯里加两勺糖，搅拌了一下。

"喝吧，你看起来气色不好。"

我把杯子放在桌上。

"您要代表我起诉皇家兽医协会？为什么？"

"正如我所说，协会有责任为底下的学院提供有效的盈利业务，但委员会拒绝让优秀的学生参加考试，而我们已经对其投入了几个月的培训了。它此举是在损害新兽医学院的利益，因此我们将在爱丁堡法庭上提起诉讼。"

"在爱丁堡？"

"是的。这件事发生在爱丁堡，就得在爱丁堡审理。"

"但是诉讼需要请律师，还得办听证会。学院和您要付出很多时间和金钱。"

"如果我们赢了，当然我们一定会赢，皇家兽医协会就得支付诉讼费用。"

我拿起那杯茶喝了起来，不知道是因为糖的浸润，还是因为威廉姆斯教授和欧文为我而战的决心，我擦干眼泪，心中再次燃起为梦想而战的斗志。

第十六章

只是想当一名兽医

1898 年
英格兰诺森伯兰郡

几周后，我启程前往诺森伯兰郡，和多萝西一起住在法洛登庄园，并让博美犬们在犬展上走秀。至于法庭里的男士（其中大多数都是陌生人）会对我的未来如何指手画脚，我暂时将它抛之脑后。

在小蜜第一次怀孕的几周里，她似乎表现出超乎寻常的不安，而且比平常更加黏人了，但她与小金的身体状况都很好。小蜜怀孕的前三个月，并没有表现出母狗怀孕时，容易出现的疲劳或食欲下降等典型症状。法洛登的仆人们对狗狗进行清理后，他们的毛发就像小鸭子的绒毛一样柔软蓬松，眼睛里闪烁着警惕又明亮的光芒。他们嘴巴微张，舌头微微露出，嘴唇朝两边咧开——博美犬一开心就会那样笑。裁判们怎能不被这些萌宠们迷住呢？

犬展在一个宽敞的农业厅内举行。我们从马车上下来时，天空灰蒙蒙的，下着细雨。尽管天气很糟糕，但是人们对犬展仍然兴致勃勃。主人们排着长队给狗狗登记。成群的观众像是参加赛马会一样，盛装出席，对着各类品种的狗发出啧啧惊叹。

"天哪！"多萝西低声叹道，她环顾四周，把小蜜抱在怀里，好像有人要把她抢走似的。"我听说这些狗展很时髦，没想到会这么受欢迎。"

我感到一阵愧疚，因为我把原本喜静的多萝西，拉入了嘈杂喧嚣的环境中。"我也没想到这么多人。希望你今天不会很累。"

"看着体型各异的狗狗们，我肯定会被他们吸引。"

主办方注意到了我们，并把第一轮评审中的小金和小蜜的展位号给了我们。如果狗狗们进入了决赛，他们会在台上走秀，接受首席评委们的打分。

"我们能四处看看吗？"多萝西问。我们把狗狗们放进笼子里，并关上门。小金透过金属栅栏盯着我们，他有点恼火，自己像金丝雀一样被拘禁起来了。小蜜在原地蹦蹦跳跳，焦急地舔着嘴唇。他们待在相邻的隔间里，给彼此增添了一丝安慰。我将手指穿过栏杆的缝隙，挠了挠他们的鼻子，并安抚他们，只需要在这待一小会儿就好了，待会儿在评委面前，要好好表现。

"放心吧。我们去看看他们的竞争者。或许，我们可以先去喝一杯茶。"多萝西提议。

我从未在同一个地方看到如此多不同品种的狗狗。在犬展上，有长腿俄罗斯猎狼犬，他们的鼻子很长，个子很高；有斗牛犬，他们胸部和大腿的肌肉都很发达，却流着口水和鼻涕；还有约克郡小猎犬，他们的眼睛机警有神，耳朵上常常戴着蝴蝶结。这里还有很多北京哈巴狗。那些衣着光鲜的年轻女性们，最喜爱的便是这北京哈巴狗了。她们一边咯咯地笑着，一边把小狗夹在胳膊下，抱着他们到处走，就好像小狗没有腿，不会走路似的。猎狗在两边的展位上，整整齐齐地排列着。他们安静地躺着，似乎已经习惯了被牢笼束缚着，对周围的喧闹漠不关心。

最令人印象深刻的是圣伯纳德犬。主办方把他们安排在几个巨大的笼子里，离大厅很远。他们或是坐着，或是躺着，像是无聊的老人，观察着过往的行人。他们让我回忆起我的祖母。她是英格兰第一位拥有圣伯纳德犬的女性。我为多萝西介绍了好几种小狗，但转过身，却发现她正与一位熟人相互寒暄。我一边走，一边四处张望，一不小心就撞上了一个男人，他正在圣伯纳德犬展位前观察着。

"对不起，"我说着，随即抬起头来。他转过身来说，"哦，抱歉，是我的——嗯？艾琳！"

竟然是查尔斯！

我们面面相觑，沉默了一会儿。我记得最后一次见到他，是在奥兰多的葬礼之后。他的脸被晒黑了，眼角被时间勾勒出鱼尾纹。他已经不再是一个男孩，而是一个男人了。大部分时间里，他都微眯双眼看着大海，望着海面上的粼粼波光。除了这些改变，他还是我记忆中那个高高瘦瘦、身形挺拔的男人。

我打破沉默："你怎么会来这里？"

他把头转向圣伯纳德犬，意味不明地说，"不知道祖母为什么要引进这样一只猎犬。"

毋庸置疑，我们的想法是一致的。我们有共同的血缘、共同的历史，我们是一家人。

"你呢？"他问，"你不回苏格兰了吗？太多——"

"查尔斯！"多萝西出现在我身边，打断了他的话，"天啊。真是个惊喜。"

我的脑子一片混乱。他会不会说："皇家兽医协会引发了太多麻烦？"这能否证明，我的家人在一定程度上影响了委员会的行为，阻止我当兽医？

我很生气，但哥哥满脸春风，毫不掩饰意外遇到多萝西的喜悦。他脸上洋溢着笑容，向多萝西鞠躬示意，但却没有吻她的手。他还记得她不喜欢被人触碰，真是太有风度了。他们就像久别重逢的老友似的，相互寒暄，而我静静站在一旁，看着他们。

"我和艾琳准备去茶室。和我们一起吧，查尔斯。"多萝西看着我们，向查尔斯发出邀请。"这边请。"她对我们说。

我跟着他们走出大厅，穿过一条幽深的走廊，进入了餐厅。我们找了一张靠墙的桌子坐下。多萝西把别针从帽子里拔出来，取下帽子，放在膝盖上。查尔斯瞥了一眼她的头发。

多萝西开口："什么风把你吹到诺森伯兰郡啦？你也来参加犬展？"

"我在布莱斯港口开会，决定在城里待几天，顺便看望朋友一家。他夫人想收养一只约克郡犬，我与他们一同来见饲养员。我以四处逛逛为由，让他们谈论饲养事宜。你要收养小狗吗，多萝西？"

"我们是带小金和小蜜来参加犬展的。"

查尔斯皱了皱眉。

"艾琳的博美犬，你不知道他们吗？"

"奥兰多去世时，他们还很小。"我低头看着自己的手，躲避着他的眼神。"母亲想让我帮女王陛下缩小博美犬的体型。"我接着说。

"我当然知道。"他说。

一位服务员来给我们点菜。他刚走，多萝西也借口离开，留下我和哥哥两人，不知所措地盯着桌子。最终，我打破了沉默。

"母亲还好吗？"

"她很好，考虑到……你放弃了吗？我是说学业。"

我看着他的眼睛。"没有。我会在这里待几天，带小狗们去参加犬展，然后就回爱丁堡。就像我在信中所说，我不打算放弃。"

查尔斯深吸了一口气，缓缓吐出，随后移开视线。为什么他不能看着我的眼睛？我诱使他多说一些话，好让他露出马脚，证明皇家兽医协会对我的刁难之事，他插手其中。或许，结果更好的话，我可以确认我的家人永远不会做出这般卑鄙的事。

"当时，我们什么都改变不了，无论是你，还是母亲。"他说。

"但是你可以改变一些事，查尔斯。"

"为什么？"

"母亲会听你的。即使女王陛下不想让女性接受教育，不想追求男女平等，但公主们思想进步。作为下一代年轻人，如果你鼓励母亲去发现时代的进步，她会尊重你的意见。毕竟，你是卡斯特家族的继承人。"

"我不反对女性接受教育。"

"你不反对？那么——"

"我反对的是女性试图接替男性的工作，代替男性的职业。"查尔斯打断我。

"男性能当兽医，女性也可以，我有……"

查尔斯斜靠在桌子上，沉声道："即使你得到了马夫、农民、奶农的帮助，对女性来说，给动物阉割、接生，属于举止不雅，是不妥的行为。艾琳，不管你怎么说，怎么做，怎么努力，都不能改变这一点！"

我在脑海里重复着这句话："……女人阉割、接生动物，属于举止不雅。"这是一位匿名反对者在《兽医记录》上刊登的原话。我感到怒发冲冠，两耳间的血液在涌动。

"你有向《兽医记录》投过稿吗？"我竭力压低声音地问。

"《兽医记录》？"

"那是一本专业杂志。"我感到一丝窒息。

查尔斯耸了耸肩。"我不知道你在说什么。我和兽医杂志有什么关系？我可是一名海军军官。"我朝茶室的另一边望去，其他人都在谈笑风生。

这些人当中有兄弟姐妹关系的吗？

"在最近的考试中，我的成绩在班上数一数二。"我说。

"当然了，艾琳。对你来说，即使以他人的不适为代价，也一定要获得胜利！"

我想起了同学们。我刚到新兽医学院上学时，他们对我的出现感到不适，后来这种不适感也慢慢消失了。如果他们不是完全接受了我，那肯定是他们把这种不适藏得严严实实的。即使我的考试成绩超过了他们，也不会有人感到不安。我立志要当兽医，学习成绩也一直名列前茅，他们也逐渐习惯了。对此，我懒得向查尔斯解释。

"这无关输赢，"我说，"我只是想当一名兽医。我想与动物打交道，做我一直想做的事。我想要过上充实的生活。对我来说，做有意义的事，才能实现我的人生价值。"

"我明白。"他说。他的话让我大吃一惊。

"什么？你知道？当然了。你的海军生涯也一样。"我叽叽喳喳地说，一想到查尔斯最终可能会站在我这边，我就兴奋起来。但我的希望落空了。

"我与你不同，你的野心是以牺牲家族的名誉为代价，但我不是。你也没那么有雄心壮志，你是我见过最自私的人！艾琳！我为你感到羞耻，母亲也是，奥兰多也是！"

我抓起桌子上的叉子，紧握在手里。"你真的很过分，查尔斯！奥兰多在遗嘱中，专为我补充了一条特殊条款。他希望我追逐自己的梦想，我十分肯定，他会为我感到骄傲，而不是羞耻！"

"他只是可怜你。他没有想到，他去世后，小小年纪的你竟找了一所兽医学院就读，而这所学校竟然如此离经叛道，收留了你。"

我站起来。"告诉多萝西，我在大厅等她。"我说着，转身朝门口走去。走到门口时，我才意识到我仍手握叉子。我就像马儿刚跑过比赛终点线似的气喘吁吁。我转过身，把银餐具狠狠丢向我那坐在茶室一侧的哥哥。随后，我便走开了，留下满茶室一脸惊愕的客人和查尔斯。这一幕深深地印在我的脑海里。

多萝西后来在比格尔过道找到了我。

"对不起，"我说，我不敢直视她的眼睛，"突然离席是我无礼了，但我实在待不住。我希望他能听进我的话，并同母亲谈谈，但情况还是一样。"

"你那叉子扔出去，都能刺死一位服务员了。"

"抱歉，但我实在控制不住自己。如果扔个东西就能给我慰藉，我早就知道该怎么去缝合伤口了。"

她用手指捂住嘴，笑得肩膀一颤一颤的。

我应该感到羞耻。我的行为只是证实了家人对我的看法：我是一个野心勃勃、粗俗野蛮、自私自利的人。

多萝西忍俊不禁地说："查尔斯很生气，但也许，并不完全是因为你想的那些原因。"

"嗯？"

"他很想你。"

我的嘴角扯出一丝笑容，发出难以置信的笑。

多萝西解释道："他说，没有奥兰多、珀西和你，这个家就不完整了。"

"他这么说的？"

"是的。"

"那他为什么不试着理解我？支持我？"

"因为他是你哥哥。但最重要的是，他也是你母亲的儿子。"

"果然，什么都没有改变。"

"还有，"多萝西补充说，"查尔斯将被任命为约克公爵的侍从。"

我的心沉了下去。六年前，约克公爵的哥哥阿尔伯特王子去世后，查尔斯的朋友约克公爵乔治王子成为继阿尔伯特王子后的第二顺位继承人。查尔斯被任命为他的侍从，这让卡斯特家族与皇室的关系更加密切，而他们为了保护家族荣誉，自然而然就抛弃了我。

多萝西看着我，我耸耸肩，有什么好说的呢？

我问："我们去看看小金和小蜜开始比赛了没有？"

他们已经开始比赛了。更重要的是，他们都入围了决赛，小金被评为雄性博美犬季军，而小蜜获得了雌性博美犬冠军。他们获奖后，我就能提高小狗崽的身价。威廉教授和他儿子为了我的案子，支出了很多费用，我也能负担一些。我们离开大厅时，已经有五个人向我预订小狗了。

过了一会儿，多萝西和我坐着马车回法洛登庄园，途中穿过茂密的树林，迷离的灯光和轻盈的薄雾从眼前闪过。

"离开茶室后，你还见到过查尔斯吗？"我问。

"没有。我觉得你离开后他就走了。为什么这么问？"

"如果他看到了小金和小蜜在犬展中的优秀表现，可能会把这件事告诉母亲，以此来安慰她。"

"下次父亲见到她的时候，我会让他把小金和小蜜的风云故事告诉她。"她一边说着，一边抚摸着蜷缩在她座位旁的小蜜。

我们都笑了。小金正低着头，生着闷气，还在为我们把他关起来而恼火。也许，小金还有点儿恼火的原因是，他只获得了象征季军的红色玫瑰花结，而小蜜却赢得了代表冠军的蓝色玫瑰花结。

第十七章

不要放弃

1898 年
苏格兰爱丁堡

威廉姆斯教授向我保证，他们父子已经委托了爱丁堡最好的律师团队，向苏格兰最高民事法院提交诉讼。我们一致认为，新兽医学院对皇家兽医协会提起法律诉讼的那天，我不应该出庭。

校长开玩笑说："我们捍卫狐狸觅食的权利，但会让它远离母鸡。"我努力想着有没有更好的比喻说法，但脑海里硬是想不出任何修辞。1898 年 6 月的一个暗灰天，法官正在审理这个案子，我像往常一样去上课，但我在课堂上分心了，就像展览上的马儿被嗡嗡作响的蜜蜂吵得分神。尽管奶牛妊娠期潜在并发症这堂课很重要，但我就是无法集中注意力。

"你可以借我的。"泰勒一边说，一边跟着我从教室出来。

"借什么？"

"我的笔记啊，你今天早上并没有记多少。"

"谢谢，不用了。我今天不知道怎么了，满脑子都是国会大厦的事。"

"这很正常。"

没过多久，我就知道了案件的发展，威廉姆斯教授中午回到了学院。我看到他皱着眉头，焦虑地擦拭着眼镜，我的心一下子沉了下来。

我走进他的办公室，他指着一张椅子示意我坐下。他说："我预料到皇家兽医协会的律师会含糊处理这件事，但我没想到会是这样。"

我没坐下，仍然站着。"发生了什么事？"

"法官宣布我们的申诉无效。"

"什么？"

"撒切尔先生认为皇家兽医协会没有在苏格兰注册。"

我花了点时间思考这句话的意思。

"这怎么可能？皇家兽医协会监管那么多学院，其中有三所在苏格兰。它底下的苏格兰学院比英格兰的还多"

校长叹气说："他在法庭上辩驳，皇家兽医协会的主要办事处在伦敦。法官同意他的说法，认为苏格兰法院对此事没有管辖权。我们要再向英格兰法院提起诉讼。"

我沉重地坐在椅子上。"在伦敦申诉的开销太大了。"

威廉姆斯教授点点头，倚靠着桌子，他看起来和我一样沮丧。他再次摘下眼镜，擦了擦鼻梁，再戴上眼镜，然后拖着脚步，走到一小堆信件前，抽出一张递给我。这是一封来自皇家兽医协会的信，信上通知协会成员今年晚些时候举行会议。我读完这封信，抬头看向威廉姆斯教授。

"我要了解什么？"

"看下这封信的上方。"

信封上方印着四个地址：伦敦皇家兽医学院、爱丁堡迪克兽医学院、格拉斯哥兽医学院以及爱丁堡新兽医学院。它们印刷在页面顶部，整洁如一，没有任何层次之别。正如皇家兽医协会的信封所示，它监管四所学院，一所在英格兰，三所在苏格兰。

我举起那张纸问："这些信息没有在法庭上陈述吗？"

他摇着头回答："本来是要呈上法庭的。唉，我现在才想起来。"

他接过我的信，起身走向窗户，俯瞰着庭院。两年前，我等着菲茨少校把我介绍给校长，当时的我也看向了窗户，那时候的我在想什么？我可能无法想到，未来会发生这样的事吧。短短两年而已，我却感觉自己像是过了十几年。

他转身看向我。"我们可以上诉。"

"上诉？再消耗更多的时间和金钱吗？他们能如此刁钻地提出这一点，谁又能想到他们下一步会做什么。"我反问。

威廉姆斯教授什么也没说，又摘下眼镜，揉了揉双眼。

"校长，您说我只管专心学习，反抗皇家兽医协会的事交给您，但这是不对的。您建立兽医学院的初衷就是为了传授知识，而不是让律师无休止地在法庭上打官司。如果要有人去对簿法庭，那就让我去吧，我是最想反抗的人。狐狸觊觎鸡舍，那就放马过来吧。"

他叹了口气："上诉开销巨大，还要去伦敦参加听证会。你想以这种方式反抗吗？"

"不是，但别无选择，不是吗？"

他耸耸肩，摇了摇头。

"我会和威德灵顿少校商量。他人脉很广，没有人比他更了解法庭规则了。"我继续说。

"卡斯特小姐，我只有一个条件：不要中止这里的学业。无论发生什么，一天也不能耽搁学习，即使皇家兽医协会否认你的考试成绩，你也要继续完成学业。你要参加学院考试，它阻拦不了；我们要给你评分，它也无权阻止。你会继续接受培训，当一名优秀的兽医。尽管他们否定你的考试资格，但我们绝不允许这种诡计阻碍你学习。"

听到校长这番话，我喉咙哽塞，深深地咽了一口唾沫，努力微笑着回应他，之后离开办公室，去上下一节课。

那晚我给菲茨少校写了信。他答复我，他也要去爱丁堡，正好我们可以详细讨论这个问题。我一边等待菲茨少校，一边坚定信念，一定要好好学习，不能因为皇家兽医协会的干预而分心。威廉姆斯教授向我保证，它无权干涉本校的日常活动，让我不要担心无法参加学院考试，也不要害怕无法毕业。但是，如果第三年结束，我仍然无法正式参加它的专业考试，获得职业证书，没有人会雇用我，我也不能合法开诊所。

整个夜里我辗转反侧。第二天早上，我对泰勒说出了自己的担忧。他对我说："你想太多了，艾琳。我们离课程结束还有两年，一切都会改变的。看看现在有多少女性正在接受培训，成为医生，看看福赛特夫人在做什么。你看了报纸，不是吗？她决心通过立法改革，实现男女平等。有朝一日，这一定会实现的。你最终一定当上兽医。皇家兽医协会不可能永远固执己见，将女性拒之门外。"

他说得对。米利琴特·福赛特的姐姐伊丽莎白·安德森夫人是英国第一位女医生。福赛特是全国妇女选举权联盟（National Union of Women's Suffrage Societies）的主席。据报道，虽然福赛特夫人明确支持妇女拥有选举权，但她在政治上采取温和的态度。据说，她认为激进的做法会加剧公众对女权主义的批判，并阻碍女性争取平等的权利和社会地位。

世界对女性的偏见，让我感到沮丧，但不可忽视的事实是，如果没有奥兰多、菲茨少校和威廉姆斯教授等人的帮助，我就无法接受兽医培训。

这是我喜欢和平变革的原因之一，因此我很欣赏福赛特夫人的做法。如果我要与家人和解，但又不放弃自己的兽医梦想，就需要以和平的方式解决问题。我想争取变革，获得公平对待的机会，并胜任兽医工作，但我也想与家人和睦相处，再次体验到家的温暖。尽管少校已经不再监护我了，但威德灵顿家族一直支持我，我永远心存感激。虽然家人对我态度冷淡，坚决反对我从事兽医工作，但我还是渴望他们能接受我，为我的成就感到骄傲。

福赛特夫人立志通过立法来实现男女平等，这与菲茨少校为我计划的路线不同。少校抵达爱丁堡后，入住一家酒店，我与他在休息室见面。在此之前，他已经咨询过几位律师，其中一些律师急于代表我出庭。他们一致表示，我应该以个人身份与皇家兽医协会打官司，但这会带来巨额的诉讼费。

"你明白的，我愿意借钱给你，但我知道你不会接受。"菲茨少校说，"也许我说错了，但律师们都认为皇家兽医协会财力雄厚，一定会在上议院打这场官司，除非你改变主意，否则那应该是你最不想去的地方。毕竟你的家人在伦敦，你肯定无法避免让他们知道这件事。"

我看向房间的另一边，心里想着，别人羞不羞愧，关我什么事，你为什么要感到惭愧。"我不会改变主意的！"

"很抱歉，艾琳。我仔细想过了，并不建议你在法庭上与皇家兽医协会对抗。"

虽然这在我意料之中，但绝望如潮水般涌上心头。

"谢谢您大老远过来告诉我，提醒我无法办成这件事。"我说。

"艾琳，我过来是为了让你明白，这并不是终点。"他身体前倾说，"你在信中说，威廉姆斯教授希望你继续学习并完成兽医课程，那就好好学习，参加考试，然后取得优异的成绩，成功毕业。即使你不能参加皇家兽医协会的专业考试，但你能获得很多兽医培训的机会啊。你要认真对待，继续学习。很多女性以及女权主义者也在为争取男女平等而奋斗。加油，艾琳，希望你毕业时，就可以参加它的专业考试，当一名职业兽医了。"

"我明白，教授和我的朋友们，现在还有您，你们都在鼓励我坚持下去。谢谢您，少校，我很感激您。但如果什么都没有改变呢？如果经历了这一切，我还是不能当兽医呢？"

"你一定可以的，对此我深信不疑。你不是已经在做兽医的工作了吗？"他笑了，"你曾经治疗过小影，今后你也能够治疗我的马。好几年前，你救治过因狩猎受伤的萨姆森，今后你也能救治猎犬。天意如此，艾琳。你就是一名兽医，一直都是。"

"没人会雇用我的，少校。没有在皇家兽医协会注册，我就不能合法开诊所，无法依靠救治动物谋生。这一切活像个笑话，我的家人一定会嘲讽我。"

他嘴角抽搐了一下。他说："我不这样认为，事情很快就会发生改变。即使没有改变，你已经为兽医职业付出了这么多，不能就此放弃。你之前没有被那些反对者打败，为什么现在要被打倒？不要放弃！"

少校说得对。我已经承担了极大的风险，在学院求学一年多，我比以往任何时候都更加确信，我该是一名兽医。无论前方有多坎坷，我都会坚持下去。我要当一名兽医！

第十八章

实习的日子

1900 年
英格兰诺森伯兰郡

　　小蜜的第二胎生了四只狗狗。在他们离开法洛登庄园去新家时，我只和他们见过一次面。我离开爱丁堡去享受周末时，他们已经快要一个月大了。

　　"我不记得小蜜、小金以及其他狗狗们，居然这么圆润了。"我说。我和多萝西坐在草坪上，几只毛茸茸、圆滚滚的小狗相互翻滚着，就像是风中翩翩起舞的棉花球。小蜜的孩子们用尖利的牙齿咬扯她的乳房。她受够了，渴望断奶，结束痛苦。她发现狗狗们跑远了，没有多看我们一眼，就一路小跑到花园的最远处。那里，小金在一丛高大的粉色剑兰花中嗅来嗅去。

　　"他们是最可爱的动物。"多萝西说着，抱起一只精力充沛的小公狗给我，"每一个见到他的人，都会被他的活泼快乐的个性所感染。上周，我父亲和爱德华还与他们在草地上翻滚打闹。这些幼崽这么可爱，即使小蜜生一百只，还是不够全部买家订购。"

　　"想想就惊人——一百只。"我一边回答，一边轻轻逗弄小金的四肢。他四脚朝天，扭动着身体。

"我有没有告诉过你，伯蒂会带一只小母狗给福特一家？"

"你还记得他们吗？我母亲有个朋友是雕塑家，就是他们一家人？"

"记得。但是你没说，伯蒂会给他们带小狗。"

自从伯蒂和伊妮德还有她的父母一起离开牛顿庄园后，我就再也没有见过他了。多萝西至今都没有再提到过他，这让我怀疑，伯蒂和伊妮德已经超出朋友关系了。

"伯蒂什么时候来接小狗？"我问。

"下周。我和他说过，你这个周末会来，但是他没法早点过来。"

"他经常去伦敦吗？我是说，他要把小狗送到伦敦给福特一家吗？"

我假装不在意伯蒂，却被多萝西识破。"不，我觉得伯蒂不怎么喜欢福特小姐。父亲说要带这只小狗去伦敦，但是伯蒂会比较早到，让他带过去更好。"

"请替我感谢他，说来惭愧，我已经很久没见过他了。"

"你们可以相互写信。你至少可以和他保持联络，这样你们俩就不用成天追问我对方的事了。在你走之前，我会把他的地址告诉你。"

"嗯，你说得对，谢谢你。"

事实上，威德灵顿夫人几个月前就给我寄来了伯蒂的地址。我不是不想念他，也不是不想给他写信，而是我在爱丁堡根本没有时间。我只写信给多萝西和她的父母，此外每逢圣诞节和母亲、查尔斯、乌苏拉、利奥的生日，我也会特意写信给他们。我想让他们知道，尽管他们忽视我，没有给我回信，但是我做不到和他们断绝往来。我写的内容简短而愉快，我在信中询问他们身体状况如何，当然也会提到爱丁堡的天气，还会简单地说几句学习上的事，最后在结尾致以我美好的祝福。每封信和明信片上都写上我在苏格兰的地址，也许有一天，我会感动某个家人，然后收到回信。

"你确定两年内不让小蜜生育吗？"多萝西问。她真是我的挚友，知道什么时候该换个话题，该说些什么。我像平常那样思考着。

"是的，有些研究探讨哺乳动物从交配到怀孕后，需要多久恢复时间。她现在需要休息，再次怀孕对健康不利。很抱歉，那些想要小狗的买家可能会失望了。"

事实上，博美幼犬的需求量很大。我母亲建议我养育他们，真是帮了我一个大忙。他们在宫廷中很受欢迎，是当今价格最昂贵的一类宠物狗。大约一年半以前，多萝西写信告诉我，已经有人买走了第一窝幼崽，之后她会把钱寄给我。我和她说，每次出售都要留出一部分费用，用来照顾法洛登庄园的狗狗们。她没有理会我的话，还是把钱全都寄过来，为此我非常感激。我在爱丁堡的生活条件一直都很差，这个月我还要去邓迪，需要承担额外的生活费。今年是在学院的最后一年，我更加感激她寄来的这笔钱。

新兽医学院的培训条件之一，是在学院的最后一个夏天，跟着合格的兽医实习。自从我放弃对皇家兽医协会采取法律诉讼以来，一切还是照旧，什么也没有改变。我继续钻研学业，并且在学院所有的测试和考试中都取得了优异成绩。

每天早晨醒来，我多么希望当天，皇家兽医协会因为某些因素，不得不做出改变，不再区别对待女性。日复一日，毕业越来越近，我的信念感越来越弱。当威廉姆斯教授告诉我，他的朋友安德鲁·斯普雷尔先生已经同意，让我七月份去邓迪担任兽医诊所的助手，我这才振作起来。

"他的儿子，也叫安德鲁。他和你同班，我们都叫他小斯普雷尔。你应该认识他吧？"校长问。

我确实认识他。他是一个中量级拳击冠军。在一些学科中，我和他棋逢对手，成绩旗鼓相当。他来自苏格兰，平常很安静，学习很刻苦，为人异常坚定冷静。几乎可以肯定的是，他获得了幸运之神的眷顾，拥有这种性格品质。我一直都很敬佩他，但不知道他还有这样的优势：有一位兽医父亲。

"小斯普雷尔也会在那里吗？我的意思是，我在邓迪实习时，他也会跟着他父亲工作吗？"

"没有，就你一个人。小斯普雷尔会去爱尔兰。"

"爱尔兰？"他多么幸运啊，父亲是一名兽医。他还可以前往小糖和奈德的所在地。

"小斯普雷尔会跟着罗斯康芒郡的威廉·伯恩先生工作。乡村诊所不同于他父亲的城市诊所，他将体会到这两者有何不同。"

"他好幸运，可以去乡村诊所实习。"我喃喃地说。

校长听到我的话，透过眼镜盯着我，我害羞得脸颊通红。"原谅我，威廉姆斯教授，我不是忘恩负义的人，只是那么一瞬间，我迷失了自我。我很羡慕小斯普雷尔能去乡村实习，尤其是能去爱尔兰。刚才，我儿时的美好回忆浮现脑海，那时的我在蒂珀雷里郡自由地骑马，和狗儿欢快地跑步。如果有失体面，我向您道歉。"

他举起一只手示意我别说了。"卡斯特小姐，不用再解释，没事。虽然我能想象得到，你在爱尔兰帮助农民治疗牲畜的情景，但你在邓迪也能学到很多知识。"

"他当兽医很久了吗？我是说伯恩先生。"

"没有，他近几年才在伦敦获得兽医资格。他打破了兽医界的记录，以最短的时间完成了专业课程，并通过了职业考试。他是爱尔兰的民族主义者，在政治上拥护者众多。他也是兽医行业的先锋，敬仰他的人很多。"

"民族主义者？"

"他是联合爱尔兰联盟阿斯利格分部的主席。"这让我想起了父亲脚踩爱尔兰修女坟墓的事。当时母亲质疑父亲的做法，却遭到他愤怒地斥责。我当时不明白这么做意味着什么，也不明白为什么父亲去世后，蒂珀雷里郡的农民欢呼雀跃，举手相庆。我现在能完全理解他们的感受吗？

也许邓迪终究是我更好的选择。

其实，和斯普雷尔先生共事，是我兽医实习的一抹亮彩。由于某些原因，我在邓迪度过了难忘的一个月。

斯普雷尔夫人坚持让我搬到伦敦西区马格达伦绿地的家里，不让我去找其他住处。他们家很宽敞，装修豪华，斯普雷尔夫妇热情友好。我发现斯普雷尔先生很热爱兽医工作，而且寄居在老师家，还能有机会和他讨论专业问题时，我就打消了之前所有的顾虑。

"斯普雷尔先生，"我到那儿的第一个晚上，他的妻子说，"给这位小姐一点时间适应下，我相信她不想在茶会上听牛的内脏问题。"

我插嘴说："不，太太，如果您不介意这些谈话，我很乐意听到。"

她斜睨了丈夫一眼，然后说："亲爱的，我嫁给了一位兽医，他一向如此，喜欢在饭桌上谈论动物。顺便提一件小事，我们的儿子也是兽医。要是三餐听到这些事会让我感到不适，我早就离开这个家了。"

斯普雷尔先生笑着拍了拍妻子的手，他脸颊上的胡须剃得很干净，但是留下一把浓密的小胡子，整齐地卷曲在脸颊下方，几乎遮住了他的嘴巴。

斯普雷尔先生用餐巾擦了擦嘴，继续解释他是如何清洁并更换牛的器官，给牛缝合伤口。两天后，他把牛放回农场，牛已经能在田野里吃草了。

"卡斯特小姐，关键在于清洁，"他说，"如果能控制住出血，保持器官和伤口清洁，肯定会愈合的。"

在过去的两年半里，我在新兽医学院学到了很多知识，但在邓迪，我跟着斯普雷尔先生工作了一个月，可以说学到了更多。

天一亮，我们就离开家去诊所。生病和受伤的动物都安置在隔壁的马厩里，头几个小时，我们会在医务室给小动物们检查、治疗并喂食，接着更换敷料，进行手术，并在必要时实施安乐死。斯普雷尔先生的第二项业务——铁匠铺，也需要照料。他在铁匠铺雇用了一个铁匠和两个蹄铁匠。

客户会在诊所里预约蹄铁匠服务。我或者斯普雷尔先生会逐一检查带过来的马匹，然后才会安排钉蹄铁。

他解释说："我在大学教授那里学到了很多知识。我父亲是个蹄铁匠，我在帮助他的过程中，也学到了很多。成就兽医职业最好的方式，莫过于每天和动物打交道。"

九点钟，邮局的男孩送来了第一封电报，要求我们关注城镇周围或附近乡村的动物情况。我们接下来的工作，取决于接到的电话和诊所的就诊需求。

日子一天天过去，我领会了斯普雷尔先生话中的意义，实践是最好的学习方式，虽然阅读书籍和参加讲座受益良多，但是在繁忙的兽医诊所工作，我了解到兽医的真正本质。我意识到，必须要相信自己的直觉和受过的教育，并且做一个求真务实又富有创新思维的人。有时候，我对自己所知甚少感到绝望，但是斯普雷尔先生很确定地告诉我，怀疑自己是正常现象。

"卡斯特小姐，习惯就好了，我当兽医几十年了，几乎每一天都会遇到一些新病例，让我感到无所适从。事实上，我们知道的太少了，但我们没有时间去恐慌或者哀叹。如果你想获得成功，就必须果断务实，面对疑难杂症快速做出判断。我相信你能做到。但关键在于，你要明白如何决断，并采取治疗方案。"

斯普雷尔先生还教我管理诊所业务。他告诉我几个要点，比如如何细致地记录账单，详细地记录行程，如何认真平衡收支问题，如何管理药品库存等。

也许最重要的是，斯普雷尔先生向我展示了与人沟通最有效的方式。我在一旁看着，学会了在忙碌时，如何简洁地与客户交谈，但又不显得粗鲁；在无法保证治疗结果时，如何让动物的主人放心；在情况糟糕时，如何安抚他们；如何有效地管理时间；如何优先处理紧急病例等。

威廉姆斯教授说得对，在城市诊所获得的经验是无价的。虽然城里节奏很快，生活很忙碌，但我很开心。诊所病例繁多，各式各样，日子一天天过去了，虽然很累，但是我非常满足。尽管如此，我在邓迪工作时最享受的一件事，就是骑着斯普雷尔先生的马，出城拜访乡下的客户。

实习的第一周，我和斯普雷尔先生约好，沿着邓迪的鹅卵石街道，在乡间小路上并肩骑行。一路上，我们骑行得越来越远，道路变得通畅了，田野也宽阔了，我便渴望在路上驰骋，但斯普雷尔先生在我身边，我没有加快马儿的速度。我们一边慢跑，一边滔滔不绝地交谈着。斯普雷尔先生是一位经验丰富的骑手，但他最初似乎并不倾向于追求极速，追求在乡间驰骋的感觉。

我和斯普雷尔先生一起骑马进入客户们的院子时，大家毫不掩饰他们的惊讶。

"斯普雷尔先生，这是你的女儿吗？"

"斯普雷尔先生，出去兜风是吗？"

"是那位小姐迷路了吗？"

他向每一个客户坚定地介绍我。"这位是卡斯特小姐，是位实习兽医，她是为救助动物们而来，今天她将和我一起工作。事实上，她可以独自帮助母牛生产，我只需要在一旁观察。"我们一起拜访的前两个客户是农民，他们向我脱帽致意，在我看来，他们是看在斯普雷尔先生的分上，才表现得和我很投缘。但是第三位客户安德鲁斯先生难以置信地看着我，即使我帮他的母牛顺利接生了幼崽，他也直接忽略我。我把手伸进母牛腹部，转动她的胎位，让小公牛的头朝外，再把他拉出来，最后再放到母牛面前，让她将小公牛身上的黏液舔干净[1]。整个过程中，斯普雷尔先生靠在篱笆上，点着头，发出啧啧的声音。

"做得很好，"我们离开畜棚时，斯普雷尔先生说，"安德鲁斯先生，你能给卡斯特小姐拿点水洗洗吗？"

安德鲁斯先生把水桶丢到我脚边，水花溅起，弄湿了我的裙子，我瞥了一眼斯普雷尔先生，他眯起眼睛注视着，但什么也没说。直到我们从院子离开，骑行了一段距离后，斯普雷尔先生才开口说话。

"卡斯特小姐，你想在这个行业取得成就，就必须以一位兽医的姿态去工作，而不是表现得像英格兰贵族。"

我以为我听错了。"英格兰贵族？"

"嗯。我知道你就是一个英格兰贵族，但是在这个行业，贵族身份可能对你不利。"

"什么意思，斯普雷尔先生？"

"安德鲁斯先生很无礼。你帮助母牛生产，拉着牛犊的小腿时，他怒视着我。我得补充一句，你接生的操作是对的。他示意我阻止你，我可以忽视他，但你不可以。"

"那我应该怎么说，怎么做呢？"

"决定权不在我，而在你自己。卡斯特小姐，兽医是份光荣的职业，无论男女，都应该受到尊敬。"他看着我，眉毛低垂，目光严厉。"你不应该以无礼去回应无礼，而应该努力让客户相信你的能力，就像

---

1 母牛舌头上的唾液里有一种液酶，能杀死细菌。母牛舔小牛犊，是进行消毒作用，增强它的抵抗力。此外，小牛犊身上的黏液有一些营养成分，有益于母牛的健康。

我相信你那样。如果你不以专业的姿态去工作，他们就不会信任你。"

我明白他的意思，但并不是完全明白。"我的哪些举止像英格兰贵族？"

"你假装没有注意到他的怠慢，选择礼貌性忽略了，他很不满地把那桶水丢过来。如果我不在你身边，你需要安德鲁斯先生帮你做些什么呢？卡斯特小姐，最重要的是，你要让客户听从意见，服从指令，你的态度需要更强硬一点，表现出你的自信。不要期望获得每一个客户的尊重，我们无法总能获得他人的尊重。你一定要坚持下去。"

我们骑马回城时，我一直在回想斯普雷尔先生说的话。以前在校的每一天，同学们如何接受培训，如何学习，我都会同等做到，我花了很长时间才获得他们的肯定。这么多年了，他们都很尊敬我。但客户与同学们不同，他们只是偶尔见到我，要获取他们的信任比较困难。我必须想办法尽快赢得他们的尊重。

接下来几天，我看到斯普雷尔先生友好而自信地与客户相处，毫无疑问，他就是个专业人士。斯普雷尔先生接受过训练，懂得照顾动物，也要求客户都能尊敬他。他会在问诊时主导整个流程，咨询客户问题并认真倾听他们的回答。

一天早上，我帮蹄铁匠清理了马蹄后，回到斯普雷尔先生的办公室，遇到了一个从邮局来的男孩，他正要给诊所送电报。我接过电报，边走边读，这是一封来自安德鲁斯先生的信件，

我在马厩里找到了斯普雷尔先生。有辆马车超载了，他在检查受伤的马。我把电报递给他。

"是安德鲁斯先生寄来的，我要过去看看吗？"我问，"我和蹄铁

匠做完工作了。"

他凝视着我说："你去看下。"

去安德鲁斯先生农场的路很快，比上周和斯普雷尔先生去乡下快得多。我抄近路穿过一片田地，映入眼帘的是一道低矮的篱笆和两条沟渠，我骑着斯普雷尔先生的马，快速穿过干涸的沼泽地。

这匹马对我的驰骋有所惊讶的话，也没表现出来。我在想，是不是斯普雷尔先生训练过他。

我骑马进院子时，安德鲁斯先生没有跟我打招呼，反而抿嘴朝我身后看去，寻找斯普雷尔先生。

"安德鲁斯先生，今天就我一个人。"我说着下了马。他嘟哝了一声，停止张望。

"另一头牛出问题了？"

他惊讶得鼻孔微张，我把马拴好，走到马棚，果然发现了奶牛，她已经生下了幼崽，躺在马厩的中央，牛犊蜷缩在角落里。母牛的胎盘没有全部排出，已经腐烂了，臭气熏天。

安德鲁斯先生在我身后的稻草中走来走去。"她是什么时候生产的？"我问。

"斯普雷尔先生在哪儿？"他问。

"他在城里的客户那里。安德鲁斯先生，她是什么时候生产的？"

"三四天前。"

"她允许小牛吃奶吗？"

他摇了摇头。这可不是什么好兆头，说明她还患有乳腺炎，乳房已经被感染，疼得无法让小牛吮吸。在治疗之前，我必须清除腐烂的胎盘，做个复杂的内部检查。

"她需要清洁。"我说，"我们先让她站起来，这样我才能看清腹部，做出诊断。"

安德鲁斯先生盯着我，嘴角扭曲，显然不赞成我的意见。我把包放下，卷起袖子。

"首先，你去拿一个项圈和一大桶温水。"我看着他说，"安德鲁斯先生，要救她的话，请尽快。"

他叹了口气，转身走了。"还有，安德鲁斯先生。"

他回头看着我，嘴角平缓但板着脸。

我说："回来的时候，小心一些，别再把我的裙子弄湿了。"

他眨了眨眼睛，快步走开了。

这是我处理过的最肮脏、最棘手的工作，且令人不适。腐烂的臭味在我的鼻孔里徘徊，我知道气味会停留好几天。不管我多么小心，工作的时间长了，衣服都会散发恶臭，但这并不重要。兽医工作重要的不是自己的感受，而是要让动物舒适，并相信我能减轻他们的痛苦。

"来吧，姑娘，"我说，抚摸着她的臀部，"我们帮你治疗。"

我尽可能多地取出胎盘，清洗她的外阴和周围，再用肥皂彻底清洗我的手和胳膊，慢慢地把手伸进奶牛体内。我看了看安德鲁斯先生，他把目光移开了。

我手臂深入奶牛的腹部，同时回忆着在兽医学院里学过的解剖图，想象着在骨盆腔前可能会触碰到弯曲和褶皱的地方。我在食道的末梢摸到了一些又硬又圆的东西，仔细感受了一下，

"糟了！"我倒吸一口凉气。

安德鲁斯先生盯着我。

"母牛的身体里还有一头小牛。"我补充说道，希望这句话能解释我的惊讶。

事实上，这头奶牛不仅没有排出全部的胎盘，还怀了一对双胞胎，其中一个死在了腹中。我闭上眼睛，靠在奶牛身边，整理思绪，恶臭充斥着我的鼻子，我强忍着想要呕吐的冲动。有那么一瞬间，我后悔独自一人前来，我想骑马回城叫斯普雷尔先生。我想象着安德鲁斯先生那得意的笑容，就暂时把这个想法放在一边。他会和我一同把小牛取出来，拯救母牛。

小牛的前腿蜷缩在腹下，我费了很大的劲向前拉动小腿，把头向后摆正。尽管小牛的胎位很正，但我不可能一个人把他拉出来。

我转头看向农夫，感觉汗珠从我的脸上滑落。

"我们需要两根绳子，"我说，"还要两大桶热水以及肥皂。"

我又洗了一遍手和胳膊，在包里翻到了一瓶液体石蜡，放在旁边备用，然后把绳子打好活结，伸入到奶牛腹部，在小牛的前腿腕关节套上活结，绑得越高越好，确保拖得动小牛的整个身体。我系好第一根绳子后，让安德鲁斯先生抓住绳子的末端。我按照先前的步骤，再拴牢第二根，然后递给他。最后我给小牛的身体涂上石蜡，让他更顺滑。一切准备就绪后，安德鲁斯先生抓着一根绳子，我抓着身旁的另一根绳子。

"我们一人拉一下，务必要轻拉。"我说，"我开始数，我拉一，你接着拉二，慢慢来。"

我们把母牛的项圈绑在一根杆子，她便被束缚住了，在咕哝着呻吟着。

"对不起，姑娘。"我说，"安德鲁斯先生，再等一等，慢慢来，不要着急，我们不能给她造成不必要的伤害。"

"是的。"他说。

我们看了看时间，松了一口气，终于把死去的幼崽从母牛身上拉了出来。我筋疲力尽，汗流浃背，浑身脏兮兮的。安德鲁斯先生把尸体拿走，我并没有要求他拿干净的水，他自觉地带回来一桶，小心翼翼地放在我脚边。

"谢谢，"我弯腰去洗手说，"这段时间，你需要单独喂小牛，同时关注母奶，希望她偶尔可以让小牛喝奶。"

"明白了。"他说，他摸了摸奶牛的鼻子，解下奶牛的项圈，"卡斯特小姐，在你回城里之前，要不要喝杯茶？"

"可以，谢谢你，安德鲁斯先生。"

安德鲁斯太太是个娇小腼腆的女人。她邀请我们去客厅喝茶，但我考虑到自己浑身很脏，便推托了，表示很乐意去厨房喝茶。

她递给我一个杯子，没有说话，气氛有一些尴尬。

"我丈夫告诉我，你跟着斯普雷尔先生工作。"她问。

"只是待几个星期，我还在上大学呢。"

"你还是一名学生，怎么懂这么多。"安德鲁斯先生边喝茶边喃喃自语。

我在邓迪又度过了几个星期。我在城里看到有一家兽医诊所，竟然无休止地治疗着马匹。当然，毕竟马儿是生活中的交通工具，大家都不希望他们罢工。此外，我还很惊讶，这个诊所居然还络绎不绝地接收治疗狗狗。我向斯普雷尔先生表达我的看法。

"自从我从事兽医工作以来，我医治的狗就只有工作猎犬。相比于农场里的其他动物，牧羊人的猎犬会比较劳累。他们明白，只有这些狗身体健康，饲养工作才能顺利进行。驿站的马生病或受伤，对驿站人员来说，是件可怕的事。同样，猎犬生病，对牧羊人来说，也是件非常要命的事。一旦猎犬停止工作，就没办法继续养羊。因此工作猎犬出事，就会被送去诊所治疗。但是现在的人们，尤其是城市居民，饲养的宠物狗不舒服，也会送去诊所。"

"很多宠物狗都是纯种狗，这是因为人们觉得纯种狗有价值才去养吗？"我问。

"这可能是一个原因，但我的很多客户并不是单纯的动物饲养者，他们是爱狗人士。现在兽医行业在飞速发展，已经出现了治疗小型动物的诊所，这种现象不稀奇了。"

他把手伸进书架，递给我一本书。我浏览了一遍，是约翰·伍德罗夫·希尔（John Woodroffe Hill）撰写的《狗的管理与疾病》（*The Management and Diseases of the Dog*）。

"他正在写一本关于猫的书。"斯普雷尔先生说。

我翻阅着这本书时，我们两个人都没有说话，斯普雷尔先生似乎陷入了沉思。最后他说道：

"卡斯特小姐，你有兴趣专门研究小动物吗？也许你可以在城里开一家诊所，比如在邓迪？"

我轻声笑了笑，认为他是在开玩笑。"斯普雷尔先生，是开一家新诊所和您竞争吗？"

"不是的，哎呀，我希望不是。我想在诊所里添一个房间给你经营。"

"您是认真的吗？"

"是的。我想让你开一家宠物狗诊所。你也注意到了，邓迪有非常多的宠物狗。你知道亨利·格雷先生吗，我一直在想，他是不是和已故的解剖学家亨利·格雷有关系，他在伦敦的肯辛顿开了一家相当雅致的诊所，专门医治马和狗。"

肯辛顿？我分神思索了一会儿，想知道母亲和乌苏拉是否认识格雷先生，如果他们经过格雷先生的诊所，会不会想起我？

"嗯？你怎么看，卡斯特小姐？你会考虑吗？"

我轻轻摇了摇头，把注意力转回到斯普雷尔先生身上。我没有想过会获得更多的赞美，斯普雷尔能把我当作一个值得尊敬的同事，我已经深感荣幸了。我在想，他和我共事了一个月，还会不会质疑我医治牛马的本领。难道，我已经证明了自己的能力？

"一间雅致的宠物狗诊所？斯普雷尔先生，尽管我很喜欢狗，但我无法想象自己专门研究犬类动物，我更愿意医治马、牛、羊，还有工作猎犬，我想在乡下生活和工作。"

我差点就要说出口，我非常希望能在乡下工作，休闲时就可以去骑马打猎，但是我看到了斯普雷尔先生的工作状态，他兢兢业业，忙忙碌碌，这让我觉得外出骑马等休闲活动，有些异想天开。

"好吧，卡斯特小姐，如果你改变主意了，我会很乐意和你讨论开诊所的事。"

"谢谢您，斯普雷尔先生，我不会改变主意的，但是我很荣幸您能信任我。"

"你会成为一名优秀的兽医。不得不说，在我熟悉的实习生中，和你同样优秀的只有我儿子了。"

我笑了笑，觉得质疑斯普雷尔先生的目的，是很愚蠢的行为。"我在想。如果我告诉您儿子这个提议，他会怎么说？"

"他会努力说服你接受。"

在邓迪时，他多次提出让我去治疗宠物狗。闲暇时光，我走在马格达伦绿地的公路上，眺望着远处的泰河、泰河铁路桥和法夫半岛。广阔的绿草地是人们遛狗的主要场所，我在那里见到了很多品种的狗。我抚摸着动物们向他们问好，通常也会和他们的主人一起聊天。

他们发现我是斯普雷尔先生的助手时，通常会问："那你会照顾这些小动物吗？"

"无论什么动物，只要需要帮助，我都能治疗。"我回答，"有时候，一些动物的体型也就宠物狗大小。"

邓迪的狗唤起了我对小金和小蜜的思念，我安慰自己，再过几个月，我就能完成爱丁堡的学业了。虽然我不知道明年会去哪里，但我希望那个地方也适合博美犬居住。最好是个有马厩的地方，这样我就可以养马了，也希望是在乡下，那我闲暇时，就可以去骑马打猎了。

在我向斯普雷尔夫妇告别的前几天，我收到了一封来自威德灵顿夫人的信，信中她提到，希望皇家兽医协会最终能允许我参加专业考试，让我成为一名注册兽医，这也是我一直以来的愿望。威德灵顿夫人写道：

"亲爱的艾琳，现在正是最好的时机。福塞特夫人创办的全国女性选举权协会联盟（我希望它的名字更具吸引力些）获得了越来越多的支持，包括工薪阶层的女性、受过教育的女性以及我所在阶级的朋友也都大力支持它。福塞特夫人似乎已经着手准备，争取让女性进入法律行业。一旦实现了这个目标，皇家兽医协会那些顽固的男人们，将不再能一手遮天。

"还有一个好消息，福塞特夫人的一系列努力获得了艾米琳·潘克斯特夫人的支持。据我所知，她将采取比福塞特夫人更激进的方式。亲爱的，一个人无法争取到权利，但终会有人做到。一定可以当职业兽医，这只是时间问题！"

斯普雷尔先生的支持给我信心，我也期望着福塞特夫人和潘克赫斯特夫人能尽快抵抗皇家兽医协会的规定。就这样，我离开邓迪时步伐比一匹高贵的哈克尼马还轻快。

第十九章

向爱尔兰出发

1900 年
苏格兰爱丁堡

"这只是时间问题。"威德灵顿夫人写道。她说的没错，但是我却错了。我将全部希望寄托在别人身上，妄想福塞特夫人、潘克斯特夫人以及其他勇敢的女性参政论者能为我赢得这场战斗。我幻想着，等到1900年，我从新兽医学院毕业，就能参加皇家兽医协会的最后一场考试，然后名正言顺成为一名兽医。

我不想着出击反抗，却只想坐享其成！我忙于参加学校里的每一次讲座、演示、测验和考试，奢望在世界的某个地方，有一群勤奋努力、满腔热血又勇敢无畏的女性可以克服困难，打破性别上的不公，让我能用艾琳·卡斯特这个名字，堂堂正正地成为皇家兽医协会的注册成员。

这一切都归咎于我的成长环境。毕竟，在我到达爱丁堡之前，我过度依赖仆人。但这里不一样，没有人为我解决困难。这些人又凭什么帮助我呢？

我没有对他们大声疾呼，也没有宣扬我的雄心壮志，甚至没有勇气要求他们接受我的事业，凭什么女性参政论者们就该为我铺平道路？泰勒、小斯普雷尔、托比、小壮和其他同学昂首挺胸地走上讲台，与皇家兽医协会的会长握手，领取专业证书，我却只能坐在大堂后排，默默观望着。

典礼结束后，同学们走出大堂。我站在外面的草坪上，沐浴着微弱的阳光，祝贺着同学们。他们将不再和我比肩而事：圆顶礼帽已经换成了高顶礼帽，这象征着他们从实习生变成了合格兽医。泰勒看到我时试图收敛他的笑容。

"泰勒先生，皇家兽医协会的成员，请不要因为我而闷闷不乐。"我一边说，一边弹了弹他那结实的帽子。

他把帽子扶正。"当然不是，卡斯特小姐。我不会这样冒犯你，只是……"

"别说了，泰勒，有什么好说的呢？"

"为什么我们当中最有资格当兽医的人，却没有获得证书？确实没有什么好说的。"

我抬起手阻止他说下去。这些遗憾的声音在我的脑海中不断回响，我已经听够了。我再也不想听到别人谈论这个问题。

但泰勒还是开口说道："你接下来怎么做？你要去哪里？"

"我要回去"

"伦敦？里索威城堡？诺森伯兰郡？还是……"

"不，我要去爱尔兰。"

"爱尔兰？"

"是的。我还没有走投无路。威廉姆斯教授说服了罗斯康芒郡的威廉·伯恩先生，就是那个被他称为"兽医先驱"的先生，给我提供工作。但什么时候工作……或者做什么，我也不清楚。"

"罗斯康芒郡的威廉·伯恩？就是七月份，小斯普雷尔去实习时，跟随的那个兽医？"

我点了点头。"是的。他思想一定很前卫，才会接纳我。"

泰勒眉头紧锁。"你有问过小斯普雷尔吗？他和伯恩先生工作时的事？"

"没有。我应该问吗？"

他走进一步，准备开口回答。

"不应该，"我打断了他，"不用回答了，泰勒。我不想知道，也用不着答案。威廉姆斯教授说服一位乡村兽医，带着我一起工作。他愿意冒险雇用一个没有资格证书的助手，一个还没有在皇家兽医协会注册的人。难道这还不重要吗？"

"是的，但是……"

"校长在七月份时说服了小斯普雷尔的父亲，带着我去邓迪工作，我感激不尽。现在不管皇家兽医协会承不承认，我都不再是实习生了，而是一个被禁止工作的专业兽医。但是，爱尔兰有一位兽医，一位真正的皇家兽医协会成员，准备给我工作。他很乐意为我做这么多事，我又何必去质疑他的目的、原因，以及其他事呢？"

"只是……"

"我以为你会为我高兴，泰勒。我无法只身返回英格兰，假装没经历过这四年。"

"我当然为你高兴。我的意思是，只是……"他微微抬起手，环顾四周，"等等，小斯普雷尔来了，也许你可以直接听他解释。"

小斯普雷尔也戴着一顶光滑的大礼帽，拿着一本书朝我们走来，紧接着他把书递给我。这本书是《狗的管理与疾病》。

他说："卡斯特小姐，我父亲让我把书交给你，并向你表示祝贺。"

"但是——"

"嗯，我向他解释了情况，他也都了解了。他说无论皇家兽医协会怎么做，你都会成为一名优秀的兽医。"

我被斯普雷尔先生的善良与自信感动了。有时候人们总会不自觉地认为，所有的男性都对女性怀有偏见，但我也总会想起，菲茨少校和威廉姆斯教授对我的支持，以及最近斯普雷尔先生对我的帮助。

"谢谢！"我说，"那这本书呢？"

"他让我转告你，他留了副本，他觉得你在乡下也需要有一份，"

我笑着把书夹在腋下。"我应该写封信感谢他。"

泰勒说："小斯普雷尔，你知道卡斯特小姐要去爱尔兰了吗？她要和伯恩先生一起工作。你的伯恩先生。"

"好消息啊。"

"但是……但是……你不是说伯恩先生是个……"

我和小斯普雷尔看着泰勒，他的脸涨得通红，而且越变越红。

"怎么回事，泰勒，伯恩先生是个怎样的人？你是听说什么事吗，让你这么难受？"我问。

小斯普雷尔的嘴在抽搐，眼里闪着光，但他没有替泰勒解围。

泰勒擦了擦额头上的汗珠，可怜巴巴地看着我们："他说……小斯普雷尔说伯恩他……他是个大众情人。"我看向小斯普雷尔。

他咯咯地笑了。"泰勒，我说的是，他在罗斯康芒郡很受欢迎，也很受女士的爱戴与尊敬。"

我们对视了一会儿。"卡斯特小姐，最重要的是，伯恩先生是一位优秀的兽医，我从他身上学到了很多，我相信你也会的。"

"这才是最重要的，谢谢你，小斯普雷尔"

泰勒摘下帽子挠了挠头。我笑着对他说："来吧，我相信你在毕业之前，需要喝一杯。"

我对前往爱尔兰并非毫无顾虑。二十多年前，我的父亲去世了，我们举家搬离了蒂珀雷里郡，现在我已经三十二岁了。几十年前，歌利亚、小糖和奈德的形象深深地印在我的脑海里，这些记忆早已盖过了我的伤痛，给予我童年美好的回忆。一个世纪过去了，时代已经变了。随着第二次布尔战争的爆发，对于战争的不同观点助长了民族主义的火焰，越来越多的爱尔兰人开始反对帝国主义，女王陛下毫不掩饰自己对这个爱尔兰岛屿的漠视。爱尔兰对英格兰新教徒的厌恶程度不亚于1878 年时。实际上，我接受了爱尔兰的工作邀请后，就连多萝西都感到担忧。

听说伯蒂不去南非，我们都很高兴。但现在，我们要担心的是你在爱尔兰的安危问题。爱德华说，民族主义正在兴起，只不过大部分都是秘密进行。但据了解，危险的政治和文化组织分布爱尔兰各地。你能不能恳求威廉姆斯校长，帮你找一个更安全的地方？我知道你不想回英格兰，当然，你也不会在南方工作，但你肯定有更好的选择。

威利·伯恩先生其实是联合爱尔兰联盟阿斯利格分部（the United Irish League）的主席，我想知道她听到这个消息后会怎么说。我回信的时候并没有提到这个信息，只是向她保证，一旦我的安全受到威胁，我就会从爱尔兰回来。

令我感到可笑的是，我的朋友们更关心我在爱尔兰的安危，而不关心我在没有专业证书的情况下，选择当兽医这个想法。泰勒关注伯恩先生那所谓的名声，多萝西则关心民族主义的兴起。不过皇家兽医协会是否会听到风声，发现伯恩先生雇用我？他们会不会采取措施，阻止我在爱尔兰与他共事呢？会责备他吗？这些才是我最关心的事。

威廉姆斯教授笑着打消了我的顾虑。他递给我一份证明书，证实我完成了兽医培训，也证明了我的专业能力。

"皇家兽医协会无法阻挠你在学院参加培训，同样也不会对他做什么。你没有必要担心它会不会对伯恩先生采取措施。你见到他时，就会发现他不是一个好惹的人。"他说。

"那我呢？是不是要找我的麻烦？他们会不会阻止我工作？"

他叹了口气。"卡斯特小姐，这个我无法预测。但是，今天的选择和多年前一样。当时，皇家兽医协会拒绝让你参加考试，我们坐在这个房间里，讨论你是要继续学习还是直接放弃。当兽医是你的梦想，你会坚持下去，还是因为皇家兽医协会仍然像过去那样死板，你就放弃了？唯一和以前不同的是，你已经接受了专业培训，而且有我开出的这份证明，可以证实你的能力。"

他说的对。我表示赞同，然后起身离开。

"卡斯特小姐，等一下，我有东西要给你看。"

他翻了翻手中的几张文件，递给我一页。标题为"威廉·奥古斯丁·伯恩撰写的爱尔兰中央兽医协会兽医伦理报告"。

威廉姆斯教授说："阅读我画线的段落。"

当今最引人注目、最难解决的一个伦理问题是男性对女性的态度。这也是一直存在的问题。谈到兽医伦理，就不得不提及我们协会一直在讨论的问题：是否接纳女性从事兽医。据我所知，乔治·梅瑞狄斯是唯一一位了解女性的小说家，并且也得到了女性的认可，除此之外，再无第二位。我们承认：女性问题似乎无法解决，但美好善良的她们"总有一天会如愿以偿"。当然，那时女性便可以进入兽医行业了。协会里有歧视女性的老单身汉，也有惧内的丈夫，女性暂时会被拒之门外，但终将被接纳。我无法理解，女性喜欢马或狗，为什么会被认为是愚蠢的笑话？为什么这些女性不能像大多数喜爱动物的男性一样，去学习动物病理知识？为什么有些人坚持认为女兽医除了做绝育和接生工作外，就无法执行其他任务？

我又看了一遍标题，看到了日期。这篇文章大概是《兽医记录》第一次报道我的事件时写的，也就是三年前了。

"威廉·奥古斯丁·伯恩是罗斯康芒郡阿斯利格村的威利·伯恩先生吗？雇用我的那位？"

威廉姆斯教授点了点头。"就是他。他是皇家兽医协会的委员会成员。你可能会注意到，他也是一位充满朝气，令人敬仰的人物。"

我又读了一遍那段文字。

"他写得真好。"我说，"我特别欣赏这几句话：'协会里存在歧视女性的老单身汉，也有惧内的丈夫'，以及'女性喜欢马或狗，为什么会被认为是愚蠢的笑话？为什么这些女性不能像大多数喜爱动物的男性一样……'"

我们咯咯地笑了。

"是的，据我所知，伯恩先生不仅是一位优秀的兽医，一位充满激情的民族主义者，还是一位诗人。毕竟，他是个名副其实的爱尔兰人。"威廉姆斯教授说。

就这样，我向威廉姆斯教授、洛根太太、泰勒以及其他同学告别，离开了爱丁堡，向爱尔兰出发，前往那一片绿意盎然的广阔草原，面对一个无法预知的未来。

第二十章

受雇于伯恩先生

1900 年
爱尔兰阿斯利格村

1900 年 10 月最潮湿的一天，我到达了爱尔兰。当地人跟我说，这是爱尔兰一年中最潮湿的月份。傍晚，我就快要抵达罗斯康芒郡的阿斯利格村了。此时天空放晴很久了，马车可以安全过桥，穿过萨克河。要不是下雨，我可能会让马儿戴着眼罩，在夜晚从都柏林乘车过来。我透过车窗往外看，只看到一面灰色的土墙。车轮滚过水坑的沙沙声，马蹄下水花四溅的声音，都让我感觉昏昏欲睡。我的童年是在爱尔兰蒂珀雷里郡度过，很遗憾，仅凭一面墙，我无法得知这两个郡是否有相似之处。

突然，马车停了下来，我以为已经到村子里，抵达目的地了。

之后，我听到车夫对外喊道："需要我帮你一把吗？"

"呃，不用了，谢谢你。我已经寻求帮助了，尽管我现在什么也做不了。"有人回答道。

我伸手推开马车窗户，向外望去，一个男人双手叉腰站在路边，他的马脱缰了，马与车一分为二。天空刚刚又飘起了蒙蒙细雨，我只看到有一匹小马躺在路边，腹部高高隆起。我打开了马车门，从车上下来。

"没事的，小姐，"马车夫跳下车，一边套马一边说，"我去看看发生了什么。"

我并没有理会他，而是朝着另一个男人点头示意，接着我跨过几个水坑，走到小马驹的身边。她扭着头，发出呻吟、哀嚎，也许是因为疼痛和恐惧，她的眼睛不停地来回转动。

"发生了什么？"我一边问，一边把手放在马脖子上。男人们都盯着我，一言不发。

"嗯？"

"我们用马车运完马铃薯后回家，经过拐角时，她好像被什么东西吓了一跳，然后掉进水沟里了。"一个农民回答。

"马车翻倒了吗？"我问

男人们面面相觑。

我又问了一遍："她摔倒时，马车翻了吗？"

"没有"。

这可不是什么好消息。马摔倒了，但是推车或者四轮马车没有翻到，马的脊柱就很有可能受伤。

"她叫什么名字？"

男人们再一次面面相觑。

"小马。"一个农民说。

"我给小马检查腿时，你要抱住她的头，并且轻抚她的脖子。"他一动不动，只是盯着我。

"我可以帮得上忙，请你们相信我。"我说，尽量不要自己发出叹息声。

这个农民犹豫了一下，耸了耸肩，然后蹲下来抱住了小马的头。

小马侧躺在泥泞中，很难看清她哪里受伤了。我抬起她的膝盖，发现她腿下面有一排锯齿状的伤口。很显然，她球节上方的骨头断了。看起来这匹马好像失去了平衡，然后跌跌撞撞地摔进水沟，一条腿陷进了泥里并且卡住了。她的腿严重骨折，尽管我们能医治好她，但她以后再也不能承受任何重量了。

"她的腿断了。"我跟这个农民说。

他站了起来说："哦？这样啊，我会等医生来的。"

"医生？"我问，然后又用手抚摸马头，揉搓她的耳朵。

"兽……马医，"他回答道，"在她摔倒不久后，贝克先生从这经过，给马医打了电话。"

小马喘息着，呻吟着。我不想浪费时间去了解贝克先生，我只想知道他离开多久了。

"我要用步枪帮她解脱，她不应该再受苦了。"我说。

"你在说什么，小姐？"那个农民说。

"对不起，我没有其他办法了。"

"我会等马医来的。"他小声嘟囔，转身走开了。

"小姐，我们该走了。"马夫说，"我们在这什么也做不了，而且被雨淋透了。"

"我们不能就这样走了，谁知道兽医什么时候到？还有，哪里可以找到手枪？"我问，同时在心里默默记下，以后出远门要带手枪。

"呃，我不知道，但是——"

远处传来马蹄声，另一个人到了。我转过身，向传来声音的地方望去：一个高大挺拔的男人，骑着宽大的棕色马，在路旁拉马车。因为雨水阻挡我的视线，我看得有点吃力。

"阁下！她在那里。"那个农民急切地喊道，就好像在一片汪洋中，他所在的木筏下沉了，但又忽然抓住了救命稻草。

阁下[1]？

他的身材十分健硕，他的马儿也是腰背滚圆，四肢粗壮。他下马时十分灵活，干净利落。我看他向一旁的农民走去，但我仍然蹲着抚摸小马。

一直以来，我钦佩且羡慕马身的"黄金比例"。在里索威城堡时，塞缪尔教过我纯种马的知识。他教我如何评估一个理想的马头，告诉我为什么马眼和鼻孔的距离很重要。他告诉我评价马血统和性能的重要指标是：髋角和肩斜度。我能从一群俊美的马儿中发现最矫健的那一匹。

是的，我很熟悉马儿。我从小就学过相关知识，我敢对外公开自己的马匹评判标准。在阿斯利格的路边，我一看到那个男人，就准确地做出判断：他就是那位"马医"——威廉·伯恩。在蒙蒙细雨中，他阔步向我走来，我没想到自己会用马儿的评判标准去欣赏男人。

他是皇家兽医协会的成员，本可以尊享高顶礼帽，但他并没有戴。他额前静静垂着一缕湿润的黑发，看到我时，眼睛微微睁大。他与我见过的其他人不同，他长着一双翠蓝色的眼睛。我起身了，但是视线一直没有离开他。

---

1 英文为 Your honor，主要尊称那些具有显赫地位、尊严或价值的人。

"她的炮骨完全性骨折，而且有大面积伤口，血管也破损了，无法向皮肤供应血液。我怀疑她脊柱也受伤了，因为她和马车一起摔进水沟，但是车并没有翻倒。"我快速说道。

他微微颔首："卡斯特小姐，你还好吗？"

我伸出手，他紧握住我的手，此时我想到母亲反对我与男人握手。我还注意到他的手指修长精致。此外，他身材高大，比我高出很多。

我轻抿薄唇。"伯恩先生。"

我没有参加皇家兽医协会的专业考试，但伯恩先生依然愿意雇用我。在前往爱尔兰前，我就在心里默默演练过，与他见面时，要如何表达感激之情，然后立刻表达自己的观点：我希望他既然雇用我，就要对我一视同仁，对那些取得专业证书的男兽医做何要求，对我也要一样。我早已下定决心，一定要表达我的感谢，他同意雇用我，就是对我天大的帮助，我不奢求有任何特殊的待遇。事实上，我已经熟练地组织好语言，但是面对伯恩先生，我却哑口无言。他有一个美人沟下巴，唇边带着浅笑，眼睛像星星一样闪烁，我盯着他出神。

"你今晚先安定下来，明天再开始工作吧。"他说。

"这小马不能再拖延下去了，我猜你身上带着步枪吧。"

他点了点头："你为什么会这样觉得？看到我第一眼，你注意到了什么。"

大约一小时后，马车抵达了村子，停在多伊尔太太的房子前。伯恩先生早就告知威廉姆斯教授，他安排我住在多伊尔太太家，并且和我约定好在此等他。要不是因为小马摔倒这事，我们早该见面了。

马车夫打开雨伞为我遮雨，我们走到两层的石房门前。他敲了一会门，并没有人回应，我以为这房子没人住。我站在台阶上等着，已经想到自己要淋成落汤鸡了。终于，一个身材窈窕的女人打开了门。她长着一头白色的卷发，但穿着一身黑色的衣服，这两者形成了强烈的对比。

"您是爱琳（Eilleen）·卡斯特小姐吗？"她问。

"是的，不过是艾琳（Aleen），名字里面有 A，但没有 I。但没错，我是卡斯特小姐。"

"您是多伊尔太太吗？"

她轻轻点了一下头，往旁边站了站，让我进屋。

"天哪，你湿透了。"多伊尔太太瞥了眼我的裙子，注意到我的裙子不仅湿透了，而且沾满了泥沙。

"是的，路边发生了一起事故。"

在她身后的走廊里，我看到一个黑色长发的女孩。我看到她的正脸时，她已消失在我的视线里。

我听说当地校长两年前就已离世，留下他的妻子和六岁大的女儿凯瑟琳在世上。多伊尔太太正是他的遗孀。

"卡斯特小姐，我从不收留房客。我丈夫去世后，伯恩先生很照顾我们，所以我同意了他的请求，让你住在这里。他在卡斯尔奇宅（Castlestrange）有个马厩，我们的马在那里养着。"多伊尔太太领我上楼时说。

"卡斯尔奇宅？"

"那是一栋大房子。伯恩先生住在那里，他的兽医诊所也设在那里。"她说着，来到一扇紧闭的门前，停了下来，转头看我，"卡斯特小姐，我能问下，你和伯恩先生是什么关系吗？你们是一家人吗？"

这似乎有点奇怪，伯恩先生让我和多伊尔太太住在一起，但并没有告诉她，我来阿斯利格村干什么。

"不，我们不是一家人。我是一名兽医，我来这里工作，在他底下工作。"我说。这是我第一次向别人这样介绍自己。说出这番话，我十分愉悦，我想要重复这几个字：我是一名兽医。

她盯着我，就像第一次认识我。"这怎么可能？"

我耸耸肩。"我在爱丁堡大学学习了一年，在新兽医学院学习了三年。"

"大学？学院？兽医？但显然——"

我又累又饿，想洗个热水澡，然后吃点东西。我瞥了眼门把手。"这是我的房间吗？"

她打开门，我跟着她进去。这个房间很大，比我熟悉的洛根太太家还大。感谢上帝，那有一个壁炉。

"伯恩先生说他晚点会来，茶要不要再用沸水冲下？"她问，现在语气很粗鲁。

我下楼不久后，就听到伯恩先生低沉的声音，于是循着声音来到客厅。我看到他宽大的后背和一头黑发。他的黑发向上盘起，好像领子会给头发挠痒似的。

"这一点也不奇怪，多伊尔太太。"他说。我听得出来，他说话时很欢快。"你也受过教育。如果女性正在接受培训，成为医生，为什么她们不能当兽医？这职业对她们来说很不错。"

"学校教育是一回事。对，女医生可以照顾病人，特别是照顾女病人，但这个，照顾动物？伯恩先生，我很震惊，这……这真的太不正常了。"她回答，声音变高，"我希望——"

多伊尔太太看到我站在门边，吓了一跳。伯恩先生转过身来，微笑着和我对视，好像在暗示着我们之间有秘密，我发觉自己的脸都红了。

"卡斯特小姐，这个房间很干燥，也很温暖吧？"他问。

"嗯，谢谢你。"我说。我突然意识到，我的腿有点发软，于是斜靠在门边。这个男人是怎么影响到我的？

"多伊尔太太，卡斯特小姐有告诉你，她在来阿斯利格村的路上，帮助了弗林先生的小马吗？"

她摇了摇头。

"弗林先生说，那匹马大概有二十五岁了。她处理得很好。"

"那只小马死了吗？"多伊尔太太问。她盯着我，迫切想得到答案——小马是因我的失误而死。

"我和卡斯特小姐都认为，死亡才能帮助她解脱，别无他法了。"

大家都沉默了一会儿，也许是惋惜那匹马，又或许是让多伊尔太太缓一缓，接受这个失望感。

"卡斯特小姐，希望你和多伊尔太太好好相处。"伯恩先生瞥了一眼多伊尔太太，然后看向别处，"你在这里会很舒适，受到周到的照顾，我想不出阿斯利格有什么地方比这更好了。"

多伊尔太太看着他，眨了几下眼睛，露出妥协的微笑。

"我们去喝茶吧？"她说，"我去叫凯瑟琳。"

无疑，阿斯利格村的住宿条件比爱丁堡好得多，特别是我那宽敞温暖的房间。可多伊尔太太一家没洛根太太友好，特别是凯瑟琳。

那晚，伯恩先生尽力让餐桌的气氛活跃起来，即使他脸上挂着随和的笑容，谈话时风趣幽默，但场面还是略显尴尬。对凯瑟琳和她母亲来说，我就像飞进牛奶里的苍蝇一样不受待见。

多伊尔太太可能认为欠伯恩先生人情，所以才同意收留我，但她女儿显然对我只有厌恶。凯瑟琳长着浓密的睫毛，一双眼睛乌黑发亮。起初，我以为她可能只是不愿与陌生人一起住，可她在餐桌上盯着伯恩先生时，我意识到可能还有其他原因。

伯恩先生品尝了多伊尔太太的马铃薯卷心菜泥后，对这道菜赞不绝口，我想，凯瑟琳大概是那时候被他迷住的吧。当然，马铃薯卷心菜泥确实很美味。多伊尔太太感谢伯恩先生在她丈夫去世后，对她们母女俩照顾有加，还觉得伯恩先生与她女儿天生一对。不管怎样，我都要尽快找到其他地方居住。

第二天早上，伯恩先生驾着马车来接我时，我已经在门阶上等他了。

我向他的黑色母马打招呼。"你可以叫她布拉兹。"伯恩说。她叫这个名字，可能是因为脸上有火焰形的白色斑纹吧。"昨天我们见面时，我骑的那匹马是勇悍的'宙斯'。"

我很高兴伯恩先生给我介绍他的动物，这对于我了解他的性格有很大的帮助。

天空放晴了，可空气中仍带有丝丝凉意。我已经在村子里转了一圈，我停在磨坊前，看木制水轮如何转动，看人们如何骑马，看车夫在路上如何拉马车。多萝西把小金和小蜜生的最后一窝幼崽卖掉了，把钱寄给我，我从中取了点钱存起来，渴望去买一匹马。我已经很长时间没骑马了。在我的想象中，我会拥有一匹马，在工作日，我可以骑着他去找客户；在休息日，我可以骑着他去打猎。

我们要动身去卡斯尔奇宅时，我看到一位天主教神父向我们走来。伯恩先生也看到了他，低头小声说道："我的天。"

"伯恩先生，"神父说，"我恐怕得耽误您一会儿时间。"

"早上好，奥弗拉纳根神父。请允许我向你介绍我的同事，卡斯特小姐。"

他仓促地向我点了下头

"我能和你说几句话吗，伯恩先生？如果可以的话，我们换个地方私下说。"

我看向伯恩先生，难道他想让我下马车吗？

但是，他没有让我下去，而是把缰绳给我，然后跳了下去。

"请等我一会儿，卡斯特小姐。"他说，然后跟着神父走了。

他们沿着路走了一段距离，大概是到了我听不到的地方谈话。我看见神父口若悬河，双手飞舞，还时不时指向我的位置，好像在举办一场生动的布道。在这期间，伯恩先生只是耸耸肩，点头微笑。神父终于说完了，伯恩先生开始说话。他的回答很简短，我看见神父睁大眼睛，皱起眉头。他打算再次宣讲，但伯恩先生打断了他，向他微微鞠躬，然后走回马车。

马车哗啦啦驶出村子。"情况还好吗？"我问。

"还不错，怎么了？"伯恩先生问。

"抱歉，奥弗拉纳根神父似乎反对我来到村里。"

"卡斯特小姐，你不应该妄下结论，这样很危险。难道威廉姆斯教授没教你吗？"

"有的，但——"

"你说得对。你出现在阿斯利格村，奥弗拉纳根神父对此很忧愁。你是一个独立的英格兰女人，而且不是天主教徒，并且……"他瞥了一眼我的衣服，"还是个贵族。"

"可是——"

"当然，这不是最糟的。你还是一个女兽医。他不是忧愁，而是被吓坏了。"

"你跟他说了什么？"

伯恩先生耸耸肩，"我说我不知道你是个女人。"

"什么？"

"你来之前，我并不知道你的性别，不是吗？我跟他解释，我们之前都是通过书信交流，并没谈到你的性别问题。我怎么会知道你是男是女？我被你骗了。"

"什么？你被我骗了？但是——"

"不一定是你，也许是被学院里的某个人骗了，但应该不是故意要骗我。"他瞥了我一眼，眼睛闪闪发亮，"你是怎么想的？"

我笑着摇头，他也发笑了。他脸上的笑容消除了我的警戒心理。然后，我再次沉默。

"你一点也不惊讶，是吧？你肯定料到会遇到阻碍。你清楚自己在爱尔兰工作也很艰难，并不比苏格兰或者英格兰轻松多少。"

"嗯。只是我没想到，会受到罗马天主教神职人员的反对。"

"当然，你现在在爱尔兰。"

这天和伯恩先生谈完后，我又听到有关奥弗拉纳根神父的消息。这天晚上，我结束了在卡斯尔奇宅诊所的工作，返回住宿点，在门口遇到了多伊尔太太。

"你回来得真巧，茶刚准备好。"她平和地说道。

吃饭时，凯瑟琳仍一言不发，多伊尔太太滔滔不绝地说，整个房间都飘荡着她的声音。"今天早上，你和伯恩先生离开后，奥弗拉纳根神父来拜访我。"她说着举起杯子，从杯沿上方看着我。

我不知该如何回答，嘴角微咧，似笑非笑。"他和伯恩先生谈完后，很不开心。"

"哦？"

"伯恩先生似乎告诉神父，他认为自己从苏格兰雇了名男兽医。他跟神父说，他发现你是个女人时，也和其他人一样惊讶。"

"我知道。"

"卡斯特小姐，我不明白。伯恩先生问我是否愿意收留你时，他就十分清楚你是个女人。他不会让我收留未婚男性，你应该也是这样认为的吧。"她瞥了眼凯瑟琳，"但他忘了告诉我，你是一名兽医。"

"嗯。"

多伊尔太太用叉子叉起一小块马铃薯，放进嘴里慢慢咀嚼，也许是为了给我点时间，让我厘清思路，知晓伯恩先生说的谎言。之后我继续吃着饭。

最后，多伊尔太太把餐具放到盘子上，发出了一阵叮当声，这声响意味深长。"奥弗拉纳根神父想让我把你赶出去。"她说。

凯瑟琳愣住了，盯着她妈妈。"神父说了什么？"我问。

"不全是说要赶你走。可我清楚，他希望我这样做。"

"我知道了。"

我们又陷入了沉默

"你难道不想知道，我跟神父说了什么吗？"

"我当然想知道。"

多伊尔太太笑了，这让我很吃惊。

"我说，我不知道你是男是女。在接受伯恩先生的帮助后，我只是知恩图报罢了，做了基督教徒该做的事：为一个人提供住宿，以此报答他。"她咯咯地笑着说，"我告诉神父，我曾祈祷过，要怎样报答伯恩先生，之后没过几天，伯恩先生就问我能否帮助他，给一个人提供住宿。我觉得是上帝听到了我的祈祷。"

多伊尔太太和我的目光被凯瑟琳吸引住了。她发出不太淑女的嘟囔声，然后起身，把椅子往后推了推。

"你要去哪里，凯瑟琳？"

她瞪了她母亲一眼，然后离开了房间。多伊尔太太叹了口气。

"谢谢你。"我说。多伊尔太太皱起眉头。

"与其说你是为我辩护，不如说是为伯恩先生。我会尽快找到其他住处的。"我瞥了眼凯瑟琳，"这样可能是最好的选择。"

"卡斯特小姐，请不要太苛刻地评判她，她还是个孩子。她满脑子想都是伯恩先生。我想伯恩先生还没意识到，当然，他……请不要因为凯瑟琳的行为，就马上去找别的住处，这样对我们的名声不太好。"

"当然不会，我不会这样做。可是无论如何，我都不会在这儿待太久。只要我负担得起，我就想找一个地方，养一两匹马，再把我的狗带到爱尔兰来。"

多伊尔太太叹了口气。

"你觉得奥弗拉纳根神父还会做什么吗？我的意思是，他会召集群众，反对我在这工作吗？"

"我想是的。他会呼吁会众，拒绝你治疗动物，并且要求你阉割他们的马和公牛。阉割动物对女性来说是不虔诚、不淑女的行为。"

"他说的对，这是兽医的工作，我会去做的。但他这样的行为对伯恩先生的诊所不利。"

"什么？你错了，卡斯特小姐。无论神父说什么，都阻止不了民众向伯恩先生求助。方圆几英里内，没有谁比伯恩先生更受尊敬了。请原谅我，上帝。我敢说，即使是上帝在这里，也不会有例外。你很快就会明白的。"

"哦？这或许就能解释，为什么弗林先生昨天会称伯恩先生为'阁下'？"

"是的，毕竟在爱尔兰，称兽医为'阁下'可不常见。你只知道伯恩先生是个兽医，不过他可不止是个兽医。也许这与他的政治立场有关，他是个……算了，你知道的……"

多伊尔太太停顿了一下，转移话题，似乎决定不和我讨论"伯恩阁下"的政治立场问题。可能我英格兰人的身份，让她不再讨论下去。

"我已故的丈夫是这么说的：如果有个马医像伯恩先生一样，敬畏上帝，骑马时像恶魔一样疯狂，狩猎时像国王那样神武，总是微笑地面对所有人，把他们当成世界的中心。那么在爱尔兰，他会比圣母玛丽亚还受欢迎。愿上帝保佑我丈夫的灵魂得到安息。"

多伊尔太太注视着远方，仿佛在思索她丈夫说的话。过了一会儿，她看向我。"我丈夫说这些话时，没有任何亵渎上帝的意思，他只是根据自己的认知，来描述伯恩先生在这里有多受欢迎。"

"那我就放心了。"我说。我想伯恩先生在当地如此受欢迎，我最后能否尊享一点殊荣。当然，暂且不说我不是那种对上帝有敬畏之心的人。首先，我的女性身份就会限制当地人对我的喜爱，再者，我是英格兰人，这可能会进一步降低受欢迎的可能性，导致当地人不会对我很尊敬。不过我想知道，如果我骑马和男人平分秋色，最重要的是，我是个"马医"，和伯恩先生一样，受过专业的教育和培训，那我的处境会有什么不同吗？

"卡斯特小姐，我不知道英格兰的生活是怎样的。但在爱尔兰，人民的生活都离不开马。大家不是在讨论打猎、赛马或马展，就是在谈论自己或者邻居的马儿。在这里，马医和圣人享有同样的美名。我不担心神父会影响伯恩先生的生意。但是你……"

我点点头。她的意思不言而喻。我不用担心自己来到村子里，会影响伯恩先生的诊所生意，而应该担心阿斯利格村的民众是否会听从神父的意见，拒绝我治疗他们的动物；或者民众是否会给我治疗动物的机会，让我证明自己是一名兽医。

第二十一章

从遇冷开始

1900 年
爱尔兰阿斯利格村

奥弗拉纳根神父真的说到做到，做出了威胁。多伊尔夫人从教堂回来时，气喘吁吁地传达了这个消息。她说，在周日的弥撒活动里，神父高亢地讲了几分钟，提醒他的会众，尽管男女都是按照上帝的形象创造的，但女性"仍然象征着低贱的自我，她们的身体特征和性本质代表了这一点"。他警告会众，小心女性选举权的崛起，这"进一步揭示了新教的堕落"，并阐释了女性"治疗动物，甚至阉割动物，此举不德，无法容忍"等极端的说法。

"会众没有一丝窃窃私语，甚至没有一丝惊讶。弗林先生像往常一样睡着了，弗林太太甚至没有想叫醒他。会众似乎早就知道奥弗拉纳根神父会情绪激昂。当然，他们早就预料到了。与此同时，很多人都盯着伯恩先生看，他昂着下巴，头一动不动，好像在思考着每一个字。"她说。

伯恩先生听到神父对我的评价时，有什么想法？他没有告诉我，我也没有追问。我不会在手术室，或者其他地方乱嚼舌根，讨论伯恩先生与上帝以及教会的关系。

阿斯利格村群众对我的态度是否会因为神父的布道产生影响，我不太确定。神父认为我关心动物健康是意图不轨。如果没有他的怂恿，民众会更欢迎我吗？我表示怀疑。多伊尔夫人说，伯恩先生的客户都深受他的影响，但即便如此，我认为这些民众仍然需要时间接受并承认事实：女性知道如何治疗且有能力治疗动物。

这并不是说伯恩先生的客户会公然对我无礼。他们爱戴并信赖伯恩先生，不会对我那样。在阿斯利格村的最初几周里，大多数民众对于我，这个伯恩医生底下卑微的助手，还是会爱屋及乌，对我表现出包容的态度，但也有一些人，对我视而不见，直接忽略我。

一头奶牛被锯齿状的木板割伤，加夫尼先生叫我们前去治疗。"请你帮我抓起牛尾巴，这样我缝合伤口时，她就不会乱踢了。"我叫加夫尼先生帮忙。

加夫尼先生从奶牛旁边走开。他为我寻找工具时，看了看伯恩先生。

"您准备缝合伤口吗？伯恩阁下。"他问。

"卡斯特小姐会缝合。"

加夫尼先生一动不动。

我又重复了一句："抓起牛尾巴，加夫尼先生。"他眨了眨眼，好像很困惑。

"尾巴，加夫尼，抬起尾巴，"伯恩先生说，"按照兽医卡斯特小姐的指示。"

我微笑地看着加夫尼先生，但他看都没看我一眼，直接举起牛尾巴，方便我工作。

"我们必须密切关注奶牛的伤口，"我说，"这里的皮肤很紧，在伤口愈合前，会有撕裂的风险。加夫尼先生，你要定期检查她。如果伤口有任何撕裂的迹象，看到有黄色脓液渗出，或者严重肿胀的情况，请立即通知我们。"

"伯恩阁下，如果情况不妙，我会立即通知您。这头母牛产奶量很高的。"他说着，注意力都集中在伯恩先生身上，好像忽略了我说的话。

"为了保持伤口清洁，你每天用柔布浸着温盐水，擦拭两遍。动作要很轻柔，以免刺激伤口或减缓伤口愈合。"我说。

"我该如何处理伤口，伯恩阁下？"他问。

"完全按照卡斯特小姐的指示，加夫尼先生。"伯恩先生一边回答，一边递给我一把剪刀。

"你要准备半升温水，然后往水里加一匙盐。"我继续说。看着加夫尼先生，我想起斯普雷尔先生的教导，该如何获得客户的尊重。

加夫尼先生看着伯恩先生，眨了眨眼。

"加夫尼先生，还有什么问题吗？"我问着，提高了声音，确保他能听到我说的话。

他摇了摇头，眼睛仍然盯着伯恩先生。"那就再好不过了，伯恩阁下。"

过了一两天，客户叫我们去治疗一只羊。羊的臀部被感染，身上长满了蛆虫，羊毛又湿又脏，散发出难闻的气味。我拿起剪刀，剪掉母羊臀部周围的毛。伯恩先生用腿把她夹住，她低声地叫着，但没有挣扎。

"这里的冬天，经常能看到苍蝇在飞吗？"我问。

"看起来，她被感染有一段时间了。除了腐肉的味道，你还闻到其他气味了吗？"伯恩先生问我。

我靠近闻了闻被感染的部位，一股浓烈的气味扑鼻而来。羊毛的恶臭混杂着皮肤组织腐烂的气味。此外，我还闻到草本植物和烟的味道，或者说是灰烬的气味？希恩先生和他小儿子，站在围栏门口。

"你之前有用什么东西治疗她吗？"我问客户，但他看着伯恩先生。

"她这样的病情持续多久了？希恩先生？"我又问了一遍。

男孩抬起头，看向他的父亲。希恩先生拖着脚走了几步。伯恩先生瞥了我一眼。我注意到，伯恩先生微眯着他那双明亮的眼睛，他沮丧时才会露出这种表情。

"希恩，她生病多久了？"伯恩先生问。

"我不知道，我不会对您有所隐瞒的。她只是这周才病得特别严重。"客户回答，然后揉了揉他儿子的头发。

我停下手中的活，不再剪毛，朝希恩先生走去。"你用什么治疗母羊？"

他看向伯恩先生。"我在路边的水沟找到一种植物，然后与灰烬混合去治疗她。这是从我父亲传下来的老配方，对治疗蛆虫很有效果。"

我走到他跟前，确保他无法忽视我。"你父亲留下的老配方，有效果吗？我的意思是，其他羊身上长蛆虫的话，这个治疗会有效果吗？"

"这我不知道，我父亲从来没有说过。"

我让希恩先生去打点水，他儿子一路小跑着跟去。我听到客户哼了一声，回头看到伯恩先生在笑。

"卡斯特小姐，很好，你终于发现蛆虫了。"伯恩先生说着，毫不掩饰自己的喜悦，"是它们引发了这些部位的病症，即使还没有证据证明。"

"我今天就能发现证据。"我回答，"你知道那是什么植物吗？为什么会和灰烬一起用？"

"爱尔兰有很多自制药物，这只是你发现的第一种。有些药物效果很好。灰烬可以治疗一些皮肤病。当然，前提是要把蛆虫除掉，清理干净皮肤。"伯恩先生说。

客户提着水回来，小心翼翼地放在我脚边。"希恩先生，待在这里。"我说，"我教下你，该怎么应对这种情况。你先剪掉羊毛，去除蛆虫，再把感染部位清理干净，她就会痊愈了。那下次再遇到这种情况，即使不用老配方，也可以避免蛆虫在羊群中传播了。"

"那真是太好了。"希恩先生说着，往前走了几步蹲下来，以便看得更清楚些。过了一会，他抬头看着伯恩先生，"但愿这只羊能好起来，伯恩阁下。"

起初，在大多数情况下，我都是和伯恩先生一起去客户的马厩、谷仓和围场治疗动物，有时也会去村子或是周边的城镇出诊。威廉姆斯教授和小斯普雷尔称赞伯恩先生，是一个医术高超的兽医，这并没有夸大其词。几乎伯恩先生每处理一个病例，我都可以从中学到一些意想不到的知识。伯恩先生对待动物时温柔且坚定，我从未在其他兽医身上看到这种品质。我很高兴，伯恩先生可能和我一样，非常热爱动物。

有时伯恩先生骑着宙斯，而我骑着布拉兹跟着他。有时我们会一起坐马车，穿梭在农场、住宅和诊所之间。这份工作给我了解爱尔兰风土人情，熟悉爱尔兰动物的机会。这里的天气大多又湿又冷，风雨迎面而来，拍打我的脸，让我想放声歌唱。我重新回到爱尔兰，做着一直以来梦寐以求的工作。正如多伊尔太太所说，伯恩先生是一名出色的骑手。我很久没这么频繁地骑马了，但还能跟得上伯恩先生，这真是让人兴奋。即使我没有皇家兽医协会的职业证书，也没有家人的支持，可这都不要紧，因为这正是我所追求的生活。

罗斯康芒郡郁郁苍苍，和我记忆中的蒂珀雷里郡有得一拼。但它的河岸长满苔藓，沼泽地十分软烂，整体气候会更潮湿一些。树篱、树木和潺潺溪流形成一条分界线，把田野和围场隔开，我穿过狭窄的小巷，看着这一幕，我感觉很自在。多数情况下，民众对我态度冷淡，但我并没有过分担忧。我告诉自己，前路冰封雪冻，可等熬过三九寒冬，就会迎来春暖花开，人们冷淡的态度也会随着冰雪一起消融。

兽医诊所和马厩离伯恩先生的房间很近。有时一整天不用出诊，我们就会待在那里，与动物相伴，我对这种生活很满足。卡斯尔奇宅比我想象中更加宏伟，它是一栋三层楼的石房，有三个仓库，外加一个地下室，门口有个守卫室，还有一间马车房和几间马厩，排列成 L 型。伯恩先生驾驶着马车穿过大门，进到卡斯尔奇宅。这是我第一次来这里，伯恩先生注意到我很惊讶。

"这栋房子有二十间房。"他说，像是在回答我的问题，"确实很大，我知道这挺让人意外的。我不像你，含着金汤匙出生，可是我很幸运。"

我看着伯恩先生，十分好奇，威廉姆斯教授跟他说了我什么事。伯恩先生忽视了我的目光，向前走去。

"我的叔叔詹姆斯在美国事业有成。他知道我是个热爱学习的学生，对待动物很有一套，他帮我付了兽医学院的学费，并让我在卡斯尔奇宅生活。我早就计划好了，在四十五岁前，就把钱全都还给他。"

"这栋房子是你从他那里买的吗？"

"嗯，差不多。不过我和他达成共识：他和我堂弟托马斯，可以在夏天随意来访。"

尽管伯恩先生已经把部分马厩房合并，搭成一间医务室，并把马车房的部分空间隔开，改成几间手术室。但任何人看到这栋房子，都会觉得只住一个单身汉，未免太大了些。我很好奇，伯恩先生打算怎么赋予房子生气。他想组建家庭吗？他已经三十六岁了，比我大四岁。

之后，映入眼帘的是一群狗。

起初，这群狗狗沿着车道向我们跑来，我数了一下，总共有五只：两只灰色的猎狼犬，一只黑色的柯利牧羊犬，还有两只毛发光滑的小猎犬。之后，围场附近茂盛的草丛中，窜出来一只红色的赛特犬，他的爪子还小，动作也挺笨拙，说明他还处于幼年时期。我大笑起来，心中涌起一阵喜悦。我在爱丁堡读书时，很想念自己的狗狗，不过没意识到那份思念有多深。

我从马车上下来，伯恩先生说："他们太热情了，有点尴尬。"这群调皮的小狗在我脚边嬉戏，好像我是他们的主人似的，离开了很久，刚回来。

伯恩先生吼道："不，斯宾塞，趴下！"

伯恩先生喊得太迟了。这只赛特犬跃到空中，扑到我的胸前，把我撞倒在伯恩先生怀里。伯恩先生站得很稳，我靠在他怀里，稳住身子，与他四目相对。狗狗们的热情招待，让我有点头晕目眩，我需要时间平复一下心情。

"恐怕我对他的训练有点少了。"伯恩先生说着把我扶正，然后拍了拍斯宾塞。

我本来想说，他把我扑倒后，你去抚摸他，会助长他喧闹的气焰，但我有点上气不接下气，就没说了。

我写信跟多萝西说，我一旦在爱尔兰定居下来，就会派人把小金和小蜜接到身边。但我意识到一个问题，我和狗狗的定居点没那么好找，需要花很多时间。一天下午，天色渐晚，我在卡斯尔奇宅收到了多萝西的回信。

借此机会，我正好鼓足勇气，说出思考已久的想法。当然，狗狗永远属于你，现在是，以后也是，但小金和小蜜与我生活多年，我相信他们也认为，汉普郡法洛登庄园和那间小屋就是他们的家园。不仅如此，亲爱的朋友，他们已成为我忠实的伙伴了，我无法忍受，没有他们做伴的日子。你在阿斯利格村，工作肯定很忙碌，没空陪伴他们，可他们早已习惯一整天的陪伴。把他们留在我身边，这是个皆大欢喜的解决方法，你也是这样认为的吧？此举也有其他好处，能激励你经常过来看望我们呢。

尽管我已经离开他们很多年了，可我总是梦想着有一天，能重新和我的博美犬一起生活。可是多萝西说的对，她和狗狗们相处了很久，而我却很少陪伴他们。他们了解多萝西，却不是很了解我。他们名义上是我的狗，可事实上还是我的吗？他们和格雷一家过得清闲自在。我要是把狗狗带到爱尔兰，我是会很高兴，可他们会产生不安感。我把信折起来，目光转向手术窗口，望着房子外的草坪。

伯恩先生从医务室走进来。"是坏消息吗？"伯恩先生问。

"不是。这是多萝西的回信。我向你提过她的，是帮我照顾狗狗的朋友。"

"她是爱德华·格雷的妻子吗？她丈夫住在法洛登庄园，任英国外交部副部长？"

"对。"我盯着他，"我跟你说过他的事吗？"

"没有，但是我看过报纸。我们爱尔兰人可不是文盲，还懂得看书读报。"

伯恩先生是在开玩笑，但是话里带有怒气。我当然知道，他和联合爱尔兰联盟的关系，那就像宗教信仰一样。他明面上没说政治问题，但是拐弯抹角地提到爱德华。我们谈论马、牛、羊、狗，偶尔谈到猫，也说到狩猎、赛马、怎么培养优质动物的问题。

"她带来什么坏消息吗？"伯恩先生问。

"坏消息？"

"就是你朋友多萝西的信。"

"不，不算是坏消息。多萝西想养我的那对博美犬，让他们留在英格兰，陪她一起生活。我原想把小金和小蜜带到这里，但我还未找到合适的定居点。"

伯恩先生走到桌子前，把椅子拉开，然后坐了下来。"她会一直养着他们吗？"

"多萝西会一直养着吧，她说得很有道理。毕竟他们和多萝西生活了四年。"我回答。

"把他们带到这里来养怎么样？"

"带到这里？"我完全想象不到，小金和小蜜能和卡斯尔奇宅的猎狗们一起生活。他们一直生活在汉普郡，在法洛登庄园的土地上奔跑，在多萝西和爱德华的小屋里活动。他们对那里十分熟悉，要让他们适应卡斯尔奇宅的群体生活，还是挺困难，当然，这对他们也不公平。

"谢谢你，伯恩先生，但还是算了，这不太好。"

"我们独处时，可以不用这么客气吗？你叫我伯恩就好。呃……不是孤男寡女的那种独处，比如说在……"他说这话时，我发觉自己的脸变红了，"嗯。"

"比如在门口的守卫室。你可以住在守卫室。"

"和达菲夫妇一起住吗？"我问。

"不，达菲夫妇要搬回村子，和女儿住。达菲先生的身体不太好。我觉得那个小屋很不错，你可能会满意。你要不要把那对博美犬带到这里来养？"

我脑中思绪飞驰。"我能在这儿养匹马吗？"

"可以的，这没关系的，为什么不能养马？"

守卫室，顾名思义，就是守卫人员的屋子，位于卡斯尔奇宅大门旁。守卫室是一座漂亮的小屋，建造风格与主屋相同，还有一座小花园，里面攀满了玫瑰。这里离诊所和马厩很近，不到半英里距离。我可以雇一个厨师和女仆，还可以不用看凯瑟琳的脸色。

"我能先看看这个房子再做决定吗？"

"当然可以。我会提前跟达菲先生打好招呼，告诉他你要去看下房子。最好快一点，在我外出前，你能搬过来。"

"你要离开？"

"嗯。我下个月要去都柏林，参加一场全国兽医大会。"

"下个月？就是说你再过两星期要走了？"

"是的，就在两周后，我大概会去三周。你有什么问题吗，艾琳？"

"完全没有问题，呃……伯……伯恩。"

第二十二章

"我欠你一句谢谢"

1900 年
爱尔兰阿斯利格村

我告知多伊尔太太我找到其他住处时，她皱起了眉头，但凯瑟琳的眼睛亮了。我补充说，我要搬进卡斯尔奇宅的小屋，此时凯瑟琳的眼睛里又充满了敌意，恨不得把我大卸八块。我突然感觉到，就算她露出最邪恶的表情，也丝毫不影响她美丽的外表。

"但是你一个人怎么安排起居生活？你整天都在工作。"多伊尔太太问。

"我请了女仆——年轻的布丽奇特·达菲和她会做饭的姨母菲奥娜·沃尔什。"

"好吧，那就可以。"她说。从她的语气可以听出，她觉得我在制订计划前，应该征求她的同意。

"多伊尔太太，您周末有空闲的话，欢迎过来看看。"

"嗯，看情况吧！也许会，对吧，凯瑟琳？"

凯瑟琳哼了一声，离开了房间。

我需要一些时间，布置下这个两居室的小屋。我不禁想到母亲很反感我混用各类型的陶瓷餐具，更别说男女混住，房东是单身汉了。但我很喜欢独自生活在这个小屋里。

尽管我有了自己的住处，有一个通向牧场的花园，我还是决定听从多萝西的建议，把小金和小蜜留给她照顾。但是我在小屋的第二天晚上，也就是伯恩去都柏林的第二天，我发现斯宾塞蜷缩在门阶上，把我认作他的主人。我有小狗做伴了，我的那两只博美犬也得到最好的照顾，把他们留在英格兰是正确的选择。

我笑着说："进来吧，斯宾塞。"我想，等伯恩回来，看到他接受了训练，一定会很惊讶。

正好迎来一年一度的全国兽医大会，伯恩先生外出参会了。在此之前，伯恩先生一直陪我出诊，每次他都让我全权负责，而他在旁边介绍，让客户相信我的能力，相信我能正确诊治动物。我独自诊治时，客户们流露出不信任的目光，怀疑伯恩先生派来一个经验不足的助手。但伯恩先生离开后，我是他们最终的选择，不选择我，就没有其他兽医了。我采取了斯普雷尔先生认为可行的方法，到达客户院子后，就先发制人地提出问题。

"伯恩先生在都柏林，"我下马时说，"我今天要去哪家诊治动物？"

让我惊讶的是，几周过去了，咨询伯恩先生何时回来的人在慢慢减少，最后都没人询问了。还有几个客户和我预约后面几周的后续诊疗，完全不在乎到时伯恩先生是否已经返回了。获得他人的肯定真好，这让我想起四岁时第一次骑小糖遥遥领先的感觉。父亲担心我不够强壮，控制不住她，告诫我骑慢点。我点点头，身体前倾至超过她的鬐甲（马肩胛骨间隆起部分），尽可能快速有力地用腿拍打着马儿，小糖飞奔着穿过田野。我很高兴，这是从未体验过的满足与自由。我在罗斯康芒郡也体会到了这种感觉，我能独自去客户家诊疗动物，并逐渐赢得他们的信任与尊重。

完成了一整天的出诊工作后，我骑着马儿飞奔回卡斯尔奇宅，头发在风中飘舞，充满着自由的气息。胜利的感觉让我感到很振奋。

"去你的皇家兽医协会！"我冲着一群羊大声喊，把他们吓到了，"我是一名兽医！"

其实伯恩先生外出，对我来说是一个机会，可以让客户更加了解我，让他们知道我不仅仅是一名助手，我完全有能力独自承担兽医工作。我有幸站在伯恩先生身旁，免不得引起他人的嫉妒，受到他人的怒视，特别是客户的女家人。

当然，他不在的几个星期里，我也很紧张，一切充满着未知。大多数时候，我都喜欢独自评估病例，并决定治疗方案。每天晚上，我都会仔细阅读伯恩先生的书籍和笔记，确认自己在白天诊断时没有遗漏信息。我把疑问做了笔记，以便日后与他讨论。伯恩先生不在的这段时间，让我有机会独立工作，也让我能与客户增进了解。他们不会再以上帝造物，以男女差异的视角来看待我。我很喜欢和伯恩先生共事，但也很高兴偶尔能独立工作。但令我意想不到的是，伯恩先生的外出会改变我和奥弗拉纳根神父的关系。

那天整个早上我都在萨克河的另一边照顾一头患有乳热病的奶牛。我打算快速吃完午饭后，去房间查阅下伯恩先生的书籍，确认自己在诊断治疗时没有忽略什么。我骑着布拉兹回来，穿过卡斯尔奇宅大门时，惊讶地看到伯恩先生的马夫拉着上了马鞍的宙斯，在小屋的花园小径旁等候。我还没来得及问他为什么在这儿，布丽奇特就跑过来了。

"小姐，"她喊道，"奥弗拉纳根神父派了个男孩来找你，说有要紧的事。"

我叹了口气，该来的总会来，神父果然没有改变对我的看法。不止一个客户跟我说过，他一直在教唆民众，反对我治疗动物。现在他没有达到预期效果，似乎决定要当面指责我了。

"谢谢你，布丽奇特，不过我还是先吃午饭吧。"我回答，说着从布拉兹背上下来。

"我姨母已经打包好午饭了，你去村子的路上可以吃。我现在去给你拿。"布丽奇特边说，边指着男孩让他把宙斯牵过来。

"等等，"我回答，脱下了手套，"我不想因为我的性别和职业，赶着去教区接受批判。没必要这么着急，等我吃完午饭，准备好了，再骑马去见神父。"

"可是，小姐，神父说他的马肚子疼，快不行了。"

我让她去取午餐。我戴上手套，把布拉兹交给马夫，然后骑着宙斯到诊所，准备治疗马绞痛的药物。

我到达神父家里时，他正站在教区的马厩外面。我朝门看去，有一个男孩站在马旁边，手放在马笼头上。马儿低垂着头，看起来筋疲力尽。

"他以前打过滚吗？"男孩帕德雷格摇了摇头。

"没有，我可不想让马变粗暴。"教父说着，一只手放在十字架上，好像在提醒我别忘了他是神父似的，"我让帕德雷格把马扶起来，按住他的头不动。他今早躺在马厩里，烦躁不安，一直不停地打滚。"

"你最近有给他换食物吗？"

神父和帕德雷格对视了一眼，停顿了一下。最后神父说："他的干草已经没了，下个星期才能到。我们昨晚给他喂了一些黑麦。帕德雷格说他很喜欢吃。"

"他冬天的时候，整天都待在马厩里吗？"

"嗯。围场很小，也没长草，而且很潮湿，他就一直在马厩里。"

我打开门。"帕德雷格，你拉他到门口溜一圈再回来。"

马有胃胀气，走得很慢。我让神父给我看看那块黑麦面包。果然，食物发霉了，闻起来很臭。马肚子疼不仅是因为突然更换了食物，还因为他吃了发酵的谷物。

"你要切开他的肚子吗？"我解释完致病原因以及产生的气体给马儿带来的剧痛后，神父问。

"如果我能解决就不用了。"

我不想给这匹马做手术，他又小又瘦，做手术对他没有好处。再者奥弗拉纳根神父已经说得很清楚了，他宁愿抛弃这匹患病的马也不愿让他做手术。我怀疑这匹马儿患有腹胀性绞痛。这是由气体积聚引起的，通常是最容易治疗的胃痛，而且不会出现任何肠道的并发症。但我并没有对神父说，这病很容易治疗。

"神父，我需要借一下你的厨房。"他点点头，在前面带路。我叫帕德雷格继续缓慢地遛马。

神父站在厨房门口看我调制了亚硝酸乙醚，鸦片酊和硫酸乙醚的混合物。他跟着我回到院子里，静静地站在一旁，看着我给马服用刚调配的药。

"如果两个小时内，马没有缓解疼痛的迹象，我就得试试别的办法。帕德雷格，你牵着他溜到门口，再溜回来，然后就带回马厩吧。"

"我应该去祈祷下。"奥弗拉纳根神父说，"你还要做什么吗，卡斯特小姐？"

"神父，我会在这儿吃午饭，然后陪着马。"

帕德雷格留下来陪我，我要分给他一点午饭，但他拒绝了。

"你觉得神父是去祈祷，希望马儿恢复健康，还是去请求上帝原谅，谅解他让我治疗这匹马？"我问。

帕德雷格茫然地看了我一眼，耸了耸肩。平静地说："当然，他还以为你不会来呢，那匹马估计会疼死了。"

我笑着说："哪有兽医会见死不救？"帕德雷格再次耸了耸肩。

不到一个小时，马的肚子突然发出一声巨大而持久的响声，这表明体内的气体排出来了。

"这样正好。"我说着，微笑看着这匹马。

马儿眨了眨眼睛，又放出和刚才一样巨大的声响。

帕德雷格跑去叫神父。我吩咐他们立刻把黑麦扔掉，把食物换成干草，找个地方让小马每天觅食几个小时，并给他进行一些轻微锻炼。神父让帕德雷格去找干草，我准备离开。

"卡斯特小姐，"神父边说，边慢吞吞地朝我走来，他说话时没有直视我，"我欠你一句谢谢。"

"这是我的工作，神父。"我回答，想暗示他还欠我一句道歉，"我接受过训练，职责所在。"

"但你还没有正式获得兽医执业证书。"

他一脸得意地说道，我感觉瞬间被打脸了。伯恩先生告诉过他，我和皇家兽医协会的纠纷了？我什么也没和他说，但他却说出这番话。

"我有一个同事在爱丁堡待过一段时间。他听说了你在新兽医学院的事。"

"这样吗，神父？很高兴你知道这些信息。这说明你也清楚，我接受过所有必要的兽医培训。我和伯恩先生一样，有资格当兽医。"

"我是今天才知道的。现在都下午了，卡斯特小姐，下午好。"

伯恩先生还在都柏林时，我收到了欧文的来信，得知了威廉姆斯教授的死讯，倍感震惊。虽然教授那时已经不年轻了，但我离开爱丁堡时，他看起来还很硬朗，身体也很健康。我后悔到达阿斯利格村后没有给他写信。我想告诉他，我在这里一切顺利，我多么感激他为我所做的一切。但因为我的拖延，现在再也没有机会写信给他了。

那晚我坐在火炉前，斯宾塞把下巴搭在我膝盖上，我想着校长给我的生活带来了多大的改变。欧文还在信中告诉我，他已经接任了新兽医学院的校长一职，于是我给他写了一封信。

亲爱的欧文：

我对您父亲的去世表示诚挚的哀悼。我怀着最深切的感激之情，永远怀念他。

如您所知，他是一位杰出的人物，对我的人生也影响深远。

很遗憾，我还没来得及把当前的情况告知他，他就与世长辞了。承蒙你们父子诸多帮助，现在我想略表感激之情。如果您同意，接下来四年里，我会在爱丁堡新兽医学院设立奖学金，捐赠金额为每年二十五英镑。在 A、B、C、D 四科考试中总分最高的学生，以及上学期间按时出勤、表现良好的学生可获得该奖金。

如果四年后，我仍然在罗斯康芒郡这片繁荣的土地上担任兽医，而且奖学金能够鼓舞到学生，那我会尽最大的努力，每年提供奖金。真诚地希望这些奖金能够激励学生努力学习。

如果您认为其他方案更有益于学生，或能给兽医专业带来更多福利，我非常乐意听取您的建议。

我希望以匿名的方式设立奖学金。

致以最诚挚的祝福，敬谨

一位老生

第二十三章

落叶归根的吻

1901 年
爱尔兰阿斯利格村

"女王去世了。"一天下午，我走进诊所时，伯恩说道。他朝我挥了挥手上的报纸，顺便帮我拂去了肩上和针织外套上的雪。

"天佑女王。"我答道，装作不感兴趣。我知道最好不要和他谈论王室的事。虽然我们并没有深入讨论过公共事务，但我无意中听过他和客户的谈话，知道他很看重他的职位——联合爱尔兰联盟阿斯利格分部的主席。

"接下来会发生什么？"伯恩问道。

我假装听不懂，反问他："什么意思？"

"女王去世，对你母亲和哥哥会有什么影响？"

我耸了耸肩，坐到书桌前，把刚刚在医务室照顾的两匹马和一头公牛的症状记到日记本上。冬天快到了，虽然时间还早，但天色已经渐渐暗了下来，我们已经完成了一天的工作。我希望不要再有新情况出现，让我们再次外出。我本可以告诉伯恩，查尔斯和约克公爵——乔治是朋友关系，也担任他的侍从。维多利亚女王去世意味着我哥哥会升职。乔

治的父亲爱德华七世会继位，乔治将成为威尔士亲王，查尔斯也会顺理
成章晋升为王储的侍从。至于母亲，她该退休了。

"你母亲也许春天会过来看你。"伯恩说。

我惊讶地看着伯恩，我没想到他会说这句话。他明知道我家人讨厌
我做兽医，可他看起来不像在开玩笑。

"她看到你在工作，还发现你深受罗斯康芒郡人民的喜爱，可能会
很高兴。"他继续说。

"我母亲完全不想看到我工作，她更不可能来爱尔兰。"

接着，我一不留神，把父亲在蒂珀雷里郡做地产代理人的事告诉了
伯恩。我滔滔不绝地讲着父亲和牧师的争吵，讲他如何挑衅地、愤怒地
脚踩修女的坟墓。我把之后父亲离世以及我们逃离蒂珀雷里郡的事，都
抖搂了出来。

我只顾着向伯恩吐露心扉，完全没有停下来想过，告诉他这件事的
后果。这就像是一只湿漉漉的小狗，无意间把身上的泥巴甩到了干净的
地毯上。我讲得正起劲时，抬头看向伯恩，发现他脸色沉了下来，表情
冷冰冰的，他的下巴抽搐着，鼻孔微张。看到伯恩的表情，我才意识到
我错了，我不该把父亲的事告诉他。意识到这点之后，我加快了语速，
说话声音越来越小，草草结束了交谈。

"这下你知道了，不管我母亲对我的看法如何，她都不会来爱尔
兰。"我低声说着。

伯恩盯着我，一言不发。他的下巴又抽搐了一下。房间里静悄悄
的，只有风吹窗户嘎嘎作响的声音。我感到一阵寒意。

"我的天，"伯恩低声说道，他终于开口了，"你不觉得羞愧吗？

如果我知道这件事……如果我知道你的出身，我绝不会同意留你在这里。"

"可我……我只是……"

"够了！"伯恩怒吼一声，把椅子摔到地上，大步穿过房间来到窗前，"你别再说了！天哪，艾琳！你有没有想过……你应该把这件事告诉我，告诉大家！这也太不像话了。不敢相信你这么不明事理。"

"我当然明白。但是，我——"

"不，你不明白。你一点也不明白。"

"现在我明白了。那时我只是个孩子。我不知道那意味着什么。我……"

但伯恩现在根本不听我说话。"你是个娇生惯养、养尊处优的英格兰女人，你根本不知道没有土地，被不属于自己国家的英格兰地主压迫和虐待是什么滋味。你在这里，只因为你的家人不接纳你，爱尔兰只是你的游乐场。你就像……"

我站起身，用手猛地拍了一下桌子。斯宾塞被吓得跳起来，惊惶地向门口跑去。

"你怎么敢这么说？你根本什么都不知道，我好不容易才走到这一步。你也完全不知道我为此舍弃了什么。"

"舍弃？舍弃什么？你倒是说说看，艾琳。我可真想听听。哦，我知道了，现在两个人还不够你使唤，十个人才伺候得了你是吧？你的专属坐骑也没了，现在只能屈尊骑我那两匹破马。也是，这些东西怎么入得了你的法眼呢，你可真是穷困潦倒啊，我的大小姐。"

"哦，真讽刺！"我说着，走到门口，"你怎么不说说你自己？你不是还住在大房子里吗？还是你叔叔给你买的，有二十个房间的大房子！你数过自己在罗斯康芒郡有多少仆人吗？你数过自己有多少辆马车吗？你数过自己有多少件时髦的西装吗？呵！好一个没有土地，好一个受压迫。”

“这都是我辛苦换来的。”

“那我每天都在这儿干什么，伯恩？是谁每天早上第一个到诊所？你参加委员会会议，处理文书工作，安排政治集会的时候，是谁每天不远万里地去见客户？是谁好几个月没休假，连周日都在工作，好让你参加弥撒？这一切，全都是我这个娇生惯养、养尊处优的大小姐替你做的！”

说着，我打开了门。

“你要去哪儿？你现在还不能走。”

“过来，斯宾塞。”我喊道，没有理会伯恩。我把帽子拉到头上，冲出门外，外面正下着暴风雪。

早些时候，我已经送布丽奇特和菲奥娜回家了，好让她们避开暴风雪。她们已经在客厅生了炉火，我脱下外套，擦干斯宾塞后，又立刻往火堆里添了些柴火。我的脸颊已经冻僵了，上面还残留着我刚刚在雪地奔跑时，流下的眼泪。

炉火噼啪作响，仿佛随着我的怒火愈演愈烈。威廉·伯恩怎么敢评判我？我小时候怎么知道父亲做什么生意？他凭什么教训我？我只不过是告诉他，我童年发生的一件事罢了，我做错什么了？十岁的我怎么知道，我的父亲在别人眼里这么冷血？

斯宾塞呜呜叫着，犹豫了一会儿，然后躺在地毯上，在壁炉前伸直身体，舒展开肚皮。我坐下来，感到精疲力竭，疲惫席卷了我的整个身心，悲伤也溢满了我的整个胸膛，以至于我的怒火都被掩盖了。

我心想，真是糟糕透了。我本以为找到了幸福，可以把这儿当成自己的家。可伯恩的怒火却让我发现事实并非如此。虽然奥弗拉纳根神父已经不再对我指指点点，一些客户甚至指名要我治疗他们的动物，但我依然是个外人。我还想到凯瑟琳和其他几个女人对我冷眼相待。也许她们并非是嫉妒我，嫉妒我和伯恩长时间共事，也并非嫉妒我和这个郡最优秀的男人待在一块。她们只是不喜欢我，因为我是个骗子。我的家人认为我不配当卡斯特家族的人，皇家兽医协会认为我不配做兽医，爱尔兰也一样容不下我。我得离开这里了，但我还能去哪儿呢？

壁炉上放着伯蒂的来信。我伸手去拿，然后把信放在胸前。我知道有个地方，会永远欢迎我，我可以去那儿，那里是诺森伯兰郡。

我在壁炉前的长椅上睡着了，睡梦中我又哭了一次。我不知道自己睡了多久，斯宾塞低声嚎叫着抓门，把我吵醒了。外面有人轻轻地敲门。斯宾塞兴奋地叫着。我站起来，理了理脸上的头发，打开了门。是伯恩来了。我很讨厌他，他那么轻易就谴责我，我不给他开门也是合情合理的，但我已经精疲力尽，没有力气将他拒之门外了。

"我能进来吗？"伯恩举起一个黑色的瓶子说道，"我带了瓶波尔图葡萄酒。开会时有人给了我一瓶。不知道它好不好喝，但这是一位英格兰贵族绅士给我的，希望它味道不错。"

我尽量不以笑脸相迎，也几乎没有对他微笑。伯恩的身后，冷风不断卷起地上的雪。虽然他这次戴着帽子，但细软卷曲的刘海还是贴在了他的前额上。我后退一步，让伯恩进来。他转身关门的时候，斯宾塞在他脚边开心地跳来跳去。

伯恩把酒放在桌上，脱下外套和帽子，看到餐具柜上的红酒杯，顺手拿了两个。"让我来试试这瓶酒怎么样？"

我走近炉火，背对着他，没有回答。

我听到软木塞砰的一声清响，接着是倒酒的声音。

"这酒还不错。"伯恩说着，走到我旁边，递给我一杯酒。

我接过酒杯，但没有喝。"我不……"

"原谅我，艾琳，我……我说的都不是真心话，请你原谅我。"

我走到一边，把酒杯放在桌上。

"这就是问题所在。"我说，"我觉得你说的就是真心话。我告诉你我父亲的事，正好有机会让你说出心里话，让我知道了你的真实想法。原来在你眼里我就是个英格兰骗子。"

伯恩把酒杯放到我的酒杯旁边，然后走近我，把手放在我的肩上，轻轻地把我转过去，然后盯着我的眼睛。

"不是的，那不是我的真心话。我……"

"你轻易就谴责我，伯恩。那些话就在你嘴边，等着说出口。在你眼里，我似乎一直都是个娇生惯养、麻木不仁、一无是处的大小姐。"

"不是这样的，艾琳。求求你，听我解释。"

我没理他。

"你觉得我会听你说吗？我已经恨透你了。"

我说得口干舌燥。伯恩无话可说，终究只能接受我的观点。我或许可以说服自己，我不属于这里，但我不想让他证实这一点。

"那你当初为什么答应威廉姆斯教授，同意让我来这里？"我问道，一股热泪从我脸上流下来。

"因为我……我很敬佩你。即使当时我不认识你，我也无法抗拒你。"

敬佩我？抗拒我？听到这些话，我觉得头更晕了，有一瞬间几乎快晕倒了，是伯恩的手放在我的肩上，支撑住我，才没有使我倒下。

"你说什么？"我问道。

"天啊，艾琳，你不知道自己有多迷人吗？"

伯恩抬起搭在我肩上的手，往后退了几步，然后从上到下打量了我一番。我感到自己在摇晃。他转过身，快步走到窗前，然后背对着我。

"我不懂你在说什么。"我说，同时听到自己的脉搏跳得很大声。

伯恩能听到我的脉搏声吗？

伯恩又转过身来面对着我，他的双臂自然下垂。"不，你不知道在我眼里你有多么迷人。"他叹了口气，"在我眼里，你是一个非凡的女人，你立志成为出色的人，做一些其他女人不敢做的事。你去满是男人的学院里上学，最初那里只有一人欢迎你，但最后所有人都对你心服口服。你和一群厌女的老单身汉还有那些盼着你离开的"妻管严"男人抗争。想象一下，艾琳。回想一下你当时是什么感受。"

伯恩停顿了一会，仿佛给我时间回想。我轻轻摇了摇头。他继续说："那在这儿呢？在罗斯康芒郡，那一天迷雾蒙蒙中，你在路边蜷缩在小马旁边的样子，我终生难忘。我看到你骑着布拉兹，像战士一样穿越乡间，在风中穿梭，无拘无束，所向披靡，决心打倒野兽般凶猛的男人。我的上帝，即使是罗马天主教神职人员也无法抗拒这样迷人的你。"

伯恩双手扶着自己的头，好像担心它会掉下来。"像你这样美丽坚毅的人，谁能抗拒得了呢？我怎会不想将你占为己有呢？"

将我占为己有？我目瞪口呆地盯着他。

"想将我占为己有？"我终于忍不住哽咽了，我等这句话已经等了很久了，这是我日思夜想，梦寐以求的。此时此刻，我竟然真的听到了，伯恩真的向我表白了。

伯恩点了点头，然后走上前，把我拉进他的怀里。我们的目光交织在一起。我看起来木讷与否，已经无关紧要了。此时此刻，已经没什么好说的了，一切都明朗了。

伯恩吻我时，我并未感到诧异。相反，这个吻给了我一种落叶归根的感觉，我似乎终于找到了那个梦寐以求的家。曾经种种的自我怀疑——自己是否属于爱尔兰，属于阿斯利格村，是否应该继续和伯恩待在卡斯尔奇宅，此刻，就像风中的雪花，飘向远处，消失殆尽了。空间里只剩下与我相拥的伯恩、炉火的温暖以及强烈的归属感，我终于找到了一直都在寻找的地方。

我们暂时脱离了彼此的怀抱，望向对方。

"你想拥有我吗，艾琳？"伯恩声音沙哑地问道。我眨了眨眼，没有说话，但伯恩已经知道我的答案了。"你确定吗？"

伯恩含情脉脉地望着我，他满眼都是我，我唯一能做的只有点头。

我和伯恩激情过夜的那天晚上，我才意识到，一个人能给另一个人带来这么多快乐。多萝西告诉我，她和爱德华是柏拉图式婚姻，如果我当时知道这一点，我一定会恳求她不要排斥肉体上的结合。怎么有人会这样惩罚自己呢？也许，只有伯恩这样出色的爱人才能说服多萝西改变她的想法。不过我也不想去思考，如果爱德华不是她的真命天子，谁还能成为她的爱人呢。

天还没亮，伯恩再次让我喘着粗气，兴奋地达到高潮。一番折腾后，他睡着了。我想起泰勒曾说过，伯恩先生是个"大众情人"，我情不自禁地笑了。在一种令人满足的状态下，在一种超脱世俗的幸福与祥和下，我想，我得感谢那些教会他结合艺术的女人。我无法与其他人比较他这方面的才能，但我的身体告诉我，他的技艺很娴熟。

接着，我头一回想到，自己真是太幸运了。兽医是我最热爱的事业，而我的伴侣伯恩，恰好精通兽医学，而且他还是个专家，我们能够互相交流技术。我们不仅能一起做喜欢的工作，还能一起享受美好的夜晚。没想到四处漂泊了这么久，我又回到了爱尔兰的乡村，在最初的地方，找到了属于我的幸福，这真是太不可思议了。我闭上双眼，想起在蒂珀雷里郡时，奈德的头枕在我的腿上，我看着蹄铁匠给他换马蹄铁，无意中听蹄铁匠提起，他有个同事去参加了兽医培训。我将身子往里靠了靠，贴近伯恩的身体，此时，我突然意识到，我或许已经实现了儿时的梦想，甚至还超出了自己的预期，我如愿以偿成为一名兽医，这份职业给我带来了成就感，我也收获了幸福。

我沉浸在这段奇妙的经历里，忘记了时间。清晨的阳光依稀透过窗帘的缝隙射进屋子，伯恩穿衣服的声音把我拉回了现实。

"我该走了。"伯恩说。他坐在我身边，温柔地拂去我脸上的一缕头发，我把手放在伯恩的小臂上。回想起以前，每当他抬起马腿，从母牛身上拽下牛犊，举起羊或者做其他类似动作时，都会挽起袖子，露出胳膊，我看到了总会忍不住赞叹这粗壮结实的胳膊。我怎么从未想过，这双手将来会抚摸我的身体？我们轻柔地吻了对方，伯恩起身要走了。

"诊所见，卡斯特小姐。我相信你不会迟到的，对吧？"伯恩说，他的眼睛闪闪发亮。

伯恩走后，我将身子挪到他之前躺的地方，他的位置已经变凉了。昨晚感受到的那份温暖与自由，那种全世界只剩我们二人，你侬我侬的热烈心情，似乎都跟着伯恩渐行渐远，逐渐冷却消逝了。我坐起来，赤脚踩在地上，试图利用冰冷坚硬的地板，厘清思绪，可依然无法冷静思考。种种思绪和画面，如同泥泞的小猪躲避农夫捕捉，从我脑海里一闪而过，它们交融碰撞，纷纷扰扰，不断冲击我的脑袋，然后转瞬即逝。我感到头晕目眩，思绪不受控制。

现在是什么情况？我们做了什么？释放了什么情感？这些情感又该称作什么？我们将何去何从？这段感情会持续多久？我们并肩共事了这么久，对彼此的感情早已溢于言表，怎么可能没有向对方表露过心迹呢？又或许只是因为，之前从来没有人敢坦白这份情感？我的双膝在颤抖。

我已经三十多岁了，在大多数人眼里，我是个单身老女人。可实际上，虽然我对恋爱毫无经验，可我却并非一无所知。我知道男女关系的实质，也明白爱情和欲望会蒙蔽人的双眼。但显而易见，我和伯恩的关系与此不同。我们共事了好几个月，对彼此都有一定的了解。我们不仅是同事，更是朋友。尽管彼此来自不同的民族，出身各异，宗教信仰也不同，但我们志同道合，互为知心伴侣。我们现在看来，可能只是一时兴起，但内心深处我们始终爱慕和钦佩着彼此，只是不曾言说罢了。那我现在为什么在发抖呢？我后悔了吗？还是害怕了？

我走到窗前，拉开窗帘，向花园望去。窗外白雪皑皑，但并不刺眼，晨曦中透出洁白柔和的光亮。不，我一点也不后悔。尽管此前我很迷茫，疑虑重重，但现在我已经找到了答案，坚定了内心所想。我要与伯恩在爱尔兰长相厮守，在这片热爱的土地上，从事自己心爱的事业。

数月之后，有一天，我和伯恩去罗斯康芒郡狩猎，虽然打猎耗费了我们不少体力，但同时也很令人开心。回家的路上，伯恩骑着宙斯，我骑着布拉兹。他慢慢地靠近我，然后把手放在我的膝盖上。虽然伯恩只是轻轻碰了我一下，我的内心却忍不住汹涌澎湃。我深深地吸气，吐气，试图平复激动的心情。我看向别处，假装欣赏远处的森林和群山，但实际上，我在努力掩饰嘴角的微笑。

"你真的不是在马背上出生的吗？"伯恩问，"我看你骑了一整天的马，竟然都不感到疲倦。你还能朝着河堤快马加鞭，我都不敢直视你。我即使跨骑在马背上，骑马之前都会犹豫一下，何况你是侧骑，行动更加不便。布拉兹被你训练得太好了。你骑马时从不感到害怕吗？"

我戴着手套，握住他的手。没有比伯恩的赞美和抚摸更使我高兴的了。"伯恩先生，只要有你在我身边，陪伴着我，注视着我，我就拥有勇气和力量，便能无所畏惧了。"

"可问题是，男人们一见到你，眼睛就直勾勾地盯着你。我有时在想，他们来这儿是不是就是为了看你。"

伯恩不像是会吃醋的人，我暗自发笑。"有个办法可以不让男人们盯着我看。"

伯恩看了我一眼，什么也没说。

"如果我们结婚了，他们就不会盯着我了。"

"真的吗，艾琳？你觉得结了婚，男人们就不会盯着你了吗？"

"是啊。男人很快就会对已婚女人不感兴趣了，难道不是吗？当然，如果可以，希望丈夫们不要那么快对妻子失去兴趣。"

"不会的。"

"男人不会对已婚女人失去兴趣吗？"

"这不可能。"

"什么不可能？"我问。我知道伯恩想说什么，但还是开口问了。我很后悔，我不该调侃他的。

伯恩把手从我腿上拿开。我破坏了这个美好的气氛。

"你应该明白，"伯恩说着，低头往下看，"我可以和新教徒一起共事，但绝不能和新教徒结婚。"

伯恩停顿了片刻，我们都沉默了。只剩下马蹄声咔嗒咔嗒，缓慢地响着。接着，他继续说："如果我们结为夫妻，不仅诊所会面临倒闭，我身为民族主义者的名声也会因此断送。结婚会毁了我们的一切，艾琳。别想着我们会结婚了。"

"阿斯利格村的民众最终会习惯的。"我说，尽量以轻松的口吻回答他，"想当初我初来乍到，大家都极力反对我，但现在大家都接受我了。"

"总之我们不能结婚。"伯恩说。听他的语气，我知道他不想再谈这件事了。

伯恩说得对，我没再提起这件事了。我回想起几年前，爱尔兰议会党领袖约翰·雷德蒙德（John Redmond）和英格兰新教徒艾达·比斯利（Ada Beesley）结婚，就引起了不小的骚动。虽然女方当时保证会皈依天主教，但这并未改变爱尔兰人对她的态度，他们依然很抵制她。约翰·雷德蒙德的职业生涯，也因此受到了不小冲击。

其实，我本来也没执意要改变什么。不管怎样，每当夜晚来临，用人们下班后，我都会偷偷跑到伯恩屋里过夜，然后趁他们第二天还没醒前，回到自己的房间，但是我也不介意自己一个人住。我们每周都会在自己的屋里，独自过几天夜，我和伯恩都觉得这样很好。我从未质疑我们对彼此的爱，我们深爱着对方，也喜欢依偎在彼此身旁，但这并不妨碍我们享受独处的时光。虽然有时不在一起，但伯恩总会在下次见面时给我惊喜。

狩猎结束一两周后，伯恩递给我一张邀请函，邀请我去坎布里亚郡（Cumbria）的温德米尔镇，参加全国兽医大会。

"我受邀作为此次大会的演讲者，我们一起去参加吧。"伯恩认真地说，"我会告诉主办方我们一起去。"

"一起去？真的吗？你去英格兰需要我保护吗？防新教徒还是保皇党？"我打趣道。

伯恩没有理会我的玩笑。"当然，到那里之后，我们各自睡一间房。既然你是兽医，兽医大会你就应该到场。"

我微微点了点头，努力掩饰我的喜悦。

尽管这次我是作为参会者而非专业人士，去参加全国兽医大会，但我还是很喜欢这次活动。伯恩演讲的主题是，"细菌学和病理学对兽医的重要性"，与女性话题无关，但他还是设法在演讲过程中，发表了他对女兽医的看法。伯恩的观点很明确，台下的听众都很清楚，但大会结束之后，再也没有人公开讨论过这个话题，期刊上也没有任何相关的报道。

演讲结束时，伯恩总结道："如我所言，细菌学和病理学对兽医行业未来的发展至关重要。若不加深对这两个学科的理解，兽医的专业领域就无法进步，兽医工作也会陷入困境。加强对细菌学和病理学的调查研究，并进行多方面的实验研究，不仅会拓宽我们的知识面，促进兽医行业的发展，还能引进新的专业领域和重点，为兽医界的男兽医和女兽医，提供新的研究方向，最后使所有人受益。"

我给了伯恩最真挚热烈的掌声。

"你觉得我该从政吗？我是说，你觉得我该投身政治吗？"那天晚上，伯恩开玩笑说。兽医大会的演讲很成功，伯恩精神倍增，喝了不少酒，他睡前偷偷溜进了我在旅馆的房间。

"不要。"我说着，搂住他的身体，"投身政治会影响我们的感情。现在这样就挺好的。"

下一周，我们回到了卡斯尔奇宅。一天，我刚接生完牛犊，回到空荡荡的诊所，狗狗们紧随其后，跟着我去医务室找伯恩。医务室的桌上放着翻开的日记本，按理说伯恩应该在这儿，但屋子里找不到他的身影。

"伯恩先生说他会在天黑前回来，卡斯特小姐。"我去问马夫时，他说。

黄昏时分，我关上诊所门，和斯宾塞一起走回房间。回去的路上，我听到一阵马蹄声渐渐靠近，便顺着道路往回看。只见伯恩骑着宙斯，手牵一匹优雅的灰白色阿拉伯马，朝我们走来，我没见过那匹马。

"卡斯特小姐，真是太好了。"伯恩喊道，"来得正好，我有东西要送你。"

我接过缰绳，把那匹漂亮种马带到草坪上。他长得比一般的阿拉伯马高，而且具备阿拉伯马所有优雅高贵的品质。他的脖子呈优美的长拱形，尾巴也翘得很高。我把手放到他漂亮的楔形脑袋上，他淘气地用头顶了顶我，鼻子呼哧了一声。

"这匹马真漂亮。"我感叹道。

伯恩下了马，走到我身边。"领养协议上说，他是由最好的马培育出来的。他有七个名字，但最后取名叫纳赛尔。"

"你好，纳赛尔。"我抚摸着他光滑、倾斜的肩膀，想象他奔跑起来时飘逸俊朗的姿态。菲茨少校的朋友养了许多匹阿拉伯马，几年前，我曾骑过一匹，那匹马骑起来很平稳，当时我骑得非常开心。"你打算用他来育种吗？"

"这匹马不是我的。我买来送给你。"

"什么？"

"纳赛尔是你的。"

我激动地奔向伯恩，扑进他的怀抱，一时忘了自己还牵着纳赛尔。纳赛尔被吓到了，他畏缩不前，头使劲朝后仰，差点儿把我们都拉倒在地。

"哇！你们俩都冷静一点。"伯恩笑着，接过我手里的缰绳，轻抚纳赛尔的脖子，"没事的，小伙计。她只是有点激动。"

"激动？我……我……"我看向伯恩，又看看漂亮的纳赛尔，激动得说不出话来。我从未感到如此开心。我吻了伯恩，完全忘记观察周遭，有没有人在看我们。"谢谢，真是太感谢了。我从来没有收到过这么漂亮的礼物。但你为什么要送我一匹马呢，伯恩先生？"

伯恩微笑着。"为什么要送你一匹马？也对，你当然会好奇。是这样的，卡斯特小姐，我无法给你戒指，无法和你举行婚礼，我无法娶你，让你成为伯恩夫人。但我能送你一匹白马，希望你能接受他，作为我们的定情信物。"

第二十四章

如果不能结婚

1904 年
爱尔兰阿斯利格村

季节更迭，年复一年，伯恩和我一起在卡斯尔奇宅的诊所工作。无论是刮风下雨，还是晴空万里，我们都会跨越整个郡，外出问诊，照顾动物。我们的客户数量不断增加，我们也更加忙碌，这不仅是因为越来越多的罗斯康芒郡农民放弃了偏方，转而采用我们的建议、方法和药品，还因为他们饲养的动物数量在增加。为了提高产奶量，农民们饲养更多的奶牛，就算是在一些并不肥沃的牧场，羊群的数量也在增长。

到 1904 年，为了应对业务增长，我们从原来饲养三匹马增加到了六匹，其中包括纳赛尔。我们还是像以前一样，单独负责各自的病患（我会抓住每个机会，骑着纳赛尔去拜访客户），但必要的时候我们也会共同治疗动物。有需要运输过于笨重的设备，不方便骑马时，我们便会坐上马车。

我们一起骑马或者坐马车，旁人便会扬眉，一脸惊讶地看着我们，但我会视而不见。我和伯恩共事时，始终保持着谨慎专业的态度。至少从表面来看，这里的民众越来越忽略我的性别，也日益忽视我和伯恩先生，这两位未婚人士一起工作的事。事实上，伯恩先生雇用了一位女兽医帮他处理事务，这已经不是什么新鲜事了。我已经证明了自己的价值。即使我和神父相遇，他也会对我挥手微笑。

在卡斯尔奇宅，我怀疑仆人们已经知道我们经常同床共枕。但是，他们从未显露出任何知情的迹象。冬日的早晨，伯恩回到主屋，有没有掩盖雪地上的脚印？我当然没有去掩饰。布丽奇特和菲奥娜上班时，经常在桌上发现好几对葡萄酒杯和茶杯，她们又会想象些什么？我不知道仆人们是否会对看到的事保密，还是会和别人分享，和亲朋好友谈论，但是她们从来没有人在我面前提到过或暗示过。

我唯一可以确定的是，我很快乐。

我每天早上都怀揣着希望起床。尽管大多数时候，伯恩只会偶尔出现在我身边，但我还是迫不及待想去诊所和他相见，看着他定型卷发，刮净胡子，敲定一天的日程安排。工作时，我们会认真对待客户和生病的动物。独处时，我们会偷偷牵一下手或匆匆亲一下对方。有几次，不管我在做什么，只要我抬头一看，便能发现他那炽热、骄傲、含情脉脉的眼神，我不禁想要纵声歌唱。

一个闷热的早晨，我们在蓝铃农场为几头公牛绝育，之后驾着马车沿河兜风，我摘下帽子，擦了擦额头上沁出的汗水。

"你会游泳吗？"我问。

"当然，你呢？"

"我可是一名杰出的游泳运动员。"

"真的吗？难道你是小时候骑马落水时学会的？要知道，能游泳可不等同于会游泳。"伯恩调侃道。

我故作娇嗔地拿帽子打了打他的胳膊。"我有个主意。我们在车道前的大泳池一较高下，看看谁更厉害。"

"卡斯特小姐！生活中可不是每一件事都需要争出强弱、分出胜负哦。"

"伯恩先生，难道你不敢接受挑战吗？"

当然，伯恩一定会接受挑战。我们把布拉兹和马车留在阴凉处，随后跑到水里，脱掉衣服，开始比赛。果然，伯恩手脚利索，先脱掉衣服。我看着他跑向泳池，赤裸着跳进水里。毫无疑问，水里很舒服。我脱下衬衣，解开紧身胸衣，扔在草地上，然后又依次脱下裙子、衬裙、衬裤，跳进水里。我喘着粗气，感到极致愉悦，冰冷的海水包裹着我滚烫的身体。

"来吧，"他踩着水，在池塘中央喊道。

我向他游去，在我快追上他时，他又拉开了距离，回过头喊道："第一个碰到柳树的人算赢。"

伯恩很快抵达了终点，我姗姗来迟。他抓住一根低矮的柳枝，搂住了我的腰。

"游得不错，卡斯特小姐，不过，你还没达到大学游泳队的标准呢。"

"你是校队的？"

"我可是一个多才多艺的人，"他一边用手抚摸着我的臀部，一边亲吻着我。

我们接吻了，我用双腿缠住他的腰，伯恩微微后仰，深情地看着我。

"我爱你。我爱你这个狂野美好的女人。我的生活不能没有你。"

倘若我们溺亡了，我会面带微笑着死去。我们之间的爱，在那一瞬间便成了永恒。

过了一会儿，我用一件衬裙擦干身子，整理衬衫。这时，我听到有声音从我们停放布拉兹和马车的地方传来。

有人喊道："喂？喂？"

伯恩向我游过来。我抬起手，指着马车的方向。

我们又再次听到那声音。

这次伯恩听到了，他顿时目瞪口呆。

我喊道："我马上就来。"

"卡斯特小姐？是你吗？"那人喊道，"这辆马车我认得。"那是奥弗拉纳根神父。伯恩立刻潜到水下。"神父！你好，是我。麻烦你在那里等一分钟，我……我马上就来。"

我匆匆穿好衣服，望着潜到水下的伯恩。他躲在靠近岸边的那根圆木下，卷发暴露了出来，就在圆木上方。我强忍着笑，走向马车，奥弗拉纳根神父正坐在他的马上。

"我在路上看到了马车，发现它无人看管。"

"我以为发生了什么事，"他看着我湿漉漉的头发说。

"没有，一切都好，神父。谢谢你。我受不了这高温，决定往脸上泼点水。我都没有发现自己的头发散开了。"

"好吧，你没事就好，你要去哪儿？"

"回卡斯尔奇宅。"

"来，我陪你去路口。"

虽然伯恩坚称，在炎热中走回家没什么好笑的，但我们还是笑得前俯后仰，直到肚子都疼了才停下来。我记不清，那时候我们在一起有多么开心了。

很久之前，多萝西就说要来看我了。我在阿斯利格村的第四个夏天，多萝西终于来了。我很高兴能和别人谈谈我和伯恩的事，尽管我并没有主动提起它，但多萝西确实很了解我的性格。

多萝西到达阿斯利格村后不久，我们与伯恩共进晚餐，吃得有点早。用完餐后，我和多萝西散步回房间，途中她突然问我："你愿意嫁给他吗？"

这问题让我大吃一惊，"什么？嫁给谁？"

"还能有谁？当然是伯恩先生！"

"不，当然不会，他是我的同事，也是我的雇主。你为什么要问这样的问题？"

我试图向多萝西解释，但她看起来并不相信。

"哦，艾琳——"多萝西的脸上满是戏谑。

"但是你怎么会认为——"

多萝西轻声笑道，"我又不是傻瓜。你可别忘了，你十岁，我就认识你了。"

"可是……你怎么会觉得我们……我……"

"我见过你对其他男人的态度，包括我的父亲、爱德华、伯蒂以及你的哥哥弟弟们，还有那些围着你转悠，想追求你的男人。我知道即使你对他们产生好感，也不会对他们心动。你对他们，就像对我一样开放友好。但是，你对伯恩先生不一样。"

"他是我的雇主，嗯……他还是一名兽医，我很佩服他。我在信中告诉过你，他是最杰出的兽医。"

多萝西笑着说："你在说什么？难道你爱上他，只因为他是一名优秀的兽医吗？同样，他回应你的爱，难道是因为他相信你能胜任这份工作吗？”

我望向田野的另一边，远处的地平线上，夕阳西下，阳光的余晖洒落在树顶上，遍地的小草都镀上了一片金黄色。现在是六月，白天漫长且炎热。

“不是你想的那样。”我解释道。

“你不会嫁给他吗？”多萝西反问。

我摇摇头。

“为什么？”

“不可能，多萝西。”我回答。“他是个信奉天主教的爱尔兰民族主义者，一个蹄铁匠的儿子，也是我的雇主。”

“难道不……”

“皇家兽医协会可能不给我颁发证书，但我就是一名兽医。伯恩先生也是兽医。我们绝不会越过那条线。”

多萝西斜睨了我一眼。“你们难道没有越过去吗？”

我咽了口唾沫，无言以对。

“夫妻还不能一起工作了？我从来没有听说过这样的规矩。”

“我能拥有这样的生活已经很难了，我不能毁了它。”我说。

我们走到小屋花园的大门，多萝西在门口停了下来。

“到底怎么回事？”

我耸耸肩，试图绕开她。她拦住了我。“别走，除非你告诉我。”

我告诉多萝西伯恩的情况，以及我对伯恩的一片深情。坦白之后，我感到一阵轻松。他对我有爱意，但不承认我们是恋人关系，这一点我看得清清楚楚。多萝西意识到了吗？她清楚吗？我并不确定。尽管多萝西生性敏感，但她除了告诉我，她和爱德华没有性生活外，从不和我谈论性事，现在也不例外。

"你永远都不结婚吗？"她问。

"不结婚。"

"这样似乎不太好。我知道人的思想存在分歧，也许有些人不赞同结婚，但是——"

"伯恩态度很坚定。"

多萝西沉默了一会儿。"这公平吗？那你呢？"

"如果我嫁给一个爱尔兰民族主义者，你能想象我的家人会怎么想吗？我的母亲最终会羞愧而死，就像她一直以来威胁我的那样。"

"过了这么久，你还在乎她的想法吗？"多萝西叹了口气。

"我也没办法，即使我改名换姓，我还是卡斯特家族的人。"

"你有收到过你母亲的来信吗？查尔斯的？或是别的兄弟姐妹的？"

我摇了摇头。

多萝西又叹了口气。"这么说，伯恩先生坚决不娶你，你还觉得这样更好？你们还会这样继续下去吗？"

"是的。"

"如果他改变主意，找一个爱尔兰女天主教徒，找一个契合他信仰，切合他政治立场、符合他公民身份要求的女人，那你该怎么办？"

"不会的，他不会那样对我。"

多萝西微微一笑。"希望不会。但是一段完整的爱情通常需要彼此的承诺……"

"他不会抛弃我和别人结婚。"如果我对多萝西说，一段完整的爱情也需要肉体的激情，她又会如何回应，就像她和爱德华之间，虽然彼此忠诚，却没有肉体的亲密。

"所以，艾琳，这里有你渴望的东西吗？有你向往已久的爱情，有你梦寐以求的工作吗？"

"有，有我想要的一切。"

"我为你感到高兴。"

我们走进小屋。多萝西把帽子放在桌子上，转过身对我说。"那伯蒂可会失望的。"

我笑了。"他肯定不会失望。多萝西，无论如何，你绝不能向外透露一个字。伯蒂、爱德华，或你父母都不行。我不能让查尔斯和母亲知道这件事。我要想以后与家人和好，就绝不能让他们知道伯恩先生。"

多萝西离开还不到一个星期，我终于意识到自己怀孕了。月经推迟、乳房肿胀，这些症状都没法忽视。此外，一次次莫名其妙的恶心，都让我证实自己怀孕了。

我想过要孩子吗？我当然想过。在我还是小女孩的时候，我就梦想组建一个家庭，就像威德灵顿一家那样。我会带着孩子们骑马驰骋，允许他们饲养喜爱的动物，无论多少都可以，并与他们自由地谈论各种话题。我们会一同用餐，讨论世界大事。我的孩子，无论男女，我都会予以鼓励，让他们做快乐的事，追逐自己的梦想。

我一旦开始学习，就不再幻想自己生儿育女的事，这从来都不是我优先考虑的问题，我也没有时间去放纵自己的异想天开。不过我承认，我爱上伯恩后，有时候会幻想，想象我们的孩子在卡斯尔奇宅长大。但大多数时候，我清楚地知道，我们永远都不会结婚，所以很快就会停止幻想，接受不可能的事实。

伯恩和我有谈论过怀孕的风险吗？没有。作为一名天主教徒，他坚持认为，使用避孕措施在本质上是邪恶的，所以我们没有讨论过避孕问题。但是我在想，天主教徒是否认为，未婚性交和避孕一样罪孽深重，还是他们认为避孕更加罪恶？

当然，虽然我们没有谈论过避孕，但我们都很清楚身体的运作规律。我也特别了解自己的身体，或者至少我是这么认为的。我记录着自己的月经期、排卵期和易受孕期。在特殊时期，我都会克制自己，远离伯恩。我想，他也清楚原因。我甚至觉得，他会感激我的谨慎行为。唉，但我并不能那么准确地监管自己的身体，终究还是百密一疏。

我也希望是我弄错了，所以犹豫了几天才告诉伯恩。但是，有一天清晨，伯恩正在为客户的马儿缝合伤口，当时我从卡斯尔奇宅的马厩里冲出来，吐了一地早餐，他埋怨我变得"格外敏感，异常脆弱"。

"我不会脆弱，从来都没有，以后也不会，"我又羞又恼地说，"我呕吐是因为我怀孕了。"

他愣在马厩门口，眼中浮现出一些陌生的东西，是恐惧吗？

"怀孕？"伯恩吞吞吐吐地说出这句话，好像需要很大的勇气似的。

"是的。"

"你确定？"

"不然我为什么会这么频繁地呕吐、贫血？还有这里？"我指着自己的胸部，它肿胀地紧贴裙子，让我倍感不适。

伯恩瘫坐在一张木凳上，像是瞬间被抽干了所有的力气。"我的天，怎么办？"

　　我沉默不语。我相信在那一刻，我们唯一的选择就是结婚。我们之间的差异、别人的看法都不再重要。我与伯恩结婚，与宗教、阶级、国籍，乃至社会都无关。结婚不仅是我们两个人的事，更关乎我们已孕育的新生命。

　　伯恩违背信仰和我结婚会背负怎样的污名，这已经没有讨论的必要了。他肯定会受到谩骂，这是事实，但我们会一起熬过狂风暴雨般的打击，度过艰难的丑闻风波。民众会慢慢习惯我们这对夫妇。我们会通过工作，通过诊所的服务，让他们信服，不再说三道四。阿斯利格村不会驱逐我们。伯恩的为人处世，会获得人们的爱戴与钦佩，而我，至少也能因为精湛的医术得到他们的钦佩。

　　我保持沉默，只希望伯恩与我想法一致。我们会顺利结婚，如有必要，我会改变宗教信仰。我们会生下孩子，如果想要，还可以再养育一个。我们的诊所也会蒸蒸日上，然后过上想要的生活。

　　"怎么办？"伯恩重复了一遍，声音渐渐变低，"我们该怎么办？"

　　伯恩竟然摇了摇头。他看起来很伤心，很沮丧。看到他崩溃的样子，我很生气。那个在我反抗皇家兽医协会，支持我的人在哪里？那个在我求职四处碰壁，勇于给我工作机会的男人在哪里？那个提出治疗方案，解决动物疑难杂症，让我每天感到骄傲的人在哪里？那个含情脉脉地看着我，说离不开我的人在哪里？

　　"伯恩，我们唯一能做的，就是结婚。"

　　伯恩站了起来，用手指拨弄着头发。斯宾塞偷偷溜走了。

　　"不，"伯恩斩钉截铁地说，"我们不能结婚！"

"可是……"

"艾琳，我们谈过了。你知道的，我们不能结婚。"

"可那时我还没怀孕。这是你的孩子，是他让这一切都变了！"

"对，他是我的孩子，但他并没有改变什么。你难道不明白他会给我们、给诊所带来什么影响？"他张开双臂，指着院子，动作略显激动。

我又觉得不舒服了，但不是因为激素，而是因为伯恩的话。如果他太过自私，不愿意和我一起做出一些牺牲，我怎么相信他是爱我的？难道我们的爱情就不值得他暂时背负污名吗？难道是因为他不够爱我，才不愿将宗教和政治信仰抛在一边，不愿捍卫我的名誉，选择我和孩子？难道多萝西说对了？伯恩会固执地坚守原则，坚持毫不自知的虚伪。他会抛弃我？我真是个傻瓜。

"如果不结婚，那我就走。"

伯恩沉默不语，或许我离开，正合他意，这样他的难题就迎刃而解了。

"我要回英格兰，做我该做的事。"我竭力抑制着自己颤抖的声音，渴望着伯恩能抱住我，但他并没有……

"你什么意思？"

"如果你不想娶我，不想要这个孩子，不想给我们一个家，你觉得我会怎么做？"

伯恩的脸涨得通红，不知道是因为羞愧还是生气。"堕胎？你肯定不会干出这样的事？"

"什么？"我吓坏了，我的本意并非如此。"我会——"

"我的天，艾琳！你还不明白吗？这就是我们不能结婚的原因！你那新教徒的邪恶作风令人厌恶！"伯恩打断我，略显歇斯底里地呵斥着我。

"令人厌恶？伯恩，我告诉你，什么是令人厌恶？那只是你不娶我的可怜借口罢了！一旦事情不顺心，你就只会将上帝、国家以及骄傲的名声，当作自己懦弱的借口。就算我令人厌恶，也好过你这个懦夫！我以前竟然爱过你！"

"艾琳！这太荒谬了，你理智点，我们……"

我没想到伯恩会这样理解我。我再也听不下去了，于是逃离诊所，回到小屋去。伯恩真的觉得，我是如此没有个性的人，我会如此轻视对他的爱，我会因为和他吵得面红耳赤，就轻率地决定要放弃孩子？他为什么把我想得那么龌龊，把我的上帝想得那么不堪，把我的子民和信仰想得那么邪恶？天主教在爱尔兰的传教真的那么坚不可摧吗？爱尔兰对英格兰人的误解，真的这么深入人心吗？

我砰的一声关上身后的门，瘫坐在长椅上。布丽奇特目瞪口呆地走进房间。

"夫人，我没想到您会回来，您不舒服吗？"

"是的，我似乎吃坏肚子了，你能帮我倒杯茶吗？不要加奶和糖。"

我坐在那里，喝了一会儿茶。斯宾塞躺在我脚边。我听见伯恩的脚步声渐渐靠近，随后敲门声响起。我能想到他那满是后悔、请求原谅的眼神。但他并没有进来……

我回到诊所时，伯恩已经不在了。我去了马厩，马夫告诉我，伯恩几个小时前就骑马离开了。日程表上并未显示他去了哪里。

那天下午，我与纳赛尔、斯宾塞拥抱道别，让布丽奇特把斯宾塞带回主屋，还给伯恩照顾，然后动身前往英格兰。

第二十五章

回到诺森伯兰郡

1904 年
英格兰诺森伯兰郡

我到达诺森伯兰郡时，多萝西不在法洛登庄园，于是我到牛顿庄园找菲茨少校和威德灵顿夫人，和他们待了两天。我在牛顿庄园生平第一次找不到独处的地方。少校第二次邀请我骑马时，我拒绝了，之后威德灵顿夫人拉着我的手，带我进了花园。

"亲爱的，你能告诉我，你怎么了吗？"她说。

"我很累。"我努力微笑，"我有点不在状态，但我保证很快就能恢复如初。"

她看着我，显然不相信。"你应该去找多萝西。"她说。

我最想和多萝西在一起，也只愿意和她倾诉。我本可以去法洛登庄园找多萝西，但他们夫妇住在伊钦阿巴斯（Itchen Abbas）附近，那是他们的私人住所，爱德华又刚刚担任英国外交大臣，工作异常繁忙，他们好不容易有相处的时间，这时候去汉普郡找她似乎不合适。

"法洛登庄园是他们夫妇独处的小屋，我不想去打扰他们。"

"你不会打扰到多萝西。你们的友谊就能给她带来最大的快乐。法洛登庄园充满田园风气，你们可以沿着溪流，听鸟儿唱歌，和鱼儿嬉戏，赏花儿微笑。而且，爱德华工作日都在伦敦。"

第二天我便前往汉普郡，多萝西热情地欢迎我，小金对我直摇尾巴，但小蜜对我无动于衷。这两只博美犬的身体状态很好，在爱德华和多萝西的小屋里非常自在，比我想象中好得多。正如多萝西曾经描述的那样，这个地方很小，一眼望去是各种树木和灌木丛，枝叶遮盖，小屋若隐若现，直到走到门口，才能看得到全貌。鸟儿歌唱，微风吹拂着枝叶，河水潺潺地流着，十分恬静。我明白为什么这个小屋适合多萝西居住了，正如威德灵顿夫人所说，爱德华不在屋内，他还在伦敦工作。多萝西看到我后一脸困惑，可以看出我的意外造访让她感到担心了，但她并没有要求我说明原因。

第二天，我和多萝西带着狗狗们坐在长满青草的河岸边。他们夫妇有一本日记本，会记录下见到的各种鸟儿，以及听到的各种鸟叫声。多萝西拿出本子，又在做着笔记。我终于告诉她，最近发生了什么。

"你对伯恩先生的看法是对的。"我说着，揉了揉小金的耳朵。她放下笔记本说："发生什么事了？"

"他抛弃我了。"我说。

"他有别的女人了？"多萝西问。

我摇摇头，感到喉咙一紧。"我怀孕了。"

多萝西盯着我，眨了几下眼睛，我想她是不是吓了一跳。她去过卡斯尔奇宅，并且猜到我恋爱了，难道她觉得我和伯恩的关系会很纯洁吗？还是她只是对伯恩抛弃我感到惊讶？

她调整了一下姿势，仿佛裙子下的厚草突然很膈应。"因为你怀孕了，他就抛弃你？"

"嗯。他的回复很简洁。我说，无论如何，我们必须结婚。他……他拒绝了，说我们不可能结婚，然后就走了。"

"拒绝和你结婚，然后就跑了？他去哪儿了？"多萝西问。我耸耸肩。"他去哪儿和我没关系。"

"这就是你回英格兰的原因吗？"多萝西又问。

"是的。"我说。

"我们起来走走吧？"她说着，不等我回答就起身。两只狗狗率先跑在小路上。

伊钦河里长满了水田芥。有些水田芥像河岸上的草一样绿，水流缓慢，清澈见底。这条荫凉的环形小路沿着河道蜿蜒，四周是茂密的树木和灌木丛。蝴蝶、蜻蜓、蜜蜂，还有其他我不熟悉的昆虫飞来飞去。多萝西指着两只翠鸟给我看。我尽量不去想伯恩，不去回忆他那双悲伤忧郁的蓝色眼睛。

"河里住着水獭一家。每天早晨，以及大多数傍晚，他们都会在小屋附近的河岸上玩耍。"多萝西说，"我今晚就带你去看看他们。"

"来找你之前，我没想到这里这么漂亮，"我说，"尽管你描述得如诗如画。"

"没有比这里更宁静的地方了。爱德华称这里为'理智的回归地'，特别是卸下议会应接不暇的任务，结束伦敦繁忙的生活后。周末，他会站在齐膝深的地方钓几个小时的鳟鱼。我问他有没有钓到鱼时，他说，'不知道，也许有吧。'是否钓到鱼没关系，他已经满足了。"

多萝西谈到爱德华时，言语之中满是温柔，这让我感到一阵刺痛。

我和伯恩体验了激情热烈的性生活后，我立刻十分同情多萝西。现在我才意识到，虽然他们两个在一起，可能没有体会到肉体碰撞带来的快感，但他们的爱情却长长久久。而我和伯恩不管发生了什么，体验到了什么，我们的爱情却像是镜花水月。

"你打算怎么办？"她问。

"我不知道。希望离开他后，我能清醒过来。也许某天早上醒来，我就会有答案了。"

"你确定他不会改变主意娶你吗？怀孕无论对你还是对他，都是个打击。也许他只是需要时间来适应。"

我摇摇头说："他从头到尾都非常清楚，他不可能和我结婚。"

多萝西望着河对岸说："希望我能找到解决办法。"

"我也想找到。"我回答，"但你有没有答案都没关系。我只想待在你这小屋里，安静地和你交谈。"

"你待多久都可以。"多萝西说。

我在伊钦阿巴斯没有找到任何答案，但我的内心无比宁静。这里的日子静谧，而且可随意支配，与卡斯尔奇宅忙碌而紧迫的生活节奏截然不同。我花了几天时间才慢慢清醒过来，记起诊所的行程表上没有烦人的日程安排。我尽量不去想，我不在时伯恩会有多忙。

我和多萝西端着咖啡到小阳台上，看着水獭从泥泞的河岸滚到水中嬉戏。我们漫步到村子里补充生活补给，小蜜和小金紧跟在后。我们在树下待了几个小时，指着鸟儿给对方看。多萝西对鸟类了如指掌，她只要看一眼，听一下，就能认出每一种鸟，并且说出各种鸟类有趣的习性。爱德华每隔一天就会给多萝西寄信。多萝西眼里闪烁着喜悦的光芒，读着一封又一封信，我看着她心生羡慕。

周末来临了，我在小屋里待了将近一个星期，我知道是时候该离开了，我不想打扰爱德华和多萝西在一起的时光。我想回到牛顿庄园，和菲茨少校一起骑马，告诉威德灵顿夫人我的情况。我意识到，多萝西是我倾诉的对象，而威德灵顿夫人是寻求实际建议的最佳人选。正当我要去找多萝西，问她是否愿意到村里看看火车时刻表时，她就在花园里找到我了。

"爱德华来消息了。"她拿着另一封信说，"爱德华说你母亲病得很重，这周他拜访了乌苏拉，乌苏拉很担心你母亲的身体，已经派人去找查尔斯了。"

"他们在肯辛顿吗？"

"是的。"她看着我，眼睛微微眯了起来，"你知道查尔斯卖了里索威城堡吧？"

"我不知道。"我离开很久了，其间居然都没有回过城堡。这对我来说，似乎是有点不大对劲。

"你觉得我应该去吗？我是说去找我母亲？"多萝西点点头。

伦敦比我记忆中更闷热、更繁忙，街上车水马龙，人来人往，异常热闹，甚至还有几辆汽车隆隆驶过。我坐着马车去母亲家时，欣赏着来往的马儿。伦敦的天气雾蒙蒙的，街上的马儿毛发光滑，身姿强壮，弥漫着傲气，多么壮观啊。一个高大的男人骑马经过，紧贴马鞍的是一双健壮的大腿，这让我想起了伯恩。我喜欢看伯恩灵活地坐上宙斯的马鞍，飞驰而去的场景。但是，我无法想象伯恩在伦敦是如何生活的，尽管他在伦敦的皇家兽医学院学习。他不学习的时候都做些什么？一条条铺就的街道，熙熙攘攘的人群，公园里修剪得整整齐齐的灌木，都让我感觉很压抑，伯恩肯定也一样。

伦敦熙熙攘攘，马匹繁多。《兽医记录》显示，当地有一百多名兽医。即使兽医数量庞大，但他们工作依然忙碌。我在想，在伦敦工作是什么感觉。伦敦的兽医需要外出会诊，还是大部分动物会被带到诊所医治？他们医治牛羊的次数有多频繁？越来越多人把小型动物当作宠物，有多少兽医开始关注狗狗的疾病？我无法想象在伦敦工作的情景。我把手放在胸前，暗自发誓，不管怎样，未来我都不会在伦敦工作。

我来到肯辛顿的那所房子，开门的是个男管家，但我不认识他。

"早上好，女士。我们有邀请您吗？"他问。

"没有。我来看我妹妹乌苏拉·卡斯特小姐。"我脱下手套回答。

他盯着我，显然不知道我的存在。

"我的两个哥哥在这里吗？"我说。

"查尔斯爵士昨天到了，我带您进去，卡斯……卡斯特小姐？"

我点点头，跟着管家进了大厅，等他离开客厅，查尔斯立刻就出来了。他没有穿海军服装，而是穿着深色的西装，这很不寻常。但他还是像我记忆中那样，精心打扮，穿着讲究。他脸上少了些阳光暴晒的痕迹，显得更加英俊。他很适合当侍臣。

"艾琳，你来了，真令人惊喜。"他说，但那并不是惊讶的语气。

"我和多萝西在一起，听爱德华说母亲身体不适，她怎么样了？"我说。

"她不太好，医生很担心她的状况。"他回答。

乌苏拉从查尔斯身后走出来。她身材苗条，头发乌黑亮丽。母亲年轻时，祖父母委托别人为母亲作了一幅画像，乌苏拉简直和当时的她一模一样。

"你好，乌苏拉。"我说着，侧身探着脑袋看向乌苏拉，与她进行眼神交流。

"你来这里做什么？"乌苏拉噘着嘴巴，貌似很生气，她看了查尔斯一眼，"她只会让母亲不高兴。"

查尔斯瞥了一眼管家，管家站在门口，像一只猎食的苍鹭，随时听候指令。"我们去客厅吧。道森，我们品茶的时间提前了，你准备一下，谢谢。"

我不期望家人对我笑脸相迎，但我希望他们能礼貌一些。母亲生病了，我以为他们能暂时将个人的情绪收一收，将对我的怨恨暂时放在一边，我们可以彼此相互关心。但看到乌苏拉态度十分强硬，眼神带着谴责，我就知道是我想多了。我在想，如果乌苏拉是我的客户，斯普雷尔先生会建议我怎么做。我应该态度更强硬一点，还是对她的冷漠视而不见呢？最终我选择了中立的态度。

"乌苏拉，我不想惹母亲不高兴，但我想见她。"我说。

"我敢肯定，母亲不想见到你。就是因为你，母亲有多么焦虑，你知道吗？"乌苏拉问。

查尔斯皱起眉头，示意我坐下，我照做了。"乌苏拉，你不能替母亲做决定。等母亲醒过来，我会去问她。"

"母亲现在是清醒的吗？"我问。

查尔斯点了点头，"她的睡眠时间很长，医生说这种状态最好。她醒来时，意识很清醒。"

"母亲不能太劳累。"乌苏拉说。

"我明白，我会在这里等她醒来。她想见我，我就去找她。我会尽量避免让她难过或者劳累。"

乌苏拉咕哝着离开客厅，道森把茶端来便离开了。我试着和查尔斯交谈，但他没想要好好和我聊天；我询问他在宫廷的生活状况，他的回答都很简短。查尔斯没有问我情况怎样，也不关心我的生活。我的茶还没喝完，我们就没话题聊了。我们怎么可能是亲兄妹？简直是两类人，没有共同话题。我看到乌苏拉出现在门口时，松了一口气。

"母亲醒了，但是不太舒服，不宜探视。"她说。

查尔斯站了起来说："你没提到艾琳在这里吗？"

乌苏拉低下头说："母亲不适合见任何人。"查尔斯叹了口气，离开了客厅。

"你和查尔斯凭什么来这里，凭什么接管这所房子。你们没有权利。"乌苏拉低声说，"你给我们、给母亲带来了什么？羞耻与伤害。而我一辈子都守在母亲身边，照顾她，保护她，让她免受你的影响。我不会任由你让她蒙羞，我也不会任由查尔斯随意摆弄。"

我双手抱着肚子，仿佛乌苏拉能看出我怀孕了。我为何而来？我真是太天真了，竟然期待得到谅解和安慰。

"我不想跟你吵架，也不想和母亲以及任何人争吵。我只是想看看母亲。我想如果我……"

"你会向母亲道歉吗？但是你给她带来了这么多麻烦，她还会因你的忏悔得到安慰吗？"

也许我应该认同乌苏拉的说法。很显然，我的梦想给家人带来了痛苦，如果我谎称后悔追寻自己的梦想，即使他们相信了，或者当下相信了，那又有什么意义呢？也许我应该答应乌苏拉的要求，但是我不能这样做。我并不感到愧疚，相反，我感到自豪。我为自己是一名兽医而自豪；为自己在面对皇家兽医协会的一再阻挠，仍然坚持兽医梦想而自豪；为自己在阿斯利格村和伯恩一起医治动物而自豪。

乌苏拉训斥我，就像保姆训斥淘气的孩子。不知道是因为感到绝望，还是我的情绪不稳定，我没有接受乌苏拉的要求，也没有拒绝她，而是沮丧地哭了起来。

"艾琳？"乌苏拉缓慢地挪动双脚，似乎想要逃离这里，但又觉得应该克制一下自己，她说，"我给你拿块手帕，不要……"

这时查尔斯来了，他看了看我，又看了看乌苏拉。

"抱歉。"我说着，用手擦去眼泪，"我不想当众出丑。"

查尔斯清了清嗓子说："母亲说她会见你。如果没什么事的话，明天或者后天十点，她可以见你。"

我叹了口气，已经忘记何时有如此疲惫感了，"谢谢你。"

"你住在哪里？"查尔斯问。没有等我回答，他又说："我让道森叫辆马车去接你，明天十点见。"

那天早上我受到了冷淡而尴尬的接待，我的哥哥和妹妹没有邀请我住家里。尽管我们分开了这么多年，有陌生感很正常，但我还是很沮丧，他们对我有了新的敌意，我需要重新振作起来，坚强对抗生活。我的眼泪来得快，去得也快。

"我明天再回来。"我说着，戴上手套朝门口走去。

我和车夫说去王宫酒店，住在那里很奢侈，但是离家很近，比较方便。感谢他们将我拒之门外，我更享受酒店带来的舒适感。

这次回家让我十分震惊。我忘记了卡斯特家族是多么的冷酷无情。我与威德灵顿夫妇度过的时光，以及伯恩对我充满智慧的爱，我习惯了这样正常的相处生活。我站在酒店房间里，看着肯辛顿花园的秋叶，我知道我最想回到爱尔兰，和伯恩生活在一起。阿斯利格村的那个家属于我，我渴望回去，也必须回去。我和伯恩一定有办法和解。我想和他在一起，就像我当初想当兽医那样坚定。我曾经拼尽全力去当兽医，现在为了能和伯恩在一起，是时候再奋战一次了。

那晚我给伯恩写了信。

亲爱的伯恩先生：

我的突然离开，以及由此给诊所带来的不便，在此向您道歉。此前的言行并非我本意，我现在已经恢复正常，重拾自我。我目前在伦敦，准备看望病重的母亲，预计要在伦敦待一两周。之后，我会返回阿斯利格村，我希望和你谈谈最近发生的事，规划下诊所的未来，期待我们能继续合作。

回信请按上述地址寄回。

致以美好的祝福，敬启

艾琳·卡斯特

第二天早上，我准时来到家门口，道森开了门。乌苏拉不在家，查尔斯从客厅出来，带我去见母亲。

我们走到母亲卧室门口时，查尔斯说："今天母亲病情有好转，医生对此很满意，但是她不能过度劳累。"我点点头。我在想，查尔斯觉得我会对母亲做什么，难道我会逼迫母亲到户外去，让她在海德公园散步吗？

母亲看起来十分娇小，被褥似乎随时会将她完全遮盖住，她已经不是我记忆中强大、优雅的母亲了。房间里又暗又闷，弥漫着薄荷和桉树的气味，我真希望能打开窗帘和窗户透透气。我走到母亲身边，她一直看着我。

"母亲。"

母亲抬起瘦骨嶙峋的手，指着床边的一把椅子说："坐吧。"我便顺势坐下。查尔斯在门口徘徊。

"母亲，我要留下来吗？"查尔斯问。

母亲轻轻摇了摇头，查尔斯便离开了，轻轻地关上了身后的门。

"只有听到我即将死去的消息，你才会来见我吗？"她的身体可能变小了，但声音和年轻时一样有力度。

"我听说，今天你的病情好转了，医生对此很满意。"我说。

"医生对我的病一点都不了解。"母亲上下打量我，"你比我记忆中更壮实了。"

我有点慌。我怀孕被发现了吗？当然，这不可能，不可能。母亲只是和以往一样，指出我在女性形体上的不足罢了。

"当然，"她继续说，"与秀气的乌苏拉相比，你总是显得比较粗壮。乌苏拉看起来就很淑女，不是吗？"

"是的，她很好，非常好。"

"什么风把你吹来伦敦了？"

"当然是因为您。我去拜访多萝西和……"

"你知道的，我不会死。至少现在不会。你这么久没来看我们，现在也没必要来。"

"母亲，我写过信给你。我每年生日和圣诞节都寄了贺卡，让你随时知道我的确切行踪。"我解释道。

"我不想要信件，也不想要生日祝福和圣诞贺卡。"她说。

"那您想要什么？"我问。

"你知道我想要什么。我希望你不要再让自己难堪，也别让我们难堪。回家吧，做一个卡斯特家族的人，行为举止像查尔斯一样。"

我咽了口唾沫。"我现在就在这里了。"

"是的，但现在我累了，明天再来，不，后天吧，后天同一时间。"

"我们能不能……"

"不能。我们两天后见。"母亲闭上眼睛，我便离开房间了。

寄出信的第二天和第三天，我都没有收到伯恩的来信。于是我又重新写了一封，内容与上一封一致，语气轻松，充满期待。我不敢在信中说出所有的感受，以防别人看到。我相信伯恩读到信时，会明白我不顾一切想与他复合的决心，但他没有回信。

我继续按照母亲的吩咐去看她。医生证实母亲的病情在逐渐好转，但她每隔一天才能见我一次，和我谈话的时间不多。我们也只是聊聊她的睡眠质量，她向我吐槽医生的无能，以及抱怨宫廷外的生活很无聊。我之后再也没有见到乌苏拉，去过几次之后，查尔斯就放心让我自己去母亲的房间了。

看望母亲的间隙，我会去伦敦公园散步。我看着海德公园里的马儿，便也十分渴望骑马。

一天下午，我突然发觉自己走到了兽医亨利·格雷先生的房子外，斯普雷尔先生多年前跟我提起过他。我走近一扇巨大的窗户，上面写着"马、狗和猫的医务"的广告，很明显，窗户的空间不够，这则广告的最后一个字没有写完。我透过窗户往里看，它更像是窗帘商店，而不是兽医诊所。

"小姐，有什么可以帮你的吗？"

门口站着一个瘦小的男人，他戴着一顶光滑的高顶礼帽，留着长长的胡子，拄着拐杖。

"格雷先生？"

"是我。"他向街道望去，以为我的马或狗跑丢了，"你需要我的帮助吗？"

"不用，谢谢。我只是对你们的手术室很好奇。你们后面有隔间吗？"

他皱起眉头。"没有，隔间在街对面，你为什么这么问？"

"我知道你也是兽医，可以让我看看你们的治疗设备吗？"我问。

"你说什么？"

"我想看看，城市的兽医诊所和乡下的有什么不同。我听说你是伦敦爱狗人士最信任的兽医。所以，如果你不介意的话……"

"你怎么这么了解我？"格雷先生不解地问。

"苏格兰邓迪市的安德鲁·斯普雷尔先生跟我提起过你。我还在《兽医记录》里看到过关于你的文章。"我回答。

"斯普雷尔先生？你不是……你是卡斯坦斯小姐吗？"

我很高兴，伦敦有一位著名兽医知道我，即使只是听说过我学生时代的假名。我开心地笑了。

"好吧。"他说着，向街道两边张望，"带你四处转转也无妨，但我时间不多，呃……跟我来吧。"

格雷先生的诊所内部和卡斯尔奇宅的诊所没太大区别。这里有两三件工具我以前没见过，但令我印象最深刻的是那本小说。他解释说，他医治的小狗越来越多后，发现自己真正感兴趣的其实是关在笼子里的鸟。

"我认为，鸟儿将会成为下一个潮流宠物，而且治疗鸟儿需要有专业的兽医知识。事实上，应该是奇异的鸟类。这些年来，人们对鸟类的迷恋与日俱增，我相信，这是因为时尚界喜爱鸟类的羽毛。"他说，"卡斯坦斯小姐，你对治疗鸟类感兴趣吗？"

"我还没想太多，但是，我喜欢野生鸟类，一想到他们被关在笼子里，我就很难过。"我说。

"好吧，你是一个女人，女人无法从事兽医行业。如果你能当兽医，甚至管理兽医，你会和我一样，想着行业的热点问题。"

真是个无礼的白痴。我真想揍他一顿，告诉他，我在罗斯康芒郡治疗牛马。但是，我笑了笑。

"不用了，谢谢您，格雷先生。我不会只满足于医治鸟类，我可以做更多的事。但我相信，你可以做好一件事，那就是梳理鸟儿的羽毛。"

我回到酒店，希望能收到伯恩的回信，但还是没有收到任何信件。

一周过去了。我写了四封信，每写一封就多一分绝望。万一他发生意外怎么办？他是受伤了还是生病了？他需要我吗？不知道还能做什么，我写信给多伊尔夫人。

两天后，我去看望母亲，她就坐在床上。

"母亲，你看起来气色不错。"我说着，坐在床边的椅子上，"你睡得好吗？应该不难受了吧？"

母亲勉强点了点头。

"要拉开窗帘吗？今天阳光很灿烂。"

"不要。就这样吧。"母亲可以恢复得更好，但她的情绪并没有改善。"乌苏拉说你住在王宫酒店？"

"是的。"

"你不喜欢住在家里吗？"母亲问。

"当然喜欢。是查尔斯和乌苏拉……您生病了，我待在家里似乎很多余。"我解释说。

"这太荒谬了。"

"嗯。"

"你应该搬进来，和乌苏拉互相了解一下，这对你们彼此都有好处。她可以把你介绍给她的朋友，让你重新拥有交际圈。"

"母亲，谢谢你，我会跟乌苏拉说的。"我说。

"很好。也许你可以给自己买匹马，我知道你会想念骑马的日子。"母亲又说。

我突然明白了。母亲以为我打算留在伦敦长住，她认为我已经放弃了工作，狼狈地回到了家里。

"母亲，没有，我没有打算在伦敦，呃，在伦敦待很久。"

母亲盯着我。"那你在这里做什么？"

"我休……休假了，听说你生病了，我来看下你。我真的很高兴，再次见到你。"

"你是来度假的吗？你不打算放弃你所谓的兽医职业，是这个意思吗？顺便说一句，我知道你是非法行医。"母亲说。

"母亲，我希望……"

母亲提高音量，重复着那个问题。"你是这个意思吗？"

"嗯。"我回答。

母亲的胳膊颤抖着，指着门说："出去，出去，不用回来了。"

我走回酒店。奇怪的是，我没有哭泣。也许我已经适应了新的状态，也许我到达伦敦后，就预料到母亲会厌弃我。不知怎么的，我感觉轻松多了，就好像我走到了旅程的最后一步，终于可以卸下一些行李了。我在伦敦已经无事可做了，那天我就收拾行李，准备回爱尔兰。

我走向前台，服务员微笑着抬起头来。

"卡斯特小姐，今天有您的信。"他说着递给我一封信和房门钥匙。

我愣了一下。"谢谢你。"我接过信和钥匙，检查一番。

信封上盖着阿斯利格村的邮戳，但不是伯恩的字迹。我很失望，但又迫不及待想看，就在附近找了个座位，把信封撕开。

> 亲爱的卡斯特小姐，
>
> 得知你突然离开阿斯利格村，我们都很惊讶。我很高兴，你母亲的状况有所改善。希望你能早点回来。

　　谢谢你还记得我喜欢伦敦彼得·罗宾逊店里的手套，那里的手套无可比拟，如果你能给我带一双鸽灰色的及肘手套，我将不胜感激。

　　事实上，你离开后，伯恩先生十分繁忙，但在过去的一周里，他仍然多次来访，我相信他终于注意到，凯瑟琳不再是那个爱生闷气的小女孩了。

致以由衷的感激，

玛格丽特·多伊尔夫人

第二十六章

"做我的妻子，你就可以……"

1904 年
英格兰诺森伯兰郡

我想回爱尔兰的愿望破灭之后，我乘上了去诺森伯兰郡的火车，回到了牛顿庄园，才发现威德灵顿夫妇已经离开几天了。这意味着我不能马上去寻求威德灵顿夫人帮助，问她关于怀孕的建议，也不能和菲茨少校一同骑行。我可以等少校回来，但是我知道以我现在的状况不能再骑马了，我不能耽搁太久。我立马传话到马厩，让瓦茨给少校的一匹马上鞍。瓦茨带着赫克托过来，也就是那年夏天他训练的那匹小马。

"这匹小马吗？"我说，"瓦茨，我的骑马技术有点生疏了，你觉得他是最好的选择吗？"

瓦茨咯咯地笑了。他以为我在开玩笑。"卡斯特小姐，他是一匹优秀的马儿，会听从你的一切指令。你回来之后，如果发现我有训练不到位的地方，请在新赛季开始前告诉我。"

"他是什么品种的马？"我问，绕着马儿走了下。这匹马比菲茨少校平时用来打猎的马要重得多。

"我们也不确定，他应该有点技能，毕竟他一岁就突然出现在牛顿

345

庄园了。我们不知道他来自哪里。我们已经发布了认领他的公告，也没有人来带走他。"

赫克托是一匹强壮的深栗色马，眼睛又黑又大，眼线上方闪着微弱的光，上唇两侧各有一块特殊的浅棕色斑点，看起来像擦破了皮。我把手放在他的鼻子上。我们俩就像是志同道合的人，除了牛顿庄园都没有别的容身之处。

瓦茨并没有夸大其词，这匹马是勇敢与沉稳的完美结合。我带着他前往海滩，途中需要经过一条崎岖的乡间小路。赫克托身手敏捷，步履轻盈，爬上河岸，越过沟渠，又跃过树篱和原木。他行动敏捷，但也可以安静地等待我打开栅栏，如果我没有怀孕，我会让他一跃而出。

"对不起，宝贝。"我轻声说，"我知道这很无聊，但我必须小心谨慎。"这匹马的不同寻常之处在于，虽然他还很年轻，但他处事谨慎。他会小心翼翼地盯着前方，预测会出现什么，同时又时刻关注着我的命令。到达海滩时，我让他全权掌控前进的速度和方向，他就像身处赛场一样飞奔着。他好像知道我多么想感受风，体会风拂过发丝的感觉，让风驱散我脑海中关于伯恩的思绪，让我破裂的心重新凝聚在一起。

"这是我骑过最聪明的一匹马。"后来我在马厩遇到瓦茨时说，"我的所有指令，他似乎都能预料到。"

"我相信这就是他的魔力，"瓦茨说着，露出了灿烂的笑容，"他将成为牛顿庄园有史以来最好的马。卡斯特小姐，我希望你待在这里时，可以经常骑他，这对他有益。"

"我会尽可能骑他，"我回答，感觉我已经很久没有这么快乐过了，"我会骑到……嗯，我会每天都骑。谢谢你。"

我骑着他逛了好久，之后回到了牛顿庄园。那是初秋，树叶开始慢慢变黄，花园里大丽菊含苞待放，还有几株菊花比较晚熟，似乎陶醉在这秋高气爽的氛围中。这个凉爽的秋季和灿烂的菊花让我想起了多萝西和爱德华的婚礼，当时的牛顿庄园热闹非凡，欢天喜地。遗憾的是，我当时没有意识到，那时候的生活有多么轻松惬意。

骑行的兴奋感逐渐消退，我又恢复了不安。我把所有的希望都寄托在威德灵顿夫人身上，这让我感到非常焦虑。我都不了解自己，她又怎么给我建议？我本可以偷偷离开去生下孩子，把他交给别人抚养，也许他永远都不会知道自己的亲生父母是谁，实在是没有别的法子了。

我的工作怎么办？没有皇家兽医协会颁发的职业证书，很难找到另一家可以聘用我的诊所。也许我可以在世界的某个偏远地方，建立一个乡村兽医诊所。

我现在只能默默地工作，做些简单的训练，重新成为一名业务熟练的兽医。没有别的办法了。我慢步向房子走去，害怕下一个夜晚，只有痛苦与我做伴。

"你有抬头看过天空吗？"有一个声音传来。

是伯蒂。他坐在通往前门的楼梯上。我不知道他回英格兰了，更别说在牛顿庄园。

"艾琳！怎么了？发生了什么？"

"你在这里做什么？"

他站起来，微笑着说："这是我家，我是伯蒂·威德灵顿。少校和威德灵顿夫人是我的父母。"

"但是……"

"即使在印度，士兵也会休假的。"伯蒂说。

"但是没人向你透露任何消息。我几周前还和多萝西在一起。她没——"

"我清楚。我昨天刚从多萝西那里过来。"

他笑容依旧，但是表情很微妙，像是知道了真相。多萝西已经告诉他了，我瞬间有点喘不过气来。

"走，"他说，"午饭前我要伸展一下腿，和我一起走走？"

伯蒂是个健谈的人。两个星期前，我和查尔斯在肯辛顿的客厅里，交流得很生硬，但我和伯蒂沟通就非常融洽。随着年龄的增长，科尔和拉布拉多犬一样越来越圆润，我们在小巷里看着他在前方小跑。伯蒂谈到了印度，他说自己非常喜欢生活在那个既温暖又多彩的国家。他喜欢印度辛辣的食物、活泼的人民，以及舒适的生活节奏。

"印度的国家精神，和我的军人生活形成反差，我对当前的生活很满意。"他说，"军队里一切都是有组织有纪律的，但印度却恰恰相反，印度的丛林和城市广阔无序，天气十分狂暴，人们充满了活力。我的生活处在完美的平衡之中，我爱这个地方。"

我们走了几英里后，我才意识到，自从我抬头在楼梯发现伯蒂后，我就没有想到过伯恩和孩子。

"如果不是为了家人，我不会再回到英格兰。"我们走回牛顿庄园时，他说，"当然，那我也不得不离开军队，因为我没有权力决定居住地。但只要有选择的机会，我都会追求自主权。"

"是吗？伯蒂，你会做什么？"

他轻声笑了笑。"你说得对，我是一名士兵，我不知道自己还能做什么，当然也没准备好在英格兰定居。"

"我不是这个意思。我是说，你在印度还想做什么吗？"

"跟我来，也许你能帮我找到答案。"他走到我面前，声音听起来有些紧迫。

"什么？"

"来印度吧。印度不受任何约束，和你追求的无拘无束的人生一样。你一定会喜欢印度的。"他的语调轻松，但是眼神严肃。

我笑了笑。"别傻了，伯蒂，我不能去印度，你是去印度当兵，那我去干什么。"

"做我的妻子，你就可以……"

我差点惊掉下巴，但我没说什么。

"等一下，"他说，"我不是这个意思……我不是这个意思。"他弯下腿，单膝跪在尘土飞扬的铁轨上。

"伯蒂……"

"艾琳·卡斯特小姐，自从第一眼见到你，我就深深地爱上了你。你的父亲去世得早，我无法获得他的认可，这是我人生中第一个遗憾，我现在向你求婚，你愿意嫁给我吗？"

"伯蒂，你别这样……这不是你想要的，我知道……"

他笑了笑，流露出关切的眼神。"我做错什么了吗？这就是我真正想要的，我要娶你，然后带你去印度。"

"多萝西告诉你，我怀孕了，对不对？"

"不管你经历了什么，我依然爱你。"

"快站起来。"我说。

"我不站，除非你答应我……"

"别这样，伯蒂。"

他慢慢地站起来，握住我的手。"你会回到他身边吗？"他问。

"不会，我回不去了。"

"那是不是我太没有吸引力了，你无法想象和我在一起的生活？"

我看着伯蒂。他还是一如既往，如此善良，如此忠诚。除了他父亲，他是我认识的最简单真诚的男人。伯蒂永远不会让我失望，他值得拥有美好的爱情。

"你很有吸引力，"我说，"我相信伊妮德会答应你的。"

"我们……我们已经很久没联系了。"

"这不是重点，你心地善良，细心体贴。今天我非常感激你，但你不应该出于同情向我求婚。"

"同情？没人同情你，你没听清我刚刚说了什么吗？二十六年前，你和多萝西站在露台上，那时候我就爱上了你。我爱你，我想成为你的丈夫。"

"多萝西知道你的计划吗？"

"当然。她知道我很多年前就想向你求婚了。"

"是吗？今天的事她知道吗？"他点了点头。

"那我肚子里的孩子怎样办？"

"我会把他当作亲生孩子对待。艾琳，你肯定明白，我们结婚对大家都好。它就是完美的解决方法。"

"你是认真的吗？你想清楚了吗？"他点了点头，再次单膝下跪。

"艾琳·卡斯特小姐，你愿意嫁给我吗？"这听起来很不真实，但我答应了。

那天晚上，我躺在床上久久无法入睡。第二天威德灵顿少校和夫人就要回来了。我和伯蒂一致认为，他应该先单独和他们谈谈。他说，先隐瞒我怀孕的事，不要让其他人知道孩子的父亲是谁，此举对大家都好。我觉得没有必要要求他们为我保守秘密，但我同意先不透露真相。这是万全之策，也是相对简单的方法。

这几年我不经常祈祷，但那天晚上，我祈求上帝原谅我的疏忽与罪过；祈求它让我做一名称职的妻子，配得起伯蒂的付出；祈求它让腹中的孩子像我；祈求它赐予我力量，让我忘记那个爱尔兰男人，真诚热烈地去爱伯蒂。

回想起来，威德灵顿夫人是个实事求是的人，我早就应该料到，她会反对我们订婚。

"艾琳，伯蒂说要和你订婚时，我希望自己很欣喜，但我却高兴不起来。"伯蒂和父母谈完后，夫人把我叫到客厅说，"并不是我不喜欢你，真的不是。你也明白，我们已经把你当作亲生女儿了。但是艾琳，你愿意在印度当军嫂吗？你经历了这么多坎坷才当上兽医，你愿意放弃这份工作吗？"

我盯着地毯，一言不发。

"菲茨少校很开心，等会儿他一定会告诉你，他同意这门亲事，但我是个非常客观的人，我希望你能重新考虑下。"

"重新考虑？"

"你这么匆忙就答应求婚。你应该再考虑一下。伯蒂说你们会尽快结婚，一旦安排妥当，就一起前往印度。为什么不等到部队重新分配，或者等他找到其他工作了，再考虑结婚？你先别跟他去印度，等他返回牛顿庄园再做决定吧。"

"我们不想再等了。"

"他也这么说，但是艾琳，看着我的眼睛，你能想象自己在德里当军嫂吗？一天到晚喝着茶，听着其他军嫂抱怨天气炎热。你有自己的事业，你能放弃辛苦得来的一切吗？当了军嫂后，你每天要干什么？"

我突然想说，我可以抚养孩子，但是又想到了一个更好的工作方式。

"也许我可以医治军队里的马匹？"

她盯着我，我们沉默了一会儿。

"你从爱尔兰回来，还没去汉普郡找多萝西前，那段时间你一直都很沮丧，是发生了什么吗？这个决定的确很仓促。伯蒂很肯定自己从小就爱上你了，我也相信。但是你们决定订婚这件事，与你突然匆忙跑回来有关吗？你在爱尔兰发生了什么？你为什么要离开爱尔兰？"

"我无法忍受和伯恩先生的工作关系，我们的观点无法达成一致……比如，如何对待客户的动物，如何经营生意，我实在无法忍受了。"

"但多萝西说，一个月前她去看过你，一切都还很顺利。"

"现在一切都变了。"

"我明白。"她毫不掩饰她话语间的怀疑，"那现在我们去看看菲茨吧。"她带我出了门。

我们走进菲茨少校的书房，

"亲爱的女士们。"他说。

威德灵顿夫人说得对，菲茨少校为我们两个决定订婚感到高兴，那一刻，我以为他会激动地拥抱我，但他只是轻轻地捏了捏我的手肘。

"艾琳，这真是个好消息，好消息啊！"

"谢谢你，菲茨少校。"我说着，看到了威德灵顿夫人焦虑的目光。

"你还有一些急事要处理。伯蒂说你们先举办婚礼，之后他再回部队，这样他就可以在德里申请已婚军人的宿舍。在去印度之前，你会和我们一起住吗？"

"谢谢您，如果一切都顺利的话，我会留下来。"我被他的热情感动，眼泪不自觉地流出来，"不过我还没有告诉家人，我应该写信给他们。"

"你母亲的身体还好吗？"威德灵顿夫人问。"多萝西说她身体不适，你还专门从汉普郡去看她。"

"对。我离开的时候，她已经好多了。"

"你离开家这么久了，她对你的态度如何？你们相处得融洽吗？"她问。

"嗯，我们谈过了。我想，她听到我和伯蒂订婚的消息，一定会很高兴。之后，我会以军嫂的身份和伯蒂去印度。"

"我相信她会高兴的。"威德灵顿夫人平静地说。

"明天早上你写信前，要和我一起去骑马吗？"少校问，"瓦茨和我说，你很喜欢赫克托，会再骑着他出去。"

"我很乐意。给我一点时间，让我先培训下赫克托，让他适应我的习惯。"我说。我很高兴，菲茨少校提议骑马。

第二天我去找少校的时候，在楼梯底下碰到了伯蒂。

"你要去骑马？"他看了看我的衣服问道。

"是的，和你父亲一起，你要加入我们吗？"

"我就不骑了。我还有些事情要做，不过……"他环顾四周，轻声说，"艾琳，你要骑马吗？我的意思是，现在不能骑吧……"

"没事，现在可以，我小心点的话，这个阶段骑马没问题。"

"小心？你当然会小心，没有人骑马时想从马上摔下来，即使是像你这样勇往直前的骑手也不想，但是骑马还是有风险。"

"不用担心。"我说着，拍拍他的胳膊，从他身边走过，赶上前去与菲茨少校会合。

天高气爽，河流旁边有一条路很长，地势平缓。我们上了马后，沿着这条路前行。我和菲茨少校骑行时，赫克托十分自信沉稳，和前几天我带他独自骑行时一样。考虑到赫克托比较年轻，缺乏经验，我们一致认为，要让他避开高难度的障碍，放慢奔跑速度。我们也认为在他参加狩猎前一年，应该多骑着他外出，让他沉稳地慢跑，增强自信心。

我们没有谈到任何个人话题，而是友好地谈论着马匹、环境、天气和诺森伯兰郡的狩猎季等内容，我惊奇地发现生活再次变得轻松惬意。

我突然沮丧地返回英格兰，又和伯蒂宣布婚事，我却愚蠢地认为菲茨少校对我的事情不感兴趣。他和威廉姆斯教授是最能理解我的两个人，明白我想成为兽医的强烈愿望，他们还冒着名誉受损的风险来帮助我。一想到我要放弃当兽医，去印度当军嫂，少校一定会非常困惑。如果有人有资格审问我，那一定是他。但我很感激他没有这么做。我不去期待未来会发生什么，每当我思绪万千的时候，我都会默默地对自己说："一切都会过去的，一切都会好起来的。"

我们在村里给马喂完水后，沿着一条绿树成荫的小路骑马慢跑回家。我欣赏着远处绵延的绿色山丘，想象着在印度骑马的画面，现在唯一可以确定的是，白天太热不适合出门。赫克托突然看到一头奶牛从树后伸出头来，他拱起脖子，不断地甩着耳朵示意我们。我们放慢速度，发现奶牛的头牢牢地卡在了栅栏门中间，旁边站着一位村民。

"我觉得你需要帮助。"少校对村民说道。

"先生、小姐早上好，"他摘下帽子说，"对，奶牛的头卡住了。"

我们下了马，我走向奶牛。"小姐小心，"他说，"她现在焦躁不安。"

我看得出来，奶牛翻着白眼，脖子上被木头刮伤的地方正在流血。

"她被卡住多久了？"我问。

农夫看着菲茨少校说："不知道，我在大约二十分钟前找到了她。我试着轻轻转动她的头，把她向后推，但是她一直乱动，伤得更严重了。"

少校说："卡斯特小姐是个兽医。"那男人眨巴着眼睛看着我。

我摸了摸栅栏门顶，心想这项工作更适合木匠，而不是兽医。

"我们应该把栅栏拆掉。"我说，"相比医治受伤的奶牛，修理坏掉的门容易多了，你有锯子吗？"

"有，在房子里。"

奶牛撕心裂肺地吼叫着，来回摆动着头。"快去拿锯子，我们先想办法控制她，让她停止挣扎。"

农夫戴上帽子，穿过田野。我让少校把马鞍上的马镫皮取下来，做了一个临时的缰绳。我把它绑在牛头上，尽管她依旧喘着粗气，但利用马具我可以约束她，不让她的头乱动。农夫拿着锯子回来，开始锯栅栏时，奶牛已经站着不动了。

　　栅栏门上的木板很宽，排列紧密，切割起来既慢又困难。我紧紧握住缰绳，让奶牛保持镇定，农夫一旦锯累了，少校就会接手。最后，我看到锯子快要锯断木板时，向前倾身，更仔细地检查奶牛脖子上的伤口，她的一大块皮肤擦伤，现在已经停止流血。

　　"你要注意，尽可能规律地用盐水清洗脖子，这样她才不会受感染。"

　　农夫停止锯栅栏，把头凑过来，看着奶牛那块被擦伤的地方。"谢谢你，小姐。我会的，你……"

　　就在这时，由于农夫的手臂压在栅栏上，栅栏啪的一声断了，砸在了奶牛身上，奶牛猛地扯下我手中的缰绳，用力摇晃着脑袋，缰绳重重地反弹到我的腹部上，使我向后摔倒在地。我气喘吁吁地躺在地上，目瞪口呆，那头奶牛挣脱了栅栏门，甩掉缰绳，带着胜利的低吼冲向牛群。

　　"你还好吗？"少校俯身对我说，"这真是用力的一击！"

　　"小姐！对不起！我不知道栅栏已经锯到底了！"

　　我深吸一口气，坐了起来。"真吓人，没事，给我一点时间缓缓。"

　　我的视线变得模糊，我向前倾，把头靠在膝盖上。我没事的。我从惊吓中恢复过来后，生活还会继续。

　　农夫对少校说："我是不是该骑马去村子里叫医生来？"

　　"给我一点时间让我缓缓，"我重复道，"我会没事的。"

　　他们两个静静地等待着我，眩晕感停止时，我坐了起来。

　　"我们要重新安装马镫吗？"我问。

　　菲茨少校和农夫面面相觑，慌忙捡起奶牛甩掉的缰绳。我坐在地上，看着他们将缰绳穿过马镫，然后再把马镫放回马鞍上。

农夫把赫克托带到我们面前，少校问："你能站起来吗？"

"当然可以，"我边说边把手伸向菲茨少校。他握住我的手把我拉起来时，我感到腹部一阵刺痛，我的膝盖失去知觉了。

我不记得我是怎么去那个村庄的，不记得在那里看过病，也不记得我是怎么回牛顿庄园的。后来，我得知农夫和菲茨少校安排了一辆马车，把我送回家，还派了一个人把赫克托骑回家。那天晚上我在床上醒来，发现帕蒂森坐在窗边缝纫，她向我走来。

"你感觉怎么样？"

我的嘴巴干涩，脑袋沉重，腹部隐隐作痛，这让我想起了前天发生的事。我呼吸困难，怀疑那头奶牛打断了我的肋骨。

"我是怎么回来的？"我问。

她解释了一下，就去叫威德灵顿夫人。这时伯蒂出现了，他忧心忡忡地瞪着双眼，面容憔悴。

"对不起，"我想起上次骑马时他对我的担忧，微笑着说，"但是那匹马是无辜的，赫克托和这次事故没有任何关系。是那头牛……"

他紧紧抓住我的手说："我知道，艾琳，你真是吓到我了。"

"我没事的。"我拍了拍他的手说，我的腹部阵阵作痛，下背部有一种灼热的感觉，"我一切都好。"

"我没有去询问医生情况，就不太清楚。我父亲说贝恩医生在村里给你做了检查，没有骨折，也没有明显的出血迹象。但是如果……呃，他们不知道你……"

我把手指放在他的嘴唇上，不让他继续往下说。"我知道。"

"你很难受吗？"

"可能只是瘀伤，那头奶牛脖子粗壮，非常固执。"

伯蒂点了点头。

不仅仅是瘀伤，我在床上躺了两天。第二天晚上，我感觉到双腿间渗出一股热乎浓稠的鲜血，我这才意识到奶牛这一击力量有多大，再加上我摔倒在地的姿势不对，导致了流产。

我抱着肚子痛哭，为我的孩子，为伯恩，更为我自己。我也明白失去孩子，对伯蒂来说意味着什么。

第二天早上，我指着被我弄脏的床单向帕蒂森道歉，解释说是我没预料到月经来了。我说，我感觉还是不太舒服，想在床上多躺一会儿。她叫来了贝恩医生，医生检查了一下，问了我几个问题。我没有告诉他孩子的事，他就诊断出受惊和外伤，并让我多加休息。后来，我让帕蒂森把伯蒂叫过来。伯蒂走进房间的时候，弯着腰，脸色苍白，他一定猜到发生了什么。他坐在床沿，没有拉我的手，我看不到他的眼睛，我们就这样坐了好几分钟，一言不发。

"你没事吧？"他终于开口说话。我点点头，说不出话来。

我吞了吞口水。"你知道的，一切都回归原点了，我没什么变化。"

"你是不是不想嫁给我？"他说。我的眼泪不自觉地涌出，流到脸颊上。

"伯蒂……"

"不要说了，我不想听，我接受不了。"

我握住他的双手，"你值得更好的。"

"艾琳，不要这样说。"他摇了摇头，挣脱我的手说。

"伯蒂，你听我说，这段感情不应该这样开始，我们也没有理由结婚，你……"

"我爱你，我只需要这个理由。"

我再次握住他的手，这次他没有挣脱，"我相信你，但是事情没那么简单。伯蒂，你母亲说得对，我无法在印度当军嫂，无聊又单一的生活会让我发疯，而我会把你逼疯。"

"我们会有新的工作，去新的地方生活的。"

"还有，我在爱尔兰的生活，不知道多萝西和你说了多少，但我在那里很快乐，我想回去。"

"但是他……"

"我知道，快乐并不仅仅指这些。"

"你想回去工作？"

"是的。"

"那你现在还会回到他身边吗？"

我摇了摇头，不敢直视他的眼睛。

第二十七章

重逢，但形同陌路

1904 年
爱尔兰阿斯利格村

我离开卡斯尔奇宅也就六个星期多，但马车驶过萨克河，熟悉的田野一闪而过时，我仿佛过了一辈子。那段时间发生了太多事，很多事情都改变了，我失去了很多，也成熟了很多。我已经不是从前的我了。

我们告诉伯蒂父母，我们思考后决定不结婚。不久，伯蒂就离开了牛顿庄园去了印度。我想说，威德灵顿夫人是正确的，我无法成为称职的军嫂。我需要工作，我爱我的工作。

"确定是取消而不是推迟婚礼吗？"菲茨少校问，他的目光从伯蒂身上转向我，"也许以后伯蒂会重新选择一个地方定居，你也能工作。为什么不推迟婚礼？"

伯蒂看着我回答："父亲，我们觉得取消比较好，因为……因为有太多未知因素了。我们不知道是否……什么时候才适合。"

我把手放在伯蒂的前臂上。威德灵顿夫人凝视着我点了点头。我可以感觉得到，她看出来伯蒂很痛苦。

她一直觉得我不可能成为一名军嫂，但也不想否定我，伤害他的儿

子。我在想，我在她心中的地位是否动摇了。我很难过，希望有一天我
能够重获她的信任。

伯蒂临上马车前，向我走来，在我耳边低语："坚强点，艾琳。不
要将路越走越窄，使自己无法回头。"

马车停在接待室门口，我看到现在的卡斯尔奇宅，云层低矮，树木
已变得光秃，与先前的景象大有不同，我确实已经离开很久了。玫瑰藤
互相缠绕，光秃而多刺，似乎见证了我的背叛。我写信给布丽奇特，告
诉她我即将回归，让她收拾一下，做好准备。我不去想，我回来后伯恩
先生会做何态度，但是我已经想好了回来的理由。

我会说，我已经领回了纳赛尔，现在想从他那儿买下斯宾塞。
"不，"我会说，"你不用担心我会在这儿逗留，这里不欢迎我，我也不
想让任何人难堪。"如果遇到凯瑟琳，我无法保证我对她会有好脾气，
但这句话我不会说出口。

我会告诉他，我的兽医技术不错，已经在阿斯利格村享有盛誉了。
我打算在罗斯康芒郡其他地方建立个人诊所。我和他在爱尔兰工作的那
些年，皇家兽医协会都没有烦扰我。如果我搬到郡上其他地方工作，他
们也不会有什么怨言。难道我一旦离开他，就无法发挥我的医术，对爱
尔兰的动物以及动物主人就没有益处了？对，当然，我们可能会在狩猎
和赛马会上"狭路相逢"，但我是一名专业兽医，正如他先前常说的那
样，我是一位高贵的女士。我会表现得和蔼可亲，但他呢？会温文尔雅
吗？事实上，我要跟他说的每一句话我都想好了。

我走向门时，不知道斯宾塞从哪里窜出来，我只看到一道红光闪
过，他像我们第一次见面时那样朝我扑过来。但是这一次，我站稳了。

我跪在小路旁，抱着他。他在我的怀里扭动着，冰凉的鼻子蹭着我的脖子。当时我在想，上帝，请让小狗原谅我，原谅我离开这么久。

"我也很想你，漂亮的宝贝。"我说着，上下抚摸着他。

"你回来了。"伯恩说。

我抬头看见伯恩站在门口，穿着衬衫马甲，像是刚从手术室或者医务室匆匆赶回来。我怎么可能忘记得了他的眼神和站姿，他就像一头强壮的公牛，即使前方没有挑衅，也在考虑冲锋撞击。

我顿时挺起腰杆，站得很笔直。"你好，伯恩。"他没有对我微笑。我看到他的下巴在抽搐。

"我以为布丽奇特会……"

"她做完工作，我让她回家了。"他说。

比我想象的还要糟糕，他甚至没想让我进小屋。我转身看着门口的马车离开了。我做了什么？我为什么要来？

我语速很快。"我来整理东西，领回纳赛尔。"

"好。你暂住的小屋，仆人收拾好了吗？"伯恩说。

"我还不知道要待多久。"

"多久都可以。"伯恩。

"我能……我可以进去吗？"

他让开路，方便我进去。一切还是原样没有变。壁炉里的火在噼啪作响，椅子还放在原位，那时伯恩在雪夜里来找我，而我在躺椅上睡着了。不知道是谁摘了一些白色的蓍草，摆成花束放在桌子上。我环顾四周时，斯宾塞用鼻子蹭了蹭我的手。

"你要什么我都可以给你，但是我想把斯宾塞一起带走。"我说着，没有看一眼伯恩。

"不行。"

我转过身，"不行？但是……"

"斯宾塞不是物品，不能什么都按你的方式来，艾琳。"伯恩说。

"你一定要这么残忍？我和斯宾塞第一次见面时，他就很喜欢我。把我们分开，你图什么？"

我瞪了他一眼，他比我记忆中还要瘦。他薅他的卷发，似乎很疲惫。也许四十岁的男兽医爱上十八岁的女生心力交瘁吧。

"我没有不让你带走斯宾塞。我是说他不是物品。不是每样东西，每个人都可以用钱来衡量。"伯恩。

"哦……那么，谢谢你。"我说。

我们陷入了一阵尴尬的沉默。炉子里的火发出嘶嘶响声，斯宾塞趴在我脚边，伸展了一下身体。伯恩和我同时开口。

"你打算待多久？"伯恩问。

"你工作怎样？"

我们尴尬地陷入沉默。

"我不知道。"我说。

"我最近非常忙。加夫尼兄弟一起在农场工作，他们从全国各地购买奶牛，牛群几乎扩大了一倍。很不幸，并不是所有奶牛都很健康。我最近工作很多，不得不把一些委员会的职责转交给其他成员。"伯恩说。

"对不起，"我说，"你能……"

我绕过斯宾塞，走近火炉，转过身暖和我的背。那天并不是特别冷，但我想让火炉的温暖增强我的意志，给我力量不去乞求他离开凯瑟琳，不去乞求他原谅我没有留下来争取我们的幸福。

"你为什么感到抱歉，艾琳？"

"因为……"我打开双臂，露出肚子，"因为这个，因为……"

他的下巴又抽动了一下，"你不能因为这……这事，请求我的原谅。这是你和上帝的事，你应该乞求上帝。"

"什么？"

"嗯……当然了，你的上帝会宽恕你打掉孩子。"

"你在说什么？"我问。

他眯起眼睛，看了看我的肚子。

"不，伯恩。我没有伤害孩子。事情不是这样的。你怎么能这么想？"

"怎么想？你说要这样做。你又为什么去英格兰。"

"我没有！"

"你没有？"

"我没有。那是……"

"那发生了什么？你不是还……"

"我没有！发生了一个意外……是因为一头牛。"

"一头牛？"

"我……对。她被门夹住了，我在救她，然后她摇头，打到了我。"

"打到你？"

"对，我摔倒，就流产了。"

他双手抱头，盯着我，试图理解我说的话。我闭上眼睛，回忆我离开前和他争吵的内容。我说了什么？"我要回英格兰，做我该做的事。"他以为我想打掉孩子吗，但我告诉过他，我不会这么做。难道他没听见吗？听见了吗？

"你后来决定不打掉了？"他问。

"不，我从来就没想过……"

"你临走时，你说你会'做你必须做的事'。这是你的原话。"

"不，不是的。没错，是这样。但我从没想过要伤害孩子，我绝不会……"

伯恩瘫倒在沙发上，双手抱头，好像他的腿已无力站住。我想安慰他，坐在他身边抱着他，但我没有伸出手。

"那天我们为什么不多谈谈？你为什么不说清楚就走？"最后他问。

"我告诉你，我不是这个意思，但你不听。后来我回到诊所，想和你谈谈，但你已经走了。我在伦敦给你写信，但你没回。"

他摇摇头。"我当时不太理智。我去向奥弗拉纳根神父忏悔，解释发生的事了。"

"奥弗拉纳根神父？你为什么……"

"我也没打开信，把它扔进火里了。"

我虽然嘴上没说什么，但对于多伊尔夫人在信中提到的凯瑟琳的事，放心了一下。但是有什么好说的？不管我是否怀孕，都无法阻止阿斯利格村的流言蜚语。神父原先害怕我这个会阉割动物的女人，实在是毫无依据。但他现在有了我伤风败俗的证据。我可能得在罗斯康芒郡以外的地方找份工作了。

"你忏悔的时候，神父说了什么？"我问。

"神父说了什么？"他沉闷地重复。

"对，那个知道我们罪行的人。"

"我没有提到你的名字。"

我想知道伯恩忏悔了什么，但这有什么关系？无论他说了什么，神父都会责怪我，责怪我这个阉割马、牛和羊的英格兰新教徒，责怪我将他的天主教忠仆带入歧途，诱他犯错。在我看来，伯恩抛弃我，是因为我不合适他，还因为凯瑟琳与他一拍即合，在他生活中占有一席之地。此外，他还向神父和教堂袒露一切，出卖了我，也许这表明我与上帝之间关系很脆弱。但我无法想象，是什么让一个人抛弃真爱，转而听从上帝的指令。唯一的原因可能是伯恩曾经许下的誓言全是谎言。我想到了伯蒂，他愿意为我赴汤蹈火。我有点想跟伯恩说下我和伯蒂的事，我们曾短暂订过婚，但又觉得没必要。

"我想在天黑前见到纳赛尔。"我说着披上披肩，向门口走去。斯宾塞慌忙爬起来，跟了上来。

"好。我陪你去。"他说。

"我想自己去。"

我去马厩看纳赛尔，没想到伯恩坐在小屋外的长椅上等我。我傍晚出来时，他还坐在原来的位置。斯宾塞跑向他，头靠在他膝盖上。

"你觉得斯宾塞状况如何？"伯恩说。

"他更圆润了。"我说，"没锻炼吗？"

"他没有锻炼的习惯。"伯恩站起来，"菲奥娜在厨房给你留了饭。她和布丽奇特明天会回来。你……你准备离开了吗？"

"等找到其他工作生活的地方，我就走。"

"你不确定去哪儿，为什么不留下来？我的意思是，你可以继续在这里工作。"

我感觉心中的怒火要燃烧起来了。

"继续在这里工作？哈，你是想神父把我烧死在火刑柱上？"

"不会的。"

"是吗？难道他会祈求上帝原谅我，他会当作什么事情也没有发生过，让我继续工作？即使他能这样做，我又怎么和你一起共事？我知道你根本不把我当回事。"

"难道我是这样不明事理的人？"

他始终没有道歉。

"要讲讲凯瑟琳吗？"

"什么？"

"我知道你和凯瑟琳的事。"

"你在说什么？"

"你一直在追求她"

"你凭什么认为我和凯瑟琳……"

"我写信给凯瑟琳母亲，她想从伦敦买手套。"

"多伊尔说……你和凯瑟琳……

"我和多伊尔太太吃过几顿饭，凯瑟琳也在场。我来到阿斯利格村后，就一直和他们是朋友关系。当地人饲养的动物除了使用玫瑰果作为草药调养外，没有接受过任何治疗。凯瑟琳的父亲阿瑟·多伊尔（Arthur Doyle）是我在阿斯利格村的第一个客户，他还把我介绍给当地人，鼓励他们叫我出诊，为动物看病。这个诊所就是她父亲生前帮忙建立的。我很感激他们家，除此之外并无其他感情。"

"你和凯瑟琳……"

"没有，从来没有。过去没有，现在也不会有。她只是个小女孩。是因为这个，你才不想留下来吗？"

如果事情真这么简单，我早就投入他的怀抱了。不管是我、多伊尔太太，还是凯瑟琳，我们都误解伯恩了。但即便如此，我们也无法在一起。伯恩不会将我置于他的信仰和国家之上。他没意识到，让我留在罗斯康芒郡的想法有多荒谬。但即便如此，我现在还不能离开。

"我会留下，直到找到其他去处。"我说。

第二十八章

多萝西的葬礼

1904 年
爱尔兰阿斯利格村

几个月后，我找到了居住地，买下了那儿的利斯特堡。它建于 1837 年，虽远不如卡斯尔奇宅气派，但足以容纳斯宾塞、纳赛尔、布丽奇特、菲奥娜和我，可以马上入住。菲奥娜丈夫罗南以管家身份一起搬进小屋。我从罗斯康芒郡附近的一位客户处，买了一匹温和的栗色母马莫莉，让她和纳赛尔一起拉马车，并雇用罗南的侄子凯文为马夫。我还买了两头奶牛和一对山羊。

尽管生活安排有所改变，但我很快回到日常的工作状态。伯恩没有夸大其实，我离开后，他的兽医诊所确实很忙。我在利斯特堡和拜访客户间来回奔波，一心只想着工作与新家。我回来工作后几个星期，去村庄磨坊照料一匹马，刚好奥弗拉纳根神父和希恩太太在街上谈话，但我全神贯注地照顾着马匹，忘记了最好应该藏起来，不要让神父看见。

他们看见我了。"下午好，神父，希恩太太。"我说。

希恩太太摇了摇头。神父挥了挥手。让我吃惊的是，他笑了。

"你好，卡斯特小姐，"他说，"好久没有见到你了。很高兴听到你回家了。感谢上帝，你母亲已经康复了。"

在阿斯利格村，只有多伊尔太太知道我去看过母亲，肯定是她告诉神父了。神父会认为我离开阿斯利格村，是为了看望生病的母亲，而不是因为伯恩忏悔里所说的那些事？好吧，如果这样，谢天谢地不会出现闲话。我骑着纳赛尔慢跑回诊所，想到这点不自觉喜笑颜开。我没有告诉伯恩，我和神父见过面，还短暂交谈过。

我不想斯宾塞时不时就去卡斯尔奇宅找伯恩。伯恩家离我家只有几英里，他日常锻炼会经过这里。有天早上，斯宾塞带回一对漂亮的史宾格犬到诊所，他们还不到四个月大。我后来也买下他们，并取名贡纳和莱西。

伯恩在院里和这三只小狗交谈，他不知道我就在旁边的马厩里，可以听到他们的声音。

"斯宾塞，他们是你的新朋友？你们好啊。噢，你希望我们都住在这儿吧？那情况可能更糟糕。"他说。

虽然我不住在卡斯尔奇宅了，但我还是继续和伯恩一起工作。我告诉自己，这仅仅是因为我没空去找其他工作，或者开一个新诊所。虽然我不想去换工作，但这并不代表，我和伯恩的关系恢复如初了。

我们曾经的工作氛围轻松愉快，经常有说有笑，但现在我们不苟言笑，各自安静地干活，谈话也仅限于工作内容。我们骑马去见客户时，没有赛马穿过牧场，也没有比赛游泳。我们分开吃午饭，严格遵守工作时间。月复一月，两年过去了，诊所越来越好。我们齐心协力，工作十分高效，就像乘风破浪的汽船快速前进着。我们对待彼此，就像女王陛下身旁的一对近身侍从那样恭敬有礼。

有一天，我回房间接电话，发现伯恩背对着门站在窗边，手里拿着一张对折的报纸。

"我们两天后要给加夫尼的公牛换药。"我说着坐下来，在日程表上记录。

伯恩转身把报纸递给我。"第二页。"他说，下巴抽搐着。

这应该是个坏消息，但有多糟糕，我无法想象。我打开报纸，翻到那一页，大致浏览一遍。

标题是"外交部部长丧亲"。

上周四下午，外交部部长爱德华·格雷爵士的妻子格雷夫人突发车祸，意外身亡。格雷夫人坐马车时遇到陷阱，腾空飞起，摔倒在地，之后昏迷不醒，被抬进诺森伯兰郡的埃林汉姆村庄校舍。该校舍位于普雷斯顿主街和村庄之间的山谷。

格雷夫人颅中窝断裂，脑实质严重挫伤，并未恢复意识，于第二天下午三点二十五分去世，格雷爵士、赫伯特小姐、W.A.Mc戈尼格勒（W.A. Mc Gonigle）牧师以及她的医护人员沃特森医生，守护在其身旁。

格雷爵士深爱妻子，事故当天连夜从伦敦赶回，守在妻子床边，片刻不离。爱妻不幸身亡，格雷爵士悲痛欲绝。格雷夫人在北诺森伯兰郡广为人知，深受民众喜爱，这一悲痛事件令他们黯然神伤，英格兰的许多社交圈里也笼罩着一层悲伤的氛围。

已故的弗朗西斯·多萝西·格雷夫人今年四十一岁，是牛顿庄园沙尔克罗斯·菲茨赫伯特·威德灵顿少校与妻子塞西莉亚的长女。其母塞西莉亚是兰开夏郡（Lancaster）爱德华·约翰·格雷格·霍普伍德的长女。

格雷夫人全心全意爱着丈夫，只要有空，便与格雷爵士如影随形，垂钓远足，休闲娱乐，但夫人生前并未养育孩子。

伯恩跪在我身旁，抱着我，我把头靠在他肩膀上。我不知道自己哭泣了多久。他就这样抱着我，直到我无力痛哭。

"我让布丽奇特收拾行李，跟你一起走。"他一边说，一边拂去黏在我脸上的头发，"马车已经在路上。我会把纳赛尔送回利斯特堡。"

从多萝西葬礼回来的路上，我下定决心，无论结局如何，无论伯恩能否回馈我同等的爱，我都要与他相爱。我最亲爱的朋友多萝西去世了，爱德华、菲茨少校、威德灵顿夫人、伯蒂、我以及坐在教堂长凳上的宾客们都黯然神伤。多萝西的骤然离世，让我明白生命有多么短暂。我意识到，让时间一天天消逝，被动地等待奇迹发生，幻想生活会重新变得完整，这个想法毫无意义，生活不会这么如意。毕竟，正是因为我意志坚定，绝不放弃，才成为一名兽医。如果我只是单纯等待某个时机或者某个人来替我扫清障碍，我就不可能获得现在的一切。但对伯恩的那份爱分散了我的注意力，让我忘记了我有主导自己生活的权利。多萝西的死令我醍醐灌顶，提醒我要为自己而活。

"晚饭前一起去河边散步吗？"从葬礼回来的第二天，我和伯恩结束手术时，我问。

"河边？可以。散步对狗狗们有益处，这周他们都没出去玩。"

莱西和纳贡不在，斯宾塞带领一群小猎犬出门，穿过田野，朝河边走去。他把尾巴夹在后腿之间，我们看到忍不住笑了。小猎犬们在草坪上追逐着他。

"我从来没见过这么有趣的狗。"我说。

"你会回去吗？"伯恩问我。

"去英格兰，还是诺森伯兰郡？不，我刚在利斯特堡定居下来。为什么这么问？"

"我以为你会把狗狗们带回来。"

"爱德华说留给他照顾，似乎他和多萝西一样很爱小金和小蜜。把他们带到这里，无论是对爱德华，还是对这两只狗来说，都太残忍了。现在爱德华是他们的主人。"

伯恩点点头。"我明白。我还想知道你的其他事。你几乎一整天都没说话，刚才你提议去散步，我在等你告诉我，你的重要决定。我想多萝西去世会让你更想念家人。"

"家人？"

"我指的是威德灵顿一家。"

"不。我不想回去，但我要告诉你的事，涉及他们。"

"好。"

我在想措辞时，我们安静地走了一段路。

"我怀孕时，你没回复我的信，于是我离开伦敦，去牛顿庄园想寻找答案。我觉得威德灵顿夫人会给我建议，告诉我去哪里把孩子生下来，谁来照顾孩子。但我到牛顿庄园时，她和菲茨少校都不在。令我惊讶的是，我居然看见了伯蒂。他从印度回来休假，回牛顿庄园前去看过多萝西。多萝西把我的事告诉了他。"

我们停下脚步，他转向我。

"接着呢。"

"伯蒂向我求婚，我接受了。"

"你们要结婚？"我点点头，"但是……"

"他父母回来时，我们告知他们这件事。菲茨少校很高兴，但是威德灵顿夫人持怀疑的态度。我本要写信给家人，告诉他们这个喜讯，但我先和少校去骑马了。后来我们停下来帮助农夫的牛。剩下的你都知道了。"

"你订婚了？和威德灵顿·伯蒂？但是为什么……"

"不，不，我们取消了。"

伯恩望向河边，狗狗们正在芦苇丛中嗅着鼻子。

"你爱他吗？"

"我爱的人是你。"

他盯着我，眨了眨眼睛。"但你答应嫁给他了？"

"是，当时这是最好的选择。我本可以生下这个孩子，抚养他。我和他可以……"

"伯蒂爱你。"

一阵风吹过，几缕头发拂过我的脸，我把头发别到耳后。"不，不是这样。他是一个善良、关心他人的朋友，是值得尊敬的人。他在做自己想……"

伯恩不耐烦地点点头。"你为什么要现在告诉我这些？"

"你应该知道我的一切。我没有理由对你隐瞒任何事。无论是对你，还是对你的爱，或是同意嫁给伯蒂，还是回到你身边，对于我所做的一切，我都不感到羞耻。多萝西的死让我明白，我必须勇敢地追求自己想要的东西。我本应该如此，是我忘记了本心。"

"但是艾琳……"

"如果你要说，我们不能结婚，或无论如何不能成为夫妻，是顾忌到我们的民族身份，考虑到我们的宗教信仰，害怕教徒以及爱尔兰阿斯利格村民众的指指点点，我可以明白。"

"我不会那么说。"

"那然后呢？"

"这还不够吗？"

"如果你说，你真的爱我，那就够了。"

伯恩握着我的手说："我配不上你。"就像我几年前对伯蒂说的那样。

第二十九章

独立使我们相互吸引

1906 年
爱尔兰阿斯利格村

　　我和伯恩同住在阿斯利格时，我们俩的房间只有一个草坪之隔，时常夜间幽会。我搬到利斯特堡后，我们的住所相距很远，见面比较困难。但即便如此，我们晚上还是会偶尔见面。白天大部分时间，我们都一起度过，共同在诊所做手术，夜间就分隔两地，对于这种住宿安排，我们很满意。大部分时间，我们都各自生活，即便每天二十四小时都能腻在一起，我们也不想要这种相处方式。某一天晚上，我们在床上彻夜谈心。

　　"分开住很好。我想和你在一起，部分原因也是你能给我自由，让我有独处的空间。"我说，"两个人在一起，不要剥夺彼此的私人空间。你觉得有道理吗？"

　　"确实如此，我也想过这一点。情侣分开久了便会想念，处久了也会生厌。"

　　"独立使我们相互吸引。"

　　伯恩点了点头。"是的，久处不利于我们的感情和未来发展。我们

385

整天腻在一起，就会不思进取，陷入原地踏步的境地。"

"的确如此。"我说。他思想深刻，对待问题思路清晰，考虑周全，着实令我敬佩。

"爱情是渴望在一起，而距离会增强这种欲望。我们便是理想的爱情。"伯恩说。

"但是，教会该被我们的想法吓坏了吧。"

伯恩做了个鬼脸，翻过身对着我。"不要让他们知道。"

事实上，这个安排对我们来说很好。唯一不满的是斯宾塞，我们分开居住时，他有些不安。

我不确定自己与伯恩的未来时，曾考虑到爱尔兰其他地方工作，但我从未着手调研，对此我并不后悔。在卡斯尔奇宅的诊所工作对彼此都好。

当时，伦敦皇家兽医学院校长约翰·麦克法迪安（John McFadyean）教授，开设了为期六个月的细菌学和病理学研究生课程，伯恩前去参加，留下我负责诊所事务。他回来时，带了一件礼物，是一条优雅的狩猎鞭，手柄由象牙所制，还带有一个凸起的推杆，鞭子由红木色的皮革编制而成。银色的柄圈上刻着"皇家兽医协会成员艾琳·卡斯特"。除了纳赛尔，这是我收到的最好的礼物了。

"现在，你正式成为皇家兽医协会的成员了。"我嘲笑他厚颜无耻时，他说，"有一条象征资历的鞭子，又何须那只能挂在墙上徒有其表的证书呢？"

一年后，我获得一次机会，去参观奥匈帝国和塞尔维亚的皇家马群。伯恩敦促我前往，同行的还有弗雷德里克·霍布戴爵士等人，这位兽医总顾问的兽医服务总是别具一格，广受欢迎。在这次旅途中，我和霍布戴成了朋友。

几个月后的一天早上，我到达诊所时，伯恩把报纸推到我面前。

伯恩指着一篇文章说："戈尔韦县议会正在招一名兽医检查员，负责管理动物疾病的官方法令和命令。"

我了解到，当地兽医可以应聘这份兼职，但"他"必须有一个私人诊所。

"你应该去申请，"伯恩说，"薪水诱人，对诊所也有好处。"

我盯着他。"为什么是我？他们肯定会质疑我没有职业证书。你可以去申请。"

"我还肩负着皇家兽医协会的其他职责。另外，你行医多年建立了良好的口碑，这足以证明你的实力，皇家兽医协会是否认可你的资格并无关系。眼下正是好时机，可以验证一下。"

"哈！说得倒容易，你既不受侮辱，也不受狭隘的偏见，更不用为自己辩护。"我反驳道。

"事实胜于雄辩，你为什么不用实力去打败他们？你很优秀，也很专业，不要再妄自菲薄了。"

"为什么？难道我得到这份工作，皇家兽医协会就会允许女性当兽医？最终还会给我颁发职业证书？"

"可能不会，但未来，兽医协会就更难反对女性当兽医了。"

"所以我应该申请这份兼职，此举能为未来的女兽医们铺平道路？"

"可以这样说。"

令人难以置信的是，尽管我的竞争对手是两名正式的男兽医，但我还是应聘成功了。县议会录取我的理由，让我感到震惊，他们称我是

"该领域最合适的候选人和知名人士"。

那天晚上，我们开了一瓶波尔图葡萄酒庆祝，伯恩说："你看，女性在兽医行业受歧视的现象正在改变。"

我们早该知道的。尤其是伯恩，他应该知道我的任职之路绝不会顺利，总会有人出手阻挠。作为皇家兽医协会的一员，伯恩在委员会任职多年，他知道有许多男人反对女性成为兽医，正如《兽医记录》所言：

> 县议会已经任命了一位女士，但她并不是皇家兽医协会的成员。这种反政府行为只会发生在爱尔兰。但即使在爱尔兰，这种行为也必须受到皇家兽医协会的严厉监管，因为此举威胁着协会的特权。我们承认卡斯特小姐的才能，但她并未获得协会颁发的职业证书和许可证，很显然，县议会任命卡斯特小姐是对兽医行业的一种侵犯。

我从没见过伯恩这么生气。即使是我父亲脚踩修女的坟墓，他也没有如此愤怒。

"他们怎么敢？"伯恩说，"'只会发生在爱尔兰'？他们以为自己是谁？你还是新兽医学院的学生时，这个问题就争论不休，法律的有关规定也模棱两可。但是现在，局势已经变了！而且，你已经是一名成功的从业者，得到了霍布戴少校等兽医的认可。事实上，一些爱尔兰人也为此感到骄傲。在兽医训练上，你表现出色，在能力上，你尤为突出，在职业操守上，你正直善良，你与那些最优秀的兽医一样出类拔萃。他们怎么敢这么说？他们是谁？皇家兽医协会顽固不化，内部意见不合，正逐渐衰退，濒临倒闭，我已经忍无可忍了！"

伯恩在书桌前坐下，抓起一张信纸，开始写信。

"你在干什么？"我问。

"我正在给《兽医记录》写文章，我要再投一次稿，皇家兽医协会应该做一件明智的事，通过决议，授予你荣誉学位，立刻把你的名字登记在册，并承认这项任命。我也要辞去委员会的职务，不想和它有任何关系！"

"不要为了我这样做，"我说，"这会给你带来不必要的麻烦。"

"不，不会的，这有利于我的身心健康。"

我不知道伯恩到底写了什么，但不管他写什么，都会在皇家兽医协会委员会里，引起一阵恐慌。也许他指出，在美国、澳大利亚、法国和俄罗斯，女性正在接受兽医培训，但英国却反对女性成为兽医，这恰恰证明了，英国正在倒退。又或者，在支持妇女成为兽医这一方面，他列举了越来越多赞成此事的成员，其中还包括几位教授，而皇家兽医协会，不仅逐渐丧失话语权，即使控诉他人涉嫌侵权，也无力支付诉讼费用。虽然我没有获得毕业证书，也没有在协会登记注册，但无论伯恩在信中写什么，都会让皇家兽医协会撤回反对意见，并承认我检查员的任命。当然，《兽医记录》仍在做最后的抗争：

县议会已经在兽医界任命了一位女性检查员，此举即便不是卑鄙下流的做法，至少也是令人厌恶的行为！女性从事检查员和兽医工作，极其不适合，极其令人反感。我们可以理解女人学习是为了照顾自己，但绝对不是照顾马！简直不可思议！

"他们好像根本就不知道，你为马和其他牲畜诊治多久了。真是一群见识短浅、头脑简单的生物！"我们嘲笑这个报道时，伯恩说。

他说得对。还记得多年前，在阿斯利格村附近，我跪在小马旁边，抬头看到伯恩从宙斯身上跳下来，和弗林先生一起向我走来。这么多年了，我一直是一名兽医，现在我成了一名检查员。

皇家兽医协会可能会扣留我的文凭，并阻止我参加兽医资格考试，成为协会成员。但是伯恩给了我工作，让我证明了自己的价值，成功当上了一名兽医。我选择了世界上最好的职业。菲茨少校和威廉姆斯教授为我打开了职业大门，伯恩让我证明了自己：我和男兽医一样优秀。

"年复一年，"我说着，用胳膊搂住他的脖子，"你一直在我身旁，陪我照顾马匹和牲畜。哎！没有你，我就没有今天的成就。"

第三十章

永失我爱

1910 年
爱尔兰阿斯利格村

"下个月都柏林将举办爱尔兰中央兽医协会会议,你愿意陪我参加吗?我将就牛结核病的立法,提出修改建议。"伯恩问。

我开口想问,我们一起参加是否明智,谁来照料诊所?

但伯恩没给我说话的机会。"我希望你能去,这场会议很重要。"

最后我们一同前往了,我坐在观众席上听他讲话。我注意的不是他提出牛结核病的临床问题,也不是他认为法律哪里需要调整,而是他演讲开头讲述的辛酸历程。后来我意识到,他是在为接下来的发言做铺垫。

"我清楚地记得,我也曾在类似的场合,给兽医群体做过演讲。只不过那次演讲是为自己的年幼无知而道歉,这仿佛是昨日之事。今天,我环顾四周,看到二十多年前的熟悉面孔,这些年来,我们都朝着兽医方向在努力奋斗。我看到了更多新鲜、年轻的面孔,我突然意识到我算是你们的前辈了。我已经过了朝气蓬勃、天真无邪的年纪了,我有责任开启今天的话题。确实,岁月已染白了我的青丝。"他摸了摸头,确实，他的卷发已有些灰白。

"但我不会沉溺于过去，慨叹时光的流逝，我的资历使我有幸站在这里，有权引荐一些前辈给你们这些新成员认识，我很高兴他们今天也在这里。因此，我将分享我的经验，希望你们接过我手中的接力棒，跨向终点线。"

我们在场的人都习惯了伯恩别具匠心、富有诗意的说话方式。他从前的演讲方式就很受欢迎，如今还是一样。此次的介绍让我印象深刻，在回家的火车上，我忍不住提起它。

"伯恩先生，你完全有骄傲的资本。"我说，车厢上只有我们两个人，我大胆地把手放在他大腿上，"但我从没这样想过你。"

他把手搭在我手上，看了我一眼。"骄傲？什么意思？"

"你的白发呀。你才四十六岁就有白发。"

"啊，对。但这只是让我给年轻人下达工作时，更有威信罢了。"

"仅此而已吗？"

"当然，如果它能让你用新的眼光看待我，认为我有骄傲的资本，那我很高兴它有双重作用。"他打趣道。

几个星期后，我意识到，作为一名病理学家，伯恩知道在爱尔兰中央兽医协会会议上的演讲，将是他最后一次演讲。那是他的告别演说。我也明白了为什么斯宾塞会突然和伯恩一起回卡斯尔奇宅。每晚当我想把他引诱回利斯特堡时，他都不理我。伯恩自己知道，也许斯宾塞也意识到：伯恩时日不多了。

"这只是一个早期肉瘤。"他一边摸着脖子一边坚持说。当他必须得去医院时，他不得不告诉我："罗斯康芒郡的医生告诉我，手术过程会很不舒服，也没什么效果。过几天我就能回家了。"

"你不去问问都柏林的其他医生吗？如果……"

"不用，一切安排妥当，马车已经在等了。"

他抬起我的下巴，温柔地吻了吻我，眨了眨眼睛说："如果你是皇家兽医协会的成员，我可能会要求你来动手术。"

这是我们最后一次对话。

一连好几天，我满脑子都是与伯恩的点点滴滴。在他葬礼那天，教堂外有一匹马儿，鼻子上长着白色斑纹，我认出这是他的马儿布拉兹，但主人却不在了，我这才真正意识到他真的去世了。

"你看到了吗？康纳·麦卡锡已经训练了那匹小母马，就是三年前复活节那天，我们接生的那匹马。"

但是伯恩无法嗅嗅马儿，表示认同我的话，也不能表露心迹，打趣我。我突然意识到，他不会再回应我了，1910 年 4 月的那天，他不会从镶着丝绒的棺材里出来，之后也不会从黑暗的地里爬起来。我的胸骨好疼，就像有残忍的人故意把牛绊倒，使她的胸部大受创伤一样。我肺里的空气好似被抽空，感觉快要窒息了。我把额头靠在马脖子上休息了一会儿，嗅到了熟悉的汗味、马厩味和上了油的皮革味，后来我爬上楼梯进了教堂。

教堂的长椅上挤满了悼念伯恩的受众，我坐在里面很突出，比他们至少高出一个头。奥弗拉纳根神父避免与我这个新教徒直视，我也顾不得他的禁忌了，认真盯着他，仔细聆听他的祷告。我相信神父的担保，他说伯恩的灵魂已被净化，已经进入极乐天堂。不过，当神父讲到《马太福音》中牧羊人的比喻时，他说牧羊人会把绵羊安置在右手边，山羊安置在左手边[1]，但我还是很担心。如果上帝厌倦了这世间无尽的麻烦，分心了，搞混了绵羊和山羊怎么办？这是有可能发生的，我想起威廉姆斯教授讲过的故事，有农夫把他的雅各布羊和花斑羊搞混了。如若发生这样的乌龙事件，上帝会把伯恩置于神圣王国的何处？再者，根据我的经验，上帝有些理论非常荒谬，行为举动也很不明智，我心爱的伯恩和多萝西就被他过早地剥夺了生命。不，神父的话根本不能让我感到安慰。

我和伯恩的堂兄托马斯走到离墓地不远的地方时，他伸出手牵我。我在想他为什么不在抬棺人之列，可能他太矮了，不能胜任这项工作。当然，他的双腿那么瘦小，要承载圆滚滚的肚子，行走起来异常艰难。又或许他的行程和葬礼冲突了，伯恩的朋友们并不知道他会出现，他是在守灵前几个小时到达阿斯利格村的。我们在那儿简短交流了几句。我并没有逗留太久。爱尔兰的传统是在守灵时举行最后一次聚会来纪念死者[2]，但我并不理解。

"你看到送葬队伍有多长了吗？"托马斯问，带着我绕坟墓旁走，像是害怕我会踩到坟墓似的。我想是否伯恩告诉过他，我父亲的事。

"嗯。"我回答说。

"我比较晚离开卡斯尔奇宅，等到我加入送葬时，队伍浩浩荡荡，已经约有两英里长了。"

托马斯没有夸大其词。罗斯康芒郡的马路上出现如此多的马和马

---

1 牧羊人比喻耶稣，绵羊代表好人接受祝福，山羊代表坏人将下地狱。
2 爱尔兰的守灵是对生命的庆祝，这是向逝者致敬的最后一次聚会。

车，这场景我只在赛马日见过。我们的客户和病人也加入了送葬行列。动物们在阳光下熠熠生辉，看到这么多动物健康地工作，我很高兴，我想伯恩一定也是。我当时就下定决心，在我的遗嘱中标明，不管未来汽车多么流行，我的送葬队伍必须是马车。

站在墓地后面两三排的凯瑟琳引起了我的注意。她一瞧见我，就迅速低下了头，之后又慢慢抬起来，用她那一双蓝灰眼睛，和我对视了一眼。这可能是我唯一一次没有看到她显露出恶意。她甚至向我微微点了下头，也许是我的错觉吧。她交了一位克雷格斯村的男友，她的母亲和男友陪在她身旁。她打扮得如此光鲜亮丽，我努力不让自己生气，但我无法做到。凯瑟琳会照常生活，丝毫不受影响。

托马斯邀请我坐马车回卡斯尔奇宅，和他一起吃午饭，但我还没做好准备，去到那个没有伯恩的房子里。我告诉他，我在利斯特堡有事要处理，一两周后会再去拜访。希望我说这番话时，没有太过悲伤，失了礼数。

我本想让托马斯不要去投喂斯宾塞，那他就不会再去卡斯尔奇宅找伯恩了。但托马斯知道斯宾塞是谁吗？

从罗斯康芒郡到阿斯利格村的路上空无一人。我想着，今天一切的交易都会停滞。但似乎伯恩的葬礼给了别人放松自己，在镇上闲逛的理由。我想象不到，就伯恩去世，他们还能再谈论些什么。真正的哀悼是心底充斥着悲伤，那无疑是缄默无言的。

我原本打算骑着纳赛尔去参加葬礼，沿着去年伯恩和我骑马参加罗斯康芒狩猎时走的路线。我想象着，纳赛尔和我从栅栏上一跃而过，曾经伯恩在这儿拦下了我。伯恩的笑声也许还在山谷里回荡。我原以为骑马能让我暂时忘却与伯恩的点点滴滴，忘却心底的痛苦，但布丽奇特拿出一件黑色帕拉玛塔丝绸连衣裙时，悲伤又再次涌入心头。那件衣服是在多萝西葬礼上穿的，当时我怀着无比沉痛的心情，在诺森伯兰郡匆忙买下它。痛失挚友的悲痛又再次席卷我。我告诉凯文，我来驾驶马车，无意中听到他叫罗南去问我，能否让罗南替我驾马车，但罗南有良好的判断力，他懂我，就直接拒绝了。

现在，我驾着马车回家，阳光洒在我的背上，耳边响起莫莉踢踏踢踏，富有节奏的马蹄声，以及车轮的滚动声。驾着这匹温和的马儿，我感到很舒服。莫莉沉稳平和，哀悼时有她相伴让我感到很治愈。如果莫莉是人类，她就不会在镇上闲逛，喋喋不休地谈论死亡的悲惨。她会像我一样回家，想办法如何继续生活下去。

如果明天天气好的话，我会骑着纳赛尔出门。在这温暖的春日，连雀鸟都在歌颂太阳。我驾着马车行驶在路上，看见白刺树正在发芽，一些树篱大概在阳光下沐浴很久了，长出了小小的白色花朵。希恩的羊群正在路边的牧场上吃草，我经过时他们抬起头看我。我这一辈子，只要看到白刺花，看到绵羊，就会记起伯恩，想起罗斯康芒郡的春天。

"白刺发芽前十二周，母羊就开始产羔羊了。"十年前，我刚到这里不久，伯恩介绍道，"等小羊断奶了，天气也暖和了，白刺树会开出和他们一样毛茸茸的花朵，小家伙们也可以真正享受户外活动的乐趣了。"

的确，希恩养的毛茸茸的小羊，在青葱的草地上跳来跳去，放眼望去，一片白茫茫，就像一两周后长出的白刺花一样。伯恩熟知罗斯康芒郡的动物，对这儿的季节也了如指掌。

　　加夫尼的鹅胖乎乎的，摇摇摆摆地穿过马路，嘎嘎叫着，身后跟着一群毛茸茸的小鹅。我大约骑了八百米后，到了铺满风铃草的树林，空气中弥漫着野生大蒜的刺鼻味道。

　　冬天已结束，崭新的生活开始了，未来一定会更加温暖、更加丰富多彩。但伯恩已经死去。我们克服了爱情之旅的种种困难，刚迎来新生活，他却永远离开了。我们和狗狗、马儿组建而成的家庭，便不复存在了。

第三十一章

全民抗战

1914 年
爱尔兰阿斯格利村

接下来几年的生活如出一辙，日复一日，年复一年地过着。布丽奇特、菲奥娜、凯文和罗南四人照看利斯特堡。他们每天负责打扫房子；为奶牛挤奶；给牲畜喂食；为我做饭。我要骑马去看生病的动物，他们就给纳赛尔装上马鞍；我需要马车，他们就给莫莉套上挽具。春天修剪杂草，让花儿在夏天盛放；秋天，罗南负责耙扫地上的落叶；冬天，凯文则给马厩放置干草，让它保持干燥。

最终，斯宾塞眼中俏皮的光芒又回来了。卡斯尔奇宅空无一人，托马斯回到美国后，斯宾塞继续与贡纳和莱西玩耍，但不再去卡斯尔奇宅了。原先我和伯恩的客户，现在变成了我的客户，而且人数在不断增加。伯恩去世了，方圆几英里内没有其他兽医，人们对我的态度有所改变。我终于赢得了阿斯利格村以及罗斯康芒郡其他民众的尊重，许多人第一次用"您"称呼我。

诊所十分繁忙，每天有大量的工作，因此需要再聘请一位兽医。我停下工作思考如何招聘，甚至打算为此登个广告。和以往一样，诊所的工作纷至沓来，我怀念和伯恩在一起的日子，也怀念和他一起讨论病例的日子，尤其是那些罕见又棘手的病例。把诊所搬到利斯特堡后，我便独自医治动物，每天疯狂工作数小时，疲倦不堪之下，夜晚我便能很快入睡，避免因伤心悲痛而失眠。

在医治动物的休息间隙，我设计改进了马链的构造，这种马链更简单、更轻、更便宜，于是我委托伦敦的亚诺兽医仪器公司生产制造出来。我想，只要我一心扑在工作上，就不会想起那些伤心事了。

但是，我并不总是单枪匹马地治病。有一次，我和另一位兽医一起工作，虽然只是合作了一个手术。我在兽医期刊上读到，霍布戴曾对"喘鸣症马"做过几次手术，喘鸣症马就是马儿在运动时，喉咙里的空气流通受到阻碍，发出不正常的喘鸣声。于是霍布戴给马注射足够的麻醉药，剥开其声带和喉左侧杓状软骨之间的间隙，打开喉腔，这样马儿呼吸就不再受阻了。康纳·麦卡锡的小马也会发出喘鸣声，于是找我治疗。我告诉他这个手术比较罕见，我还无法独自操作。

"我给霍布戴教授写封信。"我说，"也许他下次来爱尔兰时，可以和我一起做这个手术。"

几个月后，我和霍布戴教授用我设计的马链，给康纳的马儿做手术。

"霍布戴先生，您这样受人尊敬的教授，能为我的马做手术，真是我莫大的荣幸。"手术结束后，康纳一边说着，一边向霍布戴告别，完全无视了我。

我很自然想到的是，我能和霍布戴教授一起合作手术，这才是整个事件更有意义的部分。如果皇家兽医协会的成员知道了，他们会怎么说？不过真正的回报在于，看到康纳的马做完手术后，变得强壮且无喘鸣音。

事实上，那些年里，除了和霍布戴教授合作手术外，其他事情都平平无奇。大多数情况下，我像机器一样，过着千篇一律的日子。

菲茨少校写信告诉我，母亲去世了。我得知母亲的死讯，内心也毫无波澜。我突然意识到，自己面对亲人离世竟然能如此冷静。有一天早晨，天还没亮我就醒了，内疚感猛地涌上心头。母亲去世，女儿的痛苦感在哪里？我翻来覆去，又为自己的失眠而恼火。我为什么要悼念母亲？十年前母亲生病了，我到伦敦看望她，试图与她以及兄弟姐妹和解，却遭到拒绝。从那之后，母亲便与我断绝了联系。尽管如此，我还是每年给他们寄去生日和圣诞节的祝福贺卡。即使每次写祝福时，我都会责备自己一厢情愿，但不管家人多么厌弃我，我都不能和他们一刀两断。

但是母亲去世了，这消息居然不是由兄弟姐妹告知我，而是由威德灵顿一家转告我，看来我和他们之间，确实已经恩断义绝了。对他们来说，我可能已经死了。所以，即使我要悲痛哀悼，也应该是为了伯恩和多萝西，而不是为了母亲。

当然，如果人们知道我的想法，可能会认为我对亲人漠不关心，但那是因为我努力不让自己沉思，而且结束了一天的工作，我筋疲力尽，没有精力再思考其他事了。我作为一名兽医，从事着喜爱的工作，在诊所看病或者到客户家里就诊，我与别人交流的机会很多，并没有孤独感，我还要做些什么？除了每天工作、医治动物，我一有时间就去打猎，对其他事情并没有任何欲望。

直到 1914 年 8 月，那时正处于一战前夕，爱德华在英国下议院的演讲中说："无论我们是否参与这场战争，恐怕都会遭受极大的痛苦。"
我这才意识到，除了我的工作与动物，我对其他事情一无所知。

"既然这样，那我们能参战吗？"爱德华向下议院的高级官员问。

第二天，我在加夫尼的奶牛场检查一头咳嗽的奶牛。加夫尼的哥哥
说："我们的儿子们正讨论志愿参军。"

"真的吗？"我问。爱尔兰人已经准备好与英格兰并肩作战了，我
对此很惊讶。"为什么？我的意思是，他们认为战争与自己有关吗？"

"是的。"加夫尼先生说，"他们肯定是想讨回公道。尽管有些青
少年可能受到参军的刺激，想看看拿把枪的威风，假装自己是男子汉，
去英格兰参军打仗。"

"我知道。大家普遍都想帮英格兰打仗吗？"

加夫尼兄弟俩面面相觑，好像没有从这个角度思考过。"是的，我
觉得是这样的。我的意思是，民族主义和工会主义的领导人都支持大家
参军，不是吗，达拉赫？"加夫尼先生问。

"对，他们很赞成。"达拉赫回答。

英国政府没有征召爱尔兰人入伍，但接下来的几个月里，仍然有成
千上万的爱尔兰人加入战争。大家都在讨论战争，没有心思谈论其他
事。有些客户的动物患病严重，叫我帮忙治疗，他们甚至都无心谈论动
物的病情，而是更愿意讨论欧洲大陆的战争，谈论与战争相关的一切内
容，无论是正在发生还是尚未发生的事。

"您读过伯特兰·罗素（Bertrand Russell）的著作吗？他和其他胆
小鬼成立了一个协会试图阻止征兵。他们真的是反战者。难道他们觉得
会有人支持自己吗？他们应该进监狱，您觉得呢？"

"您怎么看待那些正渡过英吉利海峡，被运往战场的可怜马儿？您觉得他们还会回来吗？我的意思是人们理解战场需要马，但是动物们……动物们会怎么想？"

我通常会回答："我们先做好手头的工作吧。"

尽管基奇纳伯爵（Lord Kitchener）提醒过内阁，英格兰要做好血战三年的准备，但我更愿意相信那些说战争几个月就会结束的人。但是，我收到威德灵顿夫人的来信，她告诉我伯蒂在去法国打仗的路上了，我便更加关注战争的消息，得知英国军队仅拥有两万三千匹马，这些马匹远远无法满足战争的需求。从那时起，我意识到，我不可能忽略这场战争。

我研究政府出台的文件，会有意倾听客户们谈论战争的相关内容。我了解到，马是骑兵冲锋、运送伤亡者、拉运武器和补给的关键，于是英国政府向各地征用马匹送往军队。不久之后，爱尔兰的许多优质马儿都被运走了。

一天早上，布丽奇特带着一位疲惫不堪的军官进屋，我和那位军官刚打完招呼，他便说："1881 年的《陆军法》规定，军队有权在紧急情况下征用马匹和马车。这是该法案严格制定的条款。"

"你要先喝杯茶吗？"我问军官。

"谢谢您，夫人，但是我们没有时间了。我能看看你的马吗？"他说。

"我不能把马卖给你或者任何人。你知道，我是一名兽医。这些马对我的生意至关重要。"我回答。

"我的手下在你的马车房里看到一辆汽车，这肯定足以满足你的需要了。夫人，你肯定知道我们正在打仗吧？"他又说。

我很同情那位军官，从他沉重的表情和姿态可以看出，他不喜欢征召马匹的工作。但即便征不到马，也不能说服我将马儿拱手相让。

"少校，你来的时候注意到路况了吗？"我问。他点了点头。

"你可以想象，如果天气状况不好，我外出就诊会有多困难。我不能总是开着汽车出门，有时我得把设备放在马车上，让莫莉拉着；要是遇到紧急情况，我需要骑着纳赛尔以最快的速度去治病。因此，马对我的工作十分重要。"

"罗斯康芒郡数百位农民的马，也同样被军队征用了。"他重复着自己的观点，似乎很厌烦地说。

"少校，你漏了一些关键信息，我是一名兽医。要想让更多的马匹保持健康并繁殖后代，我的兽医工作可是至关重要。我在工作过程中，非常需要这两匹马的支持。上帝保佑，我希望在未来几个月甚至几年时间里，他们都不要被征召入伍。如果你带走我的马，导致我无法工作，别说加强前线军力了，未来前线的马匹供应都得不到保障，那岂不是得不偿失。"

于是在我的一番劝说下，军队让莫莉和纳赛尔留在了利斯特堡，也让各品种的漂亮马匹留在了罗斯康芒郡，让他们能繁衍后代。

大大小小的狗狗以及各种马匹，无论是曳车马和驮马，都排成一排走在路上，即将被送往战场。

我认识的几个兽医，他们大都还没参加战争，留在家里密切观察战况。我和他们见面的时间越来越少，聚在一起时总会讨论，如果英国的马匹不够用，军队该如何向美国、加拿大、澳大利亚和新西兰等国家征召动物。从霍布戴的来信中，我得知数千匹马正被运往爱尔兰海港口，在那里暂时落脚并接受检查。在奔赴前线前，马儿会先接受检查。士兵挑选出一批健康的动物率先运送过去，而生病或受伤的马儿待治疗痊愈后再送往战场。我当时还不清楚，马儿在前线情况如何，但即便情况最乐观，我也知道他们需要获得更好的照料。

那天我和罗斯康芒郡的同事们开会时，谈到战争中爆发的马癣病。会议结束后，我骑着纳赛儿回家。我意识到这次的疫病不容小觑，那么多动物正在前线受苦，我无法安心待在爱尔兰继续工作，我得前往战场，尽最大努力给马儿提供帮助。

那天晚上，我写信给驻法国的英国远征军约翰·摩尔（John Moore）少将，他是兽医服务处的主任，我曾在爱尔兰中央兽医协会的会议上见过他。我立即向他申请成为陆军兽医服务志愿者。很快我就收到了他的办公室的回信，但文字很简短。

陆军兽医服务的志愿者必须取得专业证书，成为皇家兽医协会的成员。你不符合此项规定，因此拒绝申请。

我把信放在壁炉台上，这时布丽奇特说凯文在厨房想见我。

"卡斯特小姐，"瘦削的凯文拖着脚向我走来，"我是想告诉你，我周五要去前线打仗了。"

"你吗？怎么可能。你的眼睛痊愈了吗？以你的状况，军队怎么可能接纳你。"我说。

"夫人，我的眼睛还没痊愈，军队还是不让我入伍，但我加入了基督教青年会。"凯文回答。

"啊，基督教青年会？你们是要给前线士兵做祷告，给予他们精神力量吗？"我疑惑地问。

"是的，但除了祷告，还有很多事要做。卡斯特小姐，我会拼尽全力，尽我所能，帮助国家打赢这场战争。"

"凯文，你说得对，干得好。你走了我会很难过。希望战争结束后，你能回到利斯特堡。"

"好的，卡斯特小姐，谢谢你。我会在周四正式和你们道别。"

"好，好的。"

说完后我突然想到一件事。

"凯文，基督教青年协会接收女志愿者吗？"我问凯文。

第三十二章

战地就职

1914 年
法国阿布维尔市

我加入了基督教青年会，把汽车运过英吉利海峡，并前往皇家兽医协会的办公室报到。皇家兽医协会在法国的办事处位于索姆河畔的阿布维尔市附近，那也是陆军兽医部队总部与高级军马管理处（Advanced Remount Depot）的所在地。

我抓紧时间安顿下来。来到法国几个小时后，我就深知想要最有效地实现自我价值，需要保持理智与冷静，这一点无论是战争还是和平时期都一样。战争期间，要做的事太多了，根本没有时间等你优柔寡断、磨磨蹭蹭，或是等你依令行事，你必须要明确自己的方向并立刻采取行动。

基督教青年会的大多数工作人员都集中精力，在物质、情感和精神上，为士兵们提供最大程度的保障，而我，则把重心放在了动物身上。有时，我会照顾战乱中幸存下来的少数牛、羊、狗和猫。但是，我去战场的主要目的，是为了照顾那些在战乱中无辜受伤的马匹。他们出生入死，载着士兵、驮着补给、拉着机器，前往战争地带，深入死亡的腹地。

到达法国几天后，我沿着泥泞的道路前往高级军马管理处，要求与约翰·摩尔爵士少将会面，并谈论下基督教青年会提供的马匹服务。少校喜怒不形于色，不论是听到我创立了马匹服务机构，还是看到我遭拒后依然前来，他都十分镇定。

"早上好，少将，"我说，"谢谢您能接见我，我不会妨碍你们工作。但我想告诉您，基督教青年会已经对那些处于半康复状态的马匹进行了康复训练。这些马儿能在高级军马管理处做一些轻活。"

他轻轻地挑了挑眉。

"您的手下告诉我们，这类受伤的马匹非常多，但兽医数量太少了，不利于他们康复。对此，我们会提供帮助。"

"锻炼？康复？在这里？"

"是的。"

"好是好，但是……"

"太好了，谢谢您，少将。我先走了，不必送。"

当然，军队需要的不仅仅是锻炼和康复服务。我的想法是对的，前线迫切需要我提供兽医服务。在药物和设备十分受限的情况下，许多马匹需要获得专业的照顾。战场上受伤的马儿需要缝合、休养、康复，那些因马鞍和马具患上溃疡的马儿以及患有皮肤病的马匹也一样。他们还承受着绞痛、跛行和呼吸系统疾病带来的痛苦。在冬天泥泞不堪的天气里，以及夏天尘土飞扬的日子里，这些病痛都是难以忍受的。由于饲料短缺，照顾这些动物难上加难。正常马匹的毛色与眼睛颜色是相称的，而那些遭受严重创伤的马，由于受到惊吓，会不停地颤抖，暴露出巩膜（眼球外围不透明的白色部分）。对这些马儿来说，再多的安慰也是徒劳。

漫长的白天，无休止的工作，让人根本无暇休息。战场食物匮乏，难以维持精力，我和其他人一样，也日渐消瘦。

晚上我累得瘫倒在床上，大致回忆了一下这些年。当初我独自在利斯特堡经营诊所时，竟然会觉得自己很忙。在前线工作，每天总有源源不断的马匹受伤，他们步履蹒跚地被士兵牵着走，身上还流着血，不断呻吟着，有时甚至痛苦地嘶吼着，我做的任何工作都不能与前线工作相提并论。这是一项艰巨而又令人心碎的工作。我生平第一次，希望自己不是兽医，这样我就不必目睹战争给人类带来的伤害，也不必知道战争期间人类对牲畜的要求。

我在阿布维尔市担任基督教青年会志愿者两年多了，摩尔少将派我专门负责高级军马管理处的马匹工作。我料到自己会受到劈头盖脸的呵斥，甚至他可能要求我离开高级军马管理处。另一方面，考虑到他们人手不足，又忙得不可开交，我身边的军官和士兵大多都是合格的兽医，他们从未怀疑过我的存在。实际上，他们经常征求我的意见，把他们无法解决的疑难杂症交给我。即便如此，也有人反对我在高级军马管理处工作。或许，高级军马管理处只是期待一位高官的慰问。不管怎样，对摩尔少将把我派到高级军马管理处工作这件事，我一直感到非常惊讶。

"如你所知，我们急需研发疫苗。陆军部已经批准我建立一个新的实验室。我需要一位……有适当经验的人在实验室担任细菌学家。"他一边说着，一边在他的小办公室里踱步。这间办公室也曾是一家咖啡馆的储藏室。"我，呃，我已经向办公室提出申请，希望能在陆军女子辅助队给你一个合适的职务。待一切就绪，你就可以任职了。"

我想了一会儿，都不知道说什么。

"当然了，如果你同意的话。"他补充说。

后来我突然想到，如果我坚持让他要求皇家兽医协会给我颁发荣誉学位证书，并最终将我的名字登记在册，那将是绝佳的时机。但我并没有这么做。我说："好的，这工作能发挥实际价值，我愿意接受，我会通知基督教青年会。"

不久后，我收到了一封信，正式成为玛丽女王陆军辅助部队的成员，并担任阿布维尔市该分队的管理员。

其实，我在法国担任的这个新职位，并不像先前少校描述的那样有价值。待在加拿大陆军兽医团，在沃森上尉手下的实验室工作很压抑。沃森上尉比我年轻得多，但他似乎并不习惯和具有独立思考能力的人一起工作，更不用说和女人了。一见面，他就对我深恶痛绝，但我并未反驳过他，惹他不悦。他的态度让我很恼火，我也不想对他唯命是从。我独立工作太久了，还不适应听从别人的指令。我们在很多问题上存在分歧，甚至我以多年的兽医从业经验证明了自己的观点，他也不屑一顾。

在实验室工作期间，我得知了菲茨少校的死讯。尽管我看惯了死亡场景，见惯了创伤场面，但这个消息对我打击很大。对我来说，菲茨少校就像我的父亲，没有他，我的世界空洞得让人难以忍受。我听到这个消息时，实验室里满是冰冷的寂静，但这丝毫没有让我平静下来。不管是刮风下雨还是晴空万里，我都只想待在外面，思念着少校。如果不能回到诺森伯兰郡，我就应该待在阿布维尔市的马群里。我渴望再次与动物相伴，尽我所能让他们感到舒适，这样我也能从中得到慰藉。我专注地盯着显微镜，又同上尉争论着，想要把失落感发泄出来，但这并不能给我任何安慰。我想去一个能立即提供实际帮助的地方，即使这意味着，我要舍弃玛丽女王陆军辅助部队成员的职位，再次去换取基督教青年会的身份。

几个星期后，在有机会申请调离实验室前，我又收到了一封威德灵顿夫人的信。想必这封信是她对我哀悼菲茨少校的回应，所以我没有立即打开它，而是放进口袋里，等我单独回到房间时再读。我想我的悲伤会再次来袭，信中她描绘了失去菲茨少校的生活，但是这并不是她写信的原因。她写道，最近几个月，她写给伯蒂的信都被退了回来。威德灵顿夫人询问了她在军队高层的朋友，才发现伯蒂下落不明。事情还能更糟吗？

自从我与伯蒂解除婚约回到爱尔兰后，我们之间几乎就没什么往来。我最后一次见到他，还是在多萝西的葬礼上，我们无语凝噎，只打了招呼，告了别。但是，我经常幻想有一天我们能和解。我不指望他会像曾经那样爱我，但我还是希望我们能再次成为朋友。我想再次得到他的爱，就像他永远拥有我的爱一样。现在，他失踪了。我蜷缩在狭窄的床上，努力说服自己，战争期间，兵荒马乱，他只是暂时找不到了，不会有更悲惨的结果。我无法想象没有菲茨少校和伯蒂的生活。我含泪睡去。

自从到了阿布维尔市，我每天早上起床都精力充沛，但第二天早上，我差点起不来床，几乎无法前往实验室。无论我做什么，提什么建议，沃森上尉都觉得无关紧要，这职务似乎毫无意义。我度日如年，大

417

部分时间里，都在凝视远方。我想象着自己骑着纳赛尔，穿过罗斯康芒郡的田野，或是驰骋在诺森伯兰郡的海滩上。

那晚，我决定问摩尔少将，是否可以离开实验室。我列了一张清单，上面写着我在基督教青年会支持下做的所有事，以此让他相信，比起实验室，待在马群中更能让我施展拳脚。清单写到第四页时，我确信摩尔少将会同意我离开，于是放下笔，上床睡觉。

但第二天，我大病一场，哪儿也去不了，谁也见不了。

第三十三章

重回诺森伯兰郡

1919 年
英格兰诺森伯兰郡

几个月后，我在牛顿庄园疗养时，威德灵顿夫人告诉我，我是如何在盟军和德国签署停战协定，暂停西线敌对行动的前一天，从法国被运送回来。我当时意识到，战争可能即将会结束，但是现在我脑海中没有任何记忆。至于我在伦敦住了多少周才好转，最后被送上火车，前往诺森伯兰郡，这些事我也不记得了。

"你当然不记得了。"威德灵顿夫人一边说，一边拉开窗帘，房间里顿时充满了阳光。就是在这个房间里，我告诉伯蒂，我不会嫁给他。"你清醒时，吃了药就睡了。爱德华认为流感的死亡率会比战争更高，但好在你症状比较轻，不会有生命危险。"

威德灵顿夫人对我嫣然一笑。她的双眼炯炯有神，皮肤光滑细腻，这些都恰到好处地掩盖了她的年龄感以及近年来的心力交瘁。我并没有忘记逝去的少校和失踪的伯蒂，忙问威德灵顿夫人是否有伯蒂的消息。

"伯蒂没有死，"她说，"我能确定。我在听说多萝西的噩耗前，就能预感到她去世了。那天早上，我在窗台看见一只鸽子，不停地来回走动，我心中突然有种不祥的预感。那天过后，多萝西就离开了这个世界。"

我盯着她，一言不发。一直以来，威德灵顿夫人都是一个率真直爽的杰出女性。这话不像是出自她的口，描述得这么虚幻怪诞。

"菲茨去世的那天早上，我在车道上看见一对鸽子昂首阔步地走着。我靠近他们，他们也不走，之后有小狗追赶，他们才不得已飞走了。但幸运的是，从那以后，我再也没见过鸽子了。所以，伯蒂一定还活着。"

"希望如此。"我说着，把视线从窗户上移开，避免看到任何鸽子。

"每天都能看到失踪士兵回家的消息，也许有一天，他会回来。"她说，"战争期间，要追踪并确定每位士兵的行踪，这不太可能。也许是人们弄错了，也可能记录错了。或许，伯蒂正在某地疗伤，又或者他染上了流感还在康复中，同时还失忆了。我不知道为什么他会下落不明，但我知道他一定还活着。"

伯蒂有可能还活着。我满怀希望想说服自己，但我的情绪仍旧低落。曾几何时，我也会同威德灵顿夫人一样，坚持伯蒂会突然回来的想法，但现在我又控制住自己的想法。我目睹了太多悲剧，无法再相信奇迹了。我已疲惫不堪，不敢幻想，也无力承受希望破灭的痛苦。我什么都做不了，只能默默地为伯恩感到难过，为失踪的伯蒂感到担忧，为意外逝去的多萝西和菲茨少校感到悲痛。

直到我痊愈，并开始计划返回爱尔兰时，伯蒂仍然毫无音讯。我渴望回到曾经给我带来欢乐的工作岗位。专注于我喜欢的工作，能暂时分散我的注意力，不再沉溺于过去的痛苦，重获生活的目标与快乐。

我写信告诉多伊尔夫人，我马上就要回来了，她回复说：

卡斯特小姐，战争没有持续多久，但1916年战争以来，爱尔兰已经发生了翻天覆地的变化，我不知道你对阿斯利格村还会不会有家的感觉。不管菲奥娜和罗南是否会留在利斯特堡，他们见到你一定会很高兴，可我担心他们不能保护你。当然了，你能回来当兽医，民众一定会很开心。

虽然她模棱两可的语气让我吃惊，但我仍然渴望回到利斯特堡，重新运营我的诊所。我还记得，早年在阿斯利格村，民众很厌恶我，把我看作是伯恩的附属品，但现在，我想他们一定很欢迎我。也许我是一名英格兰新教徒，但阿斯利格村是我工作定居的场所，也是我建立事业的地方。罗斯芒康郡是我的家，它的人民也是我的同胞。当然，爱尔兰人太爱惜他们的动物了，不会因为反英情绪，就不顾动物的身体健康。

"如果事件的发展不能如你所愿，我这儿永远都有你的一席之地，你随时都能回来找我。"我告别时，威德灵顿夫人对我说。我轻轻抱住威德灵顿夫人，再次感谢她的关爱和支持，此刻，我们之间充满信任，不再像我与伯蒂订婚时那样心存芥蒂。

我驱车进入利斯特堡的大门，发现离开的这段时间，菲奥娜和罗南把这片建筑维护得很好。天空万里无云，格外蔚蓝，底下的建筑似曾相识、赏心悦目，周围的树木比记忆中还要高大，但是它们需要修缮。我暗下决心，要努力工作赚钱，尽我所能，对利斯特堡做出必要改进。

我得知，布丽奇特嫁给了一个农民，怀了二胎，而凯文下落不明，菲奥娜说，凯文的母亲坚信，凯文之所以不回爱尔兰，是因为娶了个漂亮的法国女人，但又因为资金不足回不来。

"凯文的母亲坚信自己也有了孙子孙女。"菲奥娜说，"她肯定会问你，有没有在法国遇见凯文。"

我走到埋葬斯宾塞的玫瑰花园。虽然我离开后的一段时间里，斯宾塞一直在找我，来回奔波于卡斯尔奇宅和利斯特堡之间，但罗南告诉我，他最终还是接受了我离开的事实，幸福地生活到最后一刻，直到十五岁才去世。我向贡纳和莱西打招呼，他们摇着尾巴回应我，但是罗南去马厩，他们也跟着去了，这让我意识到，他们已经认了新主人。

令我惊讶的是，我去了法国后，纳赛尔和莫莉并未被征召入伍。这些马在利斯特堡过着平静的生活，已经老态龙钟了。第二天，我要骑马去卡斯尔奇宅，于是让罗南备马，装上马鞍，此时纳赛尔显得有些焦躁不安。

从利斯特堡去卡斯尔奇宅的路上，有一条乡间小路，不过再也看不到斯宾塞在前面奔跑了。我骑着纳赛尔在河边的沙子路上慢跑。奇怪的是，即使过了这么长时间，我仿佛还是能看到，斯宾塞在我们前方的路口拐了个弯。我想知道，在卡斯尔奇宅的手术窗口，会不会看到伯恩？

华丽的金属大门，由于长年累月无人看管，已经锈迹斑斑，锁上了铁链。罗南告诉我，在战争期间，托马斯把卡斯尔奇宅卖掉了。虽然新主人还未公开入住，但很显然，他们并不想外人闯入。以前，我会叫纳赛尔越过篱笆，进入房子。但是现在，我不确定我们俩还有没有这样的体力。我在门口抱着纳赛尔，透过门往里看，想象着十年前，我和伯恩在这儿工作的情景。我们全身心地投入工作，激情相爱，幸福度日，觉得这一切都理所当然，却没想到不幸会降临在伯恩身上，美好的时光会如此短暂。

那天晚上，菲奥娜和罗南忙完活，返回小屋休息，贡纳和莱西跟着他们走了。我正准备睡觉，突然，一阵很大的敲门声传来。我笑了笑，心想，一定是阿斯利格村的村民听说我回来了，有急诊找我。

我以为会在门阶上看到一位农民，或是他的家人，于是我穿上外套，打开了门。但是，映入眼帘的却是一个怒气冲冲的年轻人，他的胳膊粗壮得就像野猪的蹄关节，他把我往后推到走廊里，然后昂首阔步地往房间里去，其后还跟着三个同样愤愤不平的男人，其中两个把玩着手枪。领头人大声宣称，他们是爱尔兰共和党的成员。

他们要求我交出汽车钥匙。我怒火中烧，瞪着他们，却不知道如何是好。罗南和菲奥娜就在不远处的小屋里，但是外面狂风呼啸，根本没人能听到我的呼救。

"你想以共和军的名义没收我的汽车？"我问，"这太荒谬了！我是一名兽医，你们没收了我的车，我还怎么工作？"

男人们面面相觑。难道他们没料到我会拒绝他们的要求？

"出去！"我指着门说，"我就当这件事没发生过！"

霍克·阿姆斯怒吼一声，跳上前来，用力攥住我的胳膊，一把拧到背后。

"现在，你可不要做后悔的事情，英格兰婊——子！"他说着，粗鄙不堪的嘴里喷出热气，吹乱了我耳旁的头发，"你要明白，这儿可没人喜欢你。就算你明天死了，也没人会想起你。"

"闭嘴！"我说着，转过身对着他。"放开我！别威胁我！你偷了我的车，要是明天你的马出了问题，我看你怎么办！"

那些人盯着我，霍克仍然抓着我的胳膊。"这样能让你好好考虑，是吧？"

领头人把我的胳膊用力往后拽。我痛苦不堪，担心他拧断我的胳膊。

"放开我，"我恳求道，"你们这样，让我怎么考虑……"

他并没有放开我，而是把我推到门口，腾出一只手，抓起十四年前伯恩在伦敦给我买的猎鞭。

"老子倒要看看，这鞭子要抽多久，才能让你变聪明！"他说。

除了把车钥匙给他们，我别无他法。"把鞭子还我！"我喊着。那畜生把我往后推到椅子上，然后慢悠悠地朝门口走去。

他转过身，轻蔑地瞥了瞥手里的猎棒，挑衅地朝我挥了挥，离开后也没把猎鞭还给我。我一股热血冲上脑门，气得面红耳赤，立马跑回房间，拿出橱柜里的猎枪，朝着远去的汽车开了一枪。

这件事后还不到一个月，爱尔兰共和党成员就在村里威胁菲奥娜和罗南。他们很可能和抢我车钥匙的是同一批人。菲奥娜夫妇低着头告诉我，他们要走了。我这才意识到多伊尔夫人说得对：爱尔兰已经不是战前的模样了，我在这里也不受欢迎了。

"卡斯特小姐，你得把窗帘拉上。"罗南说着，和菲奥娜一起把最后一件行李装进车里，"他们会像狙击手一样，一直盯着你。"

我站在楼梯上，目送他们离开，贡纳和莱西跟在马车两旁小跑。在利斯特堡，我无法习惯没有狗的生活，但我看着空荡荡的院子，望着纳赛尔和莫莉的马厩，我知道，这里并不适合我收养新动物。

那天晚上，我写信给威德灵顿夫人，告诉她我要卖掉利斯特堡，回英格兰。

我找到住处前，如果能和您住在牛顿庄园，真是不胜感激。只有焦躁的我和两匹老马前来，不会打扰您的生活。

威德灵顿夫人的回信热情、亲切又充满期待。她邀请我随时前往，并告知我，可以带着纳赛尔和莫莉一同前去。这一天，我还收到了老朋友霍布戴寄到利斯特堡的信，这让我十分惊讶。

战后，霍布戴在阿布维尔市担任少校，城市中的宠物日益增多，他在伦敦西区建立了一家小型动物诊所，专门照料这些宠物。他是亚历山德拉女王陛下的官方兽医，也是英国最博学的兽医。霍布戴写道：

> 如果你还不了解皇家兽医协会的情况，我想你应该要知道，根据 1919 年《取消性别限制法》，皇家兽医协会迫不得已调整政策。我一直在关注伊迪丝·奈特小姐的案例，她最近向皇家兽医协会提出了兽医培训的申请。根据《取消性别限制法》，委员会批准了奈特小姐的申请，并最终同意女性从事兽医行业。如果你已知晓兽医行业的转变，并向兽医协会提出了考试申请，那么，请恕我多嘴，但我不确定你是否了解兽医行业的现状，因而写信告知你。我相信，你若是申请专业考试，皇家兽医协会定会同意，并最终将你登记入册。我希望你能立即告知委员会你的意向，我期待你加入兽医行业的那一天。兽医行业欢迎你！

我坐在客厅里，没有狗狗相陪，这里似乎毫无生气。我读了三遍霍布戴的信，才明白这封信的重要性。如果皇家兽医协会真的允许女性加入兽医行业，并能及时处理我的申请，在爱尔兰乃至英国，我将成为第一位女兽医。我接受兽医培训后，历经二十多年，终于能拿到一张文凭了！艾琳·卡斯特将是皇家兽医协会成员。

要不是那些窃贼把我的猎鞭连同汽车一起抢走了，我就能拿着鞭子，轻抚那些雕刻了。伯恩送我猎鞭时，可能没想到会发生这样的状况，但是他坚信，我终有一日会成为兽医。我下定决心，一到诺森伯兰郡，就继续研究霍布戴的信。

第三十四章

迟来的认可

1922 年
爱尔兰阿斯利格村

我最终决定离开利斯特堡，此时我回想起四十四年前在科丹甘庄园与小糖和奈德告别的悲痛心境，现在类似的情景再次上演。虽然这次我能带着马儿去英格兰，但我依旧很痛苦。如今我对爱尔兰的依恋比小时候更加强烈。我在爱尔兰这片土地上实现了当兽医的梦想。在我心里兽医是世界上最好的职业，爱尔兰的动物和人们证实了我的选择。

失之东隅，收之桑榆。如果说，爱尔兰的生活让我失去了什么，同时它也给予我很多，很多。我曾和爱尔兰人一起工作生活，他们对动物的爱意和我一样深厚。我骑着纳赛尔或驾着莫莉，从一个农场到另一个农场，从一个村庄到另一个村庄，再次爱上了熟悉的爱尔兰，不，我可以自由地欣赏爱尔兰的自然风光，踏遍山谷丘壑、山水田野以及茂密的丛林。在爱尔兰，我感受到予人以爱和被人喜爱的愉悦，但这又是一次悲伤的告别。

我到达牛顿庄园时，情绪开始有一点点高涨。回牛顿庄园的路上，我制订计划，要参加皇家兽医协会举办的专业考试并取得毕业证书。几

431

十年来，我一直把这个想法抛之脑后，埋头做着兽医的工作，现在是时候让皇家兽医协会真正认可我的兽医身份并为我颁发证书了。

我在罗斯康芒将考证的想法抛之脑后，现在制订好计划，有了目标感，也不必担心会再次忽略它。事实上，当时我心烦意乱，把汽车停在家门口（原来的汽车被偷了，我新买了辆汽车），从车里出来好一会儿，才注意到牛顿庄园楼梯上，有一个高个子站在威德灵顿夫人身边。

这个人很瘦，但脸色仍然很红润，看起来刚刮过胡子。他是伯蒂。

我看向威德灵顿夫人。她点点头，微笑着说："不用怀疑。"她说完，笑得更灿烂了。

"噢，伯蒂！"我终于说。

伯蒂笑着摇摇头说："对不起，我来晚了，我去打仗了。好久没见到你了，很开心我能迎接你回家。"他说着，蹦蹦跳跳走下楼梯，把我抱在怀里。

我从事兽医工作很多年，又曾在战场上救治过许多受伤的马儿，鉴于我有丰富的工作和战场救助经验，几天后，皇家兽医协会委员会同意我的考试申请，要求我参加一次口试。对我而来说，口试没有任何难度。1922 年 12 月 23 日，皇家兽医协会将我和其他七位考生的考试结果发表在《兽医记录》上，那七位都是男性。最后，在皇家兽医协会的一个小型仪式上，和一群陌生的年轻男人一起，终于得到了梦寐以求的专业证书。二十二年前，我只能看着泰勒、小斯普雷尔和其他同学拿到自己的证书，现在，我也拥有它了，弥补了我一直以来的缺憾。

我回到旅馆房间，打开证书看了一下，随即冷哼一声。皇家兽医协会将证书上预先印好的"先生"划掉，潦草地写上"小姐"两个字，他们甚至懒得去印刷新证书。尽管如此，我也很满意。

那天晚上晚些时候，霍布戴和他的妻子玛丽在家里，为几个伦敦的同事朋友举办庆祝活动。他们邀请我参加，我便去了。

"恭喜你终于获得职业证书。"我走进客厅时，霍布戴说，"这是一场耽搁已久、值得隆重庆贺的盛会。"

"谢谢。"我说着，又想到其他不在场的人员，在我追逐梦想的道路上，给予我莫大的帮助。我想，今晚我要为奥兰多、菲茨少校、多萝西、威廉姆斯教授和伯恩举杯，感谢他们的支持与帮助。

我环视着客厅，虽然我把兄弟姐妹的地址告诉了霍布戴，让他写信邀请，但他们都没来。

霍布戴察觉到我的心思。"你的兄弟姐妹们没有回信。不过，这里还有其他来客，你看到他们肯定会高兴的。"

霍布戴挽着我的手，把我拉进餐厅，我看到威德灵顿夫人和伯蒂竟然在这里。他们专程从诺森伯兰郡赶来为我庆贺，我惊喜万分。他们的眼睛散发着光芒，仿佛我的成功与他们息息相关，但从某种意义上说，的确如此。威德灵顿一家更像是我的家人，威德灵顿夫人一直鼓励我，让我不要担心性别差异，勇敢实现自己的梦想。

威德灵顿夫人问："你感觉怎么样？"

伯蒂和霍布戴在一旁看着，等待我的回答。

早在拿到职业证书之前，我就仔细思考过了，得到这份证书并不见得对我有什么影响。二十二年前，威廉姆斯教授为我开具证明，证明我完成了兽医培训，具备兽医从业资格，之后我就一直从事兽医行业。我在卡斯尔奇宅和伯恩一起工作，为动物治病，当时我就是一名兽医；

后来我独自一人在利斯特堡开诊所，查看数百匹战马的脖子，为他们缝合伤口，那时我也是一名兽医。职业证书对我影响不大，但得到它，对兽医行业却有非凡的影响。从今以后，皇家兽医协会将允许女性成为兽医，女性可以自由从事世界上最好的行业——兽医行业。

我笑着微微鞠躬。"我感觉，艾琳·卡斯特小姐已经是皇家兽医协会的成员了。"

作者后记

　　据我理解，历史小说是以故事形式来讲述人物趣事和时代趣事，它较历史档案里的纪实内容更引人入胜。创作这本小说的乐趣，就在于想象和刻画相关想法、对话、情感和关系。这些描写真实与否，只有当事人才知道。撰写历史小说，是细细品读了历史文献后，在字里行间，添加作者主观揣测的情节。这样的创作乐趣颇多。此外，我们还能回顾历史。

　　在我看来，最受追捧的历史小说，往往会将现实和想象融合得天衣无缝，让读者分不清虚实，也乐在其中，这本小说正是如此。艾琳·卡斯特的故事引人注目，并不需要大规模加工。事实上，在创作本书时，虚拟的情节比真实的历史更好描写。但是，我还要强调一点，即便我已经研究了很久艾琳，但重温她那不同寻常的一生，我还是激动万分。

　　艾琳生于爱尔兰蒂珀雷里郡的英格兰贵族家庭，她的父亲是一名地产代理人。事实上，在她十岁时，她父亲脚踩修女的坟墓，不久后就去世了。当地人毫不掩饰他们的幸灾乐祸，他们认为这是上天的报应。整个家族都笼罩在一片愁云惨雾之下，卡斯特一家人带着沉重的心情前往英格兰。

　　玛丽·安妮·卡斯特夫人是艾琳的祖母，她以"对待动物的方式"而闻名。除了探究生物学，她还写了一本关于猫的著作，并研究变色龙。艾琳和祖母一样，热爱动物，了解动物，从小就立志要成为一名兽医。

艾琳的家人对于艾琳的兽医梦大为惊骇。艾琳的母亲是维多利亚女王寝宫的侍寝女官，大哥查尔斯是乔治国王的侍从，他们都对艾琳从事兽医职业，感到羞愧不已。但艾琳有个英年早逝的哥哥奥兰多，去世前给她留下了一大笔财产，为她提供学费，支持艾琳进入大学学习。艾琳的家人从未支持她，但她的监护人威德灵顿少校及其家人，却给予了她前所未有的帮助。威德灵顿夫人是一位博览群书、性格直率的女性，她鼓励艾琳学会独立自主，努力追求事业。她的女儿多萝西·威德灵顿一直是艾琳的挚友。多萝西嫁给了英国政治家爱德华·格雷爵士，但在1906年，乘坐马车时遭遇车祸去世。

相关传记作者也曾记载过，多萝西与爱德华之间是纯洁的无性婚姻。他们大部分推测，虽然多萝西厌恶性行为，但他们夫妻感情一直很好。相关作者也指出，许多上流社会联姻都是为了彼此家族着想，为了家族的繁荣兴盛，夫妻之间可能并无感情，所以婚内出轨的事情屡见不鲜。如果多萝西生活在现代社会，她可能会被诊断为患有自闭症、肢体接触恐惧症等疾病。相关作者还指出，多萝西的母亲塞西莉亚·威德灵顿产后，患病了一段时间，她把多萝西交给一位冷淡苛刻的保姆照顾。多萝西小时候没有人抱过她，缺乏与他人的肢体接触，可能影响了她的一生。尽管多萝西英年早逝，但艾琳和爱德华仍然是莫逆之交。

艾琳曾与多萝西最小的弟弟伯蒂订婚。但至于他们为什么订婚，又为什么会分手，只有当事人知道。所以，这本小说中艾琳与伯蒂的情节，是我基于事实，附加想象，创作而来。

艾琳在刚上大学时，使用卡斯坦斯这个姓氏；在爱丁堡学习期间，她身无分文；每天晚上睡前，艾琳都会跑步热身；这些都是事实。本书中所描述的"肉搏",以及艾琳与斯普雷尔先生在邓迪的实习,是我虚构的。

历史上,威廉姆斯教授也是艾琳的主要支持者。他不仅支持艾琳反抗皇家兽医协会,还想办法让艾琳跟着威利·伯恩在爱尔兰罗斯康芒郡的阿斯利格村工作。

不幸的是,皇家兽医协会一直千方百计,阻止艾琳进入兽医行业。英帝国勋章获得者以及皇家兽医协会成员康妮·福特,花了几年时间,研究委员会阻止艾琳加入兽医行业的具体细节,并于 1990 年,在《艾琳·卡斯特:英国第一位女兽医》(*Aleen Cust, Veterinary Surgeon*)一书中,详细叙述了艾琳在从事兽医过程中,面临的一系列障碍。我十分感激康妮对艾琳的喜爱,她的著作对我写作本书帮助巨大。

艾琳来到阿斯利格村,与伯恩共事,罗马天主教神职人员对此勃然大怒,也是史实。史料表明,她救了牧师的马之后,牧师对她的态度有所缓和。

史料中并未明确记载,伯恩和艾琳之间的关系。尽管有传言说,他们两个人没有夫妻之名,也不住在同一屋檐下,可他们有夫妻之实,甚至还有孩子,但他们之间到底是什么关系,只有当事人才知道。本书中有关伯恩和艾琳的故事,在很大程度上是虚构的。

但是在历史上,伯恩是民族主义者、哲学家、诗人以及兽医,广受尊敬,也是许多人的好友。1910 年他突然离世,参加葬礼的贵宾有上百人,艾琳也是其中之一。直至今日,在罗斯康芒郡,还有一座专为伯恩建立的纪念碑。在他的墓碑名和生卒年旁,刻着这样一句话:"挚友深情缅怀而建。"战争期间,在基督教青年会的资助下,艾琳自费前往法国,随后在西线工作,战争结束时,由于健康问题返回英格兰也是史实。但伯蒂在战争结束时失踪的事,史料并未记载。历史上,尽管伯蒂和艾琳是一生的好友,但最后，伯蒂与伊妮德·福特结婚了。而艾琳终身未嫁，也并未和家人和好。

1924 年，艾琳已经卖掉了爱尔兰的房产，居住在英国汉普郡。尽管她才 56 岁，但可能因为战争期间感染了流感，所以健康状况很差。之后艾琳仍然到处出诊，并参加协会会议，但离开爱尔兰后，她没有另开兽医诊所。她又饲养了很多博美犬，还养了一群英系可卡犬和两匹马。几十年来，她一直疯狂地喜爱骑马打猎，但一直只能侧骑，但最终女性也可以穿上马裤，跨坐在马背上驰骋了。

1937 年，艾琳在牙买加拜访朋友时，照顾了一只流血受伤的狗。之后不久，艾琳因为心脏病发作去世，享年 68 岁。尽管多年来，皇家兽医协会一直顽固不化，千方百计拒绝艾琳进入兽医行业，但她还是给协会捐赠了 5000 英镑，用作兽医研究的奖金。

2022 年是艾琳获得皇家兽医协会职业证书一百周年纪念日。皇家兽医协会的专业证书上原本印着"先生"二字，但协会特地将这两个字去掉，手写加上"女士"二字。皇家兽医协会在 2020 年被卓越职场（Great Place to Work）评为对英国女员工最友好的五家中等规模机构之一。

1934 年 4 月 7 日，艾琳面向女兽医群体，在《兽医纪录》中撰文总结："各位女同事，我十分关注你们，关注你们的事业与成就。我希望各位回首一生，能和我一样，肯定自己选择了这世上最好的职业！"

阅读指导若干问

1.在牛顿庄园，威德灵顿少校夫人和多萝西，陪伴艾琳度过了一段美好的时光，这两位女性对艾琳的成长有何影响？

2.艾琳在爱丁堡的房东——洛根太太曾说："你知道吗？随着年龄的增长，我们可能会脱离原家庭，不适合与他们生活在一起。"你是否认同这种说法？

3.皇家兽医协会为反对女性成为兽医，提出了许多理由，其中一点是兽医需要具备足够的体力，而女性弱不禁风，无法胜任这项工作，这与美军拒绝女性，不让她们胜任某些部队职务所采用的借口十分相似。你认为女性体力不佳，就不能从事某些领域吗？

4.尽管艾琳的家人百般阻挠她追寻梦想，没有给予她任何支持，但她仍心系家庭，担心在伦敦法庭上诉会吸引公众的目光，使家族蒙羞。直至生命尽头，她仍希望与家人和解。如果你是艾琳，你会怎么做？

5.在新兽医学院，艾琳取得了十分优异的成绩，可她的同学和校长并没有祝贺她，反而建议学院调低她的分数，避免引起皇家兽医协会的注意。你同意这样的做法吗？你认为有必要修改分数吗？如果学院提交了艾琳的真实成绩，结果会有所不同吗？

6.尽管前路艰难，但一路走来，也有许多人支持并鼓励艾琳勇敢追梦，比如威廉姆斯教授和新兽医学院，还有安德鲁·斯普雷尔先生、威德灵顿一家和威廉·伯恩。如果没有这些人的支持，你认为她能实现目标，成为一名兽医吗？

7.即使是现在，兽医仍是许多孩子的梦想。你曾经想当一名兽医吗？你曾经想从事什么职业？你长大后，儿时的梦想是否发生了改变？

8.请讨论一下，艾琳是如何赢得同学与客户的尊重的？如果她是个男人，获得他人的尊重是否会更容易些？

9.宗教信仰和家庭地位的差异，导致艾琳和伯恩不敢对外公布关系。当代社会，人们是否还存在这种障碍？

10.多萝西·威德灵顿告诉艾琳，她不确定自己是否想结婚，她想做些其他事，为自己而活。但最后，她还是选择结婚。你认为她为什么会结婚？她是自愿的吗？还是出于家庭或社会的压力？还是说其中另有隐情？

11.伯蒂发现艾琳怀了伯恩的孩子后，向她求婚。艾琳最初接受了求婚，但因为孩子流产，就悔婚了。你认同艾琳的做法吗？你认为艾琳应该与伯蒂结婚吗？如果他们结婚了，艾琳的生活和事业会受到影响吗？

12.艾琳的家人一直以来都不愿与她和解。她取得皇家兽医协会的职业证书，举办庆功宴时，她的家人并未出席，对此你感到惊讶吗？

13.用"雄心壮志"（ambitious）形容女性时，通常带有贬义，而形容男性时，则具有褒义。有些词语形容男性和女性时，属性和意义会发生变化，你还能想到类似的词吗？

对话作者

您是何时开始了解艾琳的故事？是什么动机促使您决定写她？

和许多动物爱好者一样，我小时候也曾幻想成为一名兽医。虽然我现在是一名作家，但我依然向往兽医的职业。我想从女性视角来探寻女兽医的历史，于是我了解到艾琳的故事，并立刻沉迷其中。她对动物的热爱，让我感同身受，她对梦想的执着令我陶醉其中，她为了实现抱负承受的苦难，也令我大为震惊。她的故事与众不同，我了解到她的经历后，就有想把它写下来的冲动。她的故事与我相关，有我所爱之物：有不计其数的动物，坚韧不拔的女人，恬静的乡村，以及如愿以偿的结局。我怎么会不想写呢？

您在写这本书时是如何构思的？

我第一时间联系了爱尔兰的兽医朋友——理查德·里昂（Richard Lyons）。他大部分时间都在英国工作，帮助我获得了一些稀有的资料。我找到了一本康妮·M.福特（Connie M. Ford）编著的艾琳绝版传记的副本，查找了19世纪末到20世纪初兽医的所有资料，搜寻艾琳的种种资料，包括她的家庭、威德灵顿家族、维多利亚女王和爱德华·格雷的信息，并进行详细阅读。虽然我去过爱尔兰、苏格兰以及英格兰，但此次阅读研究又带我深入探寻，在书中游历了一番蒂珀雷里郡、希罗普郡、柴郡、诺森伯兰郡（牛顿庄园现在是婚礼场地，法洛登庄园的花园也是定期开放，供游客参观），爱丁堡、伦敦和罗斯康芒郡。

在搜集艾琳的资料时，最令您惊讶的事件是什么？

艾琳渴望接受教育，渴望从事工作，她的家人为此深感耻辱，但她依然对家人忠贞不渝。她想尽办法要与家人重归于好，但他们一次又一次轻蔑地拒绝她。她本可以在伦敦法院对皇家兽医协会提起诉讼，但为了保护母亲和兄弟姐妹，她放弃了。尽管家人冷酷无情，但艾琳依旧渴望得到他们的认可与赞赏，这使我明白，即使是内心最坚定之人也需要宠爱与认可。

在这个以重视家族忠诚，遵守社会与性别标准为首的时代，您认为艾琳为什么选择了兽医道路？

她的动力源于她对动物的热爱，源于她渴望追求有意义的生活。尽管对当时的贵族女性而言，从事工作是一种超乎寻常的想法，但她就是想去工作。艾琳无法想象成为贤妻良母会有什么成就感。也许是她在孩提时代，与哥哥弟弟们竞争玩耍的缘故。再者，当时的艾琳接受了大多数女孩无法获得的教育，这才驱使她想要证明：女性和男性一样强大。

从《我心归处：无畏的艾琳·卡斯特》和您的当代小说《我们的荒野生活》（The Wilderness Between Us）中，很明显看出您对动物，以及对大自然的热爱。这种热爱源自哪里呢？

我在一个农场长大，从小接受的教育就是要热爱动物，热爱大自然。我喜欢乡村的宁静，那里夜晚漆黑，四季分明。我的整个生活大多与动物为伴，与他们和平相处。尤其是我的外祖母，她教会我如何理解并尊重动物，并让我明白和他们成为朋友是多么美好的事。

您如何走上作家之路？您一直梦想成为一名小说家吗？

从我记事以来，我就一直有个小说梦。我是一名记者兼专栏作家，我工作了将近三十年才鼓起勇气去写书。不知为何，这想法让我忧心忡忡。2017 年我写了一本儿童读物，主角是我祖母和一只叫尼克的长尾黑颈猴，主要讲述了我祖母与他的友谊。这是我成长过程中亲眼所见的故事，所以比较容易完成。我把它视为著书生涯的"入门书"，它减轻了我对写书的恐惧，让我坚信我能做到，也让我意识到写书是件趣事。

您的写作思路和步骤是什么？您有预先列好大纲吗？或者您是如何推进故事发展的？

我很幸运有一间面积颇大的办公室，室内有几扇窗户，轩敞明亮，窗户对面是开普敦绵延起伏的群山，群山背后是辽阔的大西洋，这是我在家里最喜欢的场所。我的本职工作是一名记者，因此养成了精准高效的写作习惯，会自主设定工作时间和写作期限。我喜欢制订计划，把凌乱的想法和构思写在草稿上，形成故事概述。写作前我也会列一个大纲，但我觉得不一定要按照计划创造。写小说的部分乐趣就在于，可以借助故事，通过角色，随心所欲穿梭于各地。大多数新闻报道，撰写过程都偏乏味，但创造小说饶有趣味。

您最近有看什么书吗？

我最近阅读了玛丽·本尼迪克特（Marie Benedict）、奥黛丽·布莱克和特蕾西·埃内尔森·伍德（Tracey Enerson Wood）的历史小说。我也喜欢一些文学小说，比如莎拉·温曼（Sarah Winman）的《静物》（*Still Life*）、伊丽莎白·斯特劳特（Elizabeth Strout）的《哦，威廉！》（*Oh William!*）、蕾秋·乔伊斯（Rachel Joyce）的《本森小姐的甲虫》（*Miss Benson's Beetle*）以及安妮·格里芬（Anne Griffin）的《静听》（*Listening Still*）。阅读带给我巨大的乐趣，世界各地的作家们凭借源源不断、丰富多样的创意，带来精彩纷呈、引人入胜的小说，对此我永远表示感恩。

致谢

我家族的克劳迪娅·希茨罗斯（Claudia Hitzeroth）经常能给人带来灵感。我通过与她聊天，了解到了艾琳·卡斯特。作为一个女孩，我梦想成为一名兽医；作为一个成年人，动物爱好者对兽医的崇拜现象，也让我颇感兴趣。我想写一本以兽医为主角的小说。克劳迪娅和我聊起女兽医在职业生涯中面临的各种挑战，也提到从这个角度构思小说会很精彩。她的想法促使我研究女兽医的历史。

我了解到艾琳·卡斯特的事迹后，就迫不及待想要讲述她的故事。我一生都致力于写作，没有什么故事能让我如此热血沸腾了。谢谢你，克劳迪娅，谢谢你指引我走上一条正确的道路。谢谢你和塞巴斯蒂安（Sebastiaan），在旅途的每个关键时刻都给我坚定不移的支持。

除了家人，我的好友们也对我大力支持，此处无法一一尽述，感激不尽！感谢玛丽安·马什（Marianne Marsh）倾听并鼓励我，二十多年来，一直陪我在山中遛狗。感谢写作组的好友：盖尔·吉尔布里德（Gail Gilbride），彼得·霍索夫斯基（Peter Horszowski）和保罗·莫里斯（Paul Morris）。他们对艾琳的故事也颇感兴趣，督促我写下这篇小说，并给我提供建议。此外，还要感谢最有活力，总是不断激励我的凯伦·斯塔克（Karen Stark）。她总是一语中的，精准地消除我的疑虑，推动我前进。

当然，我写作过程中也获得了许多人的鼓励与支持。尤其是皇家兽医协会的兽医学士——理查德·莱昂斯（Richard Lyons），给予我莫大的帮助。他从业经验丰富，有超过 40 年的兽医经验，而且也是爱尔兰人。虽然他刚刚退休，但一如既往对动物充满热情。他帮助我获取了一些信息，如果没有他的相助，我无法知晓并佐证这些资料。

理查德向我阐述小说中的一些兽医技术，比如如何治疗狗，吊起马，诊治牛，以及给羊驱虫，帮助我更专业地完成小说。此外，书中有关爱尔兰的内容也有赖于他的解释与帮助。他还提醒我要调查博美犬的资料，并努力说服我写一段艾琳与其中一位诋毁者的对抗情节。理查德学识渊博，一直热爱动物，对艾琳的故事和这个小说项目也充满兴趣，再加上他喜欢阅读，在文学方面也有天赋。显然，他就是本书最好的顾问。理查德，谢谢你分享我的喜悦，解答我的疑惑，敏锐专心地帮我核阅稿件，并在本书创作的每一个重要节点给予我帮助。

另一个对艾琳故事感兴趣的人是我的编辑——伊琳·麦克拉里（Erin McClary）。没有她，《我心归处：无畏的艾琳·卡斯特》就无法出版问世。我永远不会忘记那天，我醒来时收到她的一封电子邮件，信中提到她所在的美国芝加哥 Sourcebooks 出版公司有意购买我的小说。她这封邮件漂洋过海，跨越洲际，对这本书的喜爱可谓显而易见了。那天我的喜悦之情溢于言表，一整天眨眼就过去了。之后我慢慢结识了伊琳，对她很是欣赏。作为编辑，她专业知识扎实又充满干劲，宽厚待人但严格审书。在与她接触过程中，我还了解到她儿时也曾幻想自己是一名兽医。基于这一切，我再找不到比她更好的编辑了。谢谢伊琳，谢谢 Sourcebooks 出版公司，谢谢你们为艾琳这个非凡的故事提供了一个完美的归属。

此外，我还要感谢经纪人吉尔·马歇尔（Jill Marsal）。我看到她的推特简介，知道她喜欢动物时，我就知道我对她会颇有好感。谢谢吉尔，花了一个周末时间，阅读我的小说。谢谢你相信它，并教我如何写出具有说服力的宣传稿，之后我们握手达成交易。那一天我特别开心，感觉时光在飞逝。

特别感谢扬·卢卡斯·德沃斯（Jan-Lucas de Vos）。我忙于写作时，是他让我吃饱喝足，并监督我锻炼身体，还要一直忍受我无休止的讨论，和我一起谈论艾琳·卡斯特。谢谢你的爱与支持。

最后，我们要感谢艾琳·卡斯特，她勇往直前，从不放弃自己的梦想，为其他女兽医铺平了道路。感谢她过着这样一种杰出的生活，几百年来一直激励鼓舞着他人，也激励我写下了这本书。

作者简介

　　彭妮·霍（Penny Haw）当了三十多年的记者和专栏作家，为南非许多主流报刊和杂志撰稿，后来致力于创作小说。她的作品主要刻画杰出的女性，表达对大自然的热爱，并探索世间万物共生共存之道。《我心归处：无畏的艾琳·卡斯特》是彭尼的处女作。她和丈夫养着三只健康的小狗，快乐地生活在开普敦附近。